HEART OF POWER
ERWACHEN DER SIRENE

S. L. GIGER

Im Selbstverlag herausgegeben. Kontaktperson: Seraina
Cavalli/ Bachwisenstr. 7c/ 9200 Gossau/
swissmissstories@gmail.com
Umschlaggestaltung: Germancreative von Fiverr

Gratis Download

Jeder braucht mal Urlaub! Vergiss nie wieder etwas Wichtiges und verschwende keine unnötige Zeit mit Packen. Scanne den QR-Code und erhalte eine gratis Packliste für Deine nächste Reise. Zudem erhältst Du die Highlights meines Thailand Reiseführers. S. L. Giger ist auch Reisebuchautorin und erkundet die Welt als swissmissontour.

Heart of Power
Erwachen der Sirene
Von S. L. Giger
Dies ist der erste Band in der *Heart of Power*- Serie

Ich widme dieses Buch allen, die auf dem Weg zu ihren Zielen
nicht aufgeben.

Wir müssen bereit sein, uns von dem Leben zu lösen, das wir
geplant haben,
damit wir das Leben finden, das auf uns wartet.
(Joseph Campbell)

PROLOG

Eine Sirene (griechisch Σειρήν Seirēn) ist in der griechischen Mythologie ein schönes, aber gefährliches weibliches Fabelwesen, das durch seinen verzaubernden Gesang die vorbeifahrenden Schiffer anlockt, um sie zu töten.
(Wikipedia)

Ich war ein normales siebzehnjähriges Mädchen. Sehr durchschnittlich. Ich war weder groß noch schlank genug, um ein Model zu sein, und auch nicht klein genug, damit alle hübschen Jungs größer waren als ich. Meine hellbraunen Haare waren schulterlang und ich musste eine Brille tragen, welche meinem blassen Gesicht wenigstens einen Hauch von Braun verlieh.

Ich war zufrieden mit meiner Existenz als Mauerblümchen, weil ich gute Freunde und eine liebende Familie hatte. Dann, ohne eine Vorwarnung, verlor ich alles. Ich stieg in eine Achterbahn der Emotionen und erreichte jedes Extrem von Traurigkeit, Verrücktheit und Glück. Alles nur, weil dieser Wikipedia-Artikel plötzlich etwas zu wahr wurde. Wer hätte gedacht, dass es so viel Arbeit bedeutet, eine der schönsten mystischen Kreaturen zu sein?

KAPITEL 1

EIN GLEISSENDES LICHT blendete mich, als ich versuchte, die Augen zu öffnen. Ein unbeschreiblicher Schmerz kroch durch meine Adern wie ein steigendes Fieber. Meine Brust brannte vor Schmerzen und war kurz vorm Explodieren. Wo war der Rest von meinem Körper? Ich war so erschöpft, dass ich nicht einmal mit den Zehen wackeln konnte.

Wieder versuchte ich meine Augen zu öffnen – alles wurde schwarz.

Ich hörte flüsternde Stimmen, aber ich verstand nicht, was sie sagten. Ich war so durstig. Jede Zelle in meinem Körper verlangte nach Wasser. Und immer noch dieser Schmerz. Er raubte mir die Fähigkeit zu atmen. Öffnet ein Fenster oder ich werde ersticken. Wo bin ich? Ich fühlte mich müde. So erschöpft, als ob ich jahrelang nicht geschlafen hätte.

»Serena«, hörte ich meinen Namen.

Dann fühlte ich mich plötzlich sehr leicht. Mein Fieber schien im kühlen, festen Boden, auf welchem ich lag, zu versickern. Wo bin ich? Ist dies ein Traum? Ich hörte mehr Flüstern.

Mein Name, jemand sagte meinen Namen. Dieses Mal klappte es; ich öffnete meine Augen.

»Oh, wir werden ein wachsames Auge auf sie haben müssen.«

»Du sahst auch so aus, als du aufgewacht bist.«

»Auf keinen Fall! Ich hätte mich zu Tode erschreckt, wenn ich mich so im Spiegel gesehen hätte«, gluckste die Frau.

Zwei Frauen schauten auf mich herunter. Die, die zuerst sprach, hatte kurze Haare, welche ein bisschen unter ihre Ohren reichten und komplett in einem knalligen Pink gefärbt waren. Wären ihre Augen etwas größer gewesen, hätte sie wie ein japanischer Anime-Charakter ausgesehen. Lange, schwere, braune Locken fielen an beiden Seiten des Gesichts der anderen Frau herab und streiften mich fast, als sie mich von oben studierte. Klare, grüne Augen ruhten in ihrem wunderschönen Gesicht. Obwohl sich die beiden nicht wirklich ähnlich sahen, hatten sie irgendeine Verbindung zwischen sich, die mich glauben ließ, dass sie Schwestern seien.

»Serena, kannst du mich verstehen?«, sagte die Dunkelhaarige zu mir auf Englisch. Ich brauchte einen Moment, um zu registrieren, was sie sagte, da mein Englisch zu jenem Zeitpunkt begrenzt war auf meinen Schulwortschatz und was ich mir sonst noch so auf Reisen angeeignet hatte. Zuerst kam nur ein heiseres Krächzen aus meiner Kehle. Ich schluckte und versuchte es noch einmal.

»Wie, warum wisst ihr meinen Namen?«, stotterte ich.

»Gut, sie spricht Englisch. Dies wird das Ganze vereinfachen«, sagte die Braunhaarige zu der anderen. Dann drehte sie sich zurück zu mir.

»Ich habe in deinem Portemonnaie nachgeschaut. Du hattest einen Unfall, aber jetzt ist alles in Ordnung.« Nach einer kurzen Pause fragte sie: »Wie fühlst du dich?«
Unfall? Was war passiert? Ich versuchte mich aufzurichten, um mich genauer untersuchen zu können, aber ich konnte mich nicht bewegen, da meine Hände und Füße an einem

kargen Steintisch festgebunden waren. Bis jetzt hatte ich mich noch ziemlich ruhig und gelassen verhalten, aber meine Geduld war nun am Ende.

»Was ist das? Wo bin ich? Wenn ich einen Unfall hatte, sollte ich wenigstens in einem Krankenhaus sein und nicht in einer Art komischem Höhlenlabor, oder?« Alles, was ich sehen konnte, waren Felsen und einige Kerzen, welche die Höhle, in welcher wir uns befanden, erhellten. Ich versuchte meine Hände aus den Fesseln zu befreien. Zu meinem Bedauern aber ohne Erfolg. Die Pinkhaarige rollte mit den Augen und kratzte an ihrem Kopf, während die andere mich mit einem freundlichen Lächeln anschaute, welches man aufsetzt, um eine Person zu beruhigen, die dabei war, etwas wirklich Dummes zu machen. Das machte mich nur noch wütender. »Wer seid ihr? Ich will hier raus!« Und dann hörte ich plötzlich noch weitere Alarmglocken in meinem Kopf. »Toby«, stammelte ich, »wo ist Toby?«
Für eine Sekunde schauten sie sich unsicher an und als sie ihre Köpfe wieder zu mir drehten, konnte ich einen dunklen Schatten in ihren Augen erkennen. Ich versuchte irgendwo einen Fluchtweg zu erspähen, aber ich sah nur einen Steintunnel, der in die Dunkelheit führte. Wo hatte ich mich da nur reingeritten? Es sah ziemlich danach aus, als ob ich der Mittelpunkt einer wahnsinnigen Zeremonie wäre und bald irgendwelchen Göttern geopfert werden würde. »Was habt ihr mit mir vor und wo ist Toby?« Eigentlich wollte ich ruhig bleiben, aber das kam dann ziemlich energisch heraus.

»Okay, du musst dich beruhigen«, sagte die Pinkhaarige etwas amüsiert. »Die Gurte sind da zu deiner eigenen Sicherheit und wenn du uns einmal ein wenig Zeit zum Erklären geben würdest, wüsstest du auch warum.«

»Du musst keine Angst vor uns haben, wir versuchen meistens, nett zu sein«, fügte die andere hinzu. »Ich bin übrigens Melissa und das ist Roisin.«

Eine blonde Schönheit, mit einem perfekten Gesicht, wie aus einer Plakatwerbung für Make-up, stand plötzlich neben ihnen. »Oh, sie ist aufgewacht. Genau nach Zeitplan.« Ich hatte sie nicht kommen hören. Hoffentlich war sie zu meiner Rettung gekommen.

»Ich dachte, du bist nicht damit einverstanden«, bemerkte Roisin.

»Bin ich auch nicht, aber ich kann euch ja nicht aufhalten.« Sie starrte Roisin so intensiv an, dass ich überrascht war, dass es sie nicht umbrachte. Dann hellte sich ihr Gesicht für einen Moment auf. »Zudem will ich den Spaß nicht verpassen.« Sie lächelte mich hämisch an, gerade als ich anfing, mich von der Unterhaltung ausgeschlossen zu fühlen. Ich schätzte, sie war doch nicht da, um mich zu retten.

»Also, hör mir zu«, startete Melissa aufs Neue. Als ob ich eine andere Wahl hätte. »Wie würdest du dich fühlen, wenn ich dir sagen würde, dass du, wie schon erwähnt, einen Unfall hattest und eigentlich gestorben wärst, aber wir konnten dich retten und als Nebenwirkung hast du nun Superkräfte?«

Ich blinzelte. Nein, sie waren immer noch da. Was auch immer das für ein Spiel war, ich mochte es kein bisschen. »Wo ist Toby?« Ich rüttelte an meinen Fesseln und versuchte sie dadurch zu lockern. Zu meiner eigenen Überraschung rissen die starken Bänder mit einem Kratzgeräusch ein wenig ein. Bevor ich mich jedoch darüber freuen konnte, schritten die anderen ein, um mich auf den Tisch zu drücken. Es war ziemlich anstrengend für sie. Woher kam meine Stärke? Ich war alles andere als ein starkes Mädchen. Ich brauchte sogar Hilfe, wenn ich das Honigglas öffnen wollte. Wahrscheinlich half die Angst, die sich in meinem Körper ausbreitete.

»Herzchen, zu deiner eigenen Sicherheit, beruhige dich und hör uns zu«, sagte Melissa.

»Das könnte eine Weile dauern.« Roisin rollte mit den Augen.

»Ich verspreche dir, dass ich dich losbinde, sobald wir dir alles erklären konnten«, versuchte Melissa erneut. Die dritte Frau drückte einfach meine Füße gegen den harten Stein und sah aus, als ob sie eine Million bessere Dinge zu tun hätte. Ich beruhigte mich ein bisschen und sie lockerten ihren Griff.

»Denk mal einen kurzen Moment zurück. Woran erinnerst du dich?«, fragte Melissa, nun wieder völlig ruhig.
Ich versuchte, mich zu erinnern, aber das Einzige, woran ich denken konnte, war, dass ich schnellstmöglich hier raus wollte.

»Du warst in Kuala Lumpur. Hilft dir das weiter?«, fragte Roisin.

Mh, Kuala Lumpur. Ja, ich war mit meiner Schule auf einer einmonatigen Bildungsreise durch Südostasien.

»Der Wasserfall«, fiel es mir plötzlich ein. Eine dunkle Vorahnung überkam mich. In Kuala Lumpur wollten die Lehrer mit uns zu einem Wasserfall wandern. Wir waren eine Gruppe von fünfzehn Schülern der elften und zwölften Klasse, die während des Schuljahrs an einem Projekt gearbeitet hatten, in Malaysia eine Schule zu bauen. Wir bauten die Schule in den ersten zwei Wochen der Reise und nutzten nun die restliche Zeit, um mehr vom Land zu sehen. Der Wasserfall war in einem üppigen Regenwald. Insgesamt bestand er aus sieben Fällen, die entlang eines Berges herunterflossen. Da der ganze Berg von Wald bedeckt war, konnte man nur den obersten Wasserfall hinter den Bäumen verschwinden sehen, alle anderen waren versteckt. Unsere Schülergruppe und die drei Lehrer wanderten entlang des Betonpfades, welcher uns zu den Fällen eins bis drei führte. Sie waren alle unterschiedlich; manche mit einem großen Wasserbecken, in welchem Malaysier schwammen, andere waren groß und hoch.

Nachdem wir die dritte Ebene des Wasserfalls hinter uns gelassen hatten, waren wir so ziemlich die Einzigen im Wald. Nur noch einige Affen versuchten ab und zu, an die Nahrungsmittel in unseren Rucksäcken zu gelangen. Der geteerte Weg hörte bei der vierten Ebene plötzlich auf und wir mussten auf einem erdigen Trampelpfad weitergehen. Es wurde ziemlich steil und daher beschlossen unsere Lehrer, dass das fünfte Level hoch genug sei. Alle ließen sich um das

Wasserbecken herum nieder. Zumindest für die ersten fünf Minuten, denn danach, gerade als ich meine Wasserflasche in meinem Rucksack versorgte, kniete sich Toby neben mich. Toby war aus der Abschlussklasse und darüber hinaus mit seinen stechend blauen Augen und dem surferblonden Haar ziemlich hübsch. In meiner Fantasie war er derjenige, den ich küsste und mit dem ich vielleicht sogar mein erstes Mal haben würde.

»Hey Serena, wie wäre es mit einem kleinen Abenteuer?« Seine Stimme war gedämpft und sein Gesicht nahe an meinem, sodass es niemand sonst mitbekam.

Mit dir zu jeder Zeit, dachte ich. »Klar, was hast du im Sinn?«

»Wir könnten uns davonschleichen und trotzdem zum Gipfel gehen. Die Aussicht soll phänomenal sein«, schlug er vor.

Warum auch immer er sich mit mir davonstehlen wollte, war mir ein Rätsel, aber ich wollte seinen Verstand nicht hinterfragen. »Okay.«

Er schlich in die Büsche und gab vor, ein stilles Örtchen zu suchen und ich folgte ihm nach ein paar Minuten. Wir trafen uns etwas höher oben auf dem Pfad.

Der Weg zum Gipfel war sehr steil. Aber da wir aus der Schweiz waren und uns mit Bergen auskannten, dachten wir, dass wir es mit Leichtigkeit nach oben schaffen würden. Nach viel Kraxeln auf Händen und Füßen erreichten wir endlich den siebten und letzten Wasserfall. Die Aussicht zum anderen Ende des Tals war unglaublich und das Süßwasserbecken, welches mit klarem, grünem Wasser gefüllt war, war eine willkommene Abkühlung. Als wir am Rande der Klippe standen, mit den Urwaldbäumen unter uns, soweit das Auge reichte, dachte ich, dass dies der perfekte Ort für einen ersten Kuss wäre. Ich konnte mich nicht daran erinnern, in Europa schon einmal alleine an einem so schönen Ort gewesen zu sein. Es gibt immer Leute, wohin man auch geht. Aber hier gab es nur uns.

»Wäre das nicht der perfekte Ort für einen ersten Kuss?«, grinste mich Toby an.

Ich schaffte ein scheues Nicken. Um die Wahrheit zu sagen, ich hatte noch nie einen Freund gehabt. Hier war ich, siebzehn Jahre alt, und meine einzige Kusserfahrung stammte vom Flaschendrehen. Wie erbärmlich. Ich hätte gerne gewusst, was es mit dem Küssen auf sich hatte, daher hätte ich Ja und Amen zu fast allem gesagt, was er vorgeschlagen hätte.

Toby fasste meine Hand und zog mich näher zu sich ran. Mein Arm streifte seine Seite, welche von der Wanderung und der Feuchtigkeit in der Luft schweiß überströmt war. Aufregung breitete sich in mir aus. Jetzt würde es passieren: mein erster richtiger Kuss. Tatsächlich rückte er sein Gesicht näher zu meinem, bis sich unsere Lippen trafen. Ich schmeckte Salz, aber ich war nicht sicher, ob es von meinem oder seinem Schweiß war. Was ich vor allem noch in Erinnerung behalten habe von jenem Kuss, war, dass er schlabberig war. Ich war etwas enttäuscht. Wenn das alles war, konnte ich gut weiterhin ohne auskommen, vielen Dank.

Wir setzten uns an den Rand des Beckens und ließen unsere Füße im Wasser baumeln, welches so klar war, dass man die kleinen Fische sehen konnte, welche durch das Seegras am Boden schwammen. Wir küssten uns noch einige Male, bis Toby plötzlich begann, auf eine komische Art seine Hände über meinen Körper wandern zu lassen. Ich bewegte mich einige Zentimeter von ihm fort.

»Was ist los?«, fragte er mit einem verwirrten Blick.

»Nichts. Ich meine«, ich verstummte für einen Moment, um die richtigen Worte zu finden, »ich möchte nichts überstürzen.« Ich schämte mich, sobald ich das ausgesprochen hatte. Was machte ich hier? Hatte ich nicht genau das noch vor weniger als einer Stunde gewollt? Nun verkrampfte sich jede Faser meines Körpers und ich wollte, dass mich ein Zug hier rausholte. Es fühlte sich nicht richtig an.

»Ich dachte, du weißt schon, dass das ein schöner Ort für ein erstes Mal sein würde.« Er rutschte wieder näher.
Mein Magen zog sich zusammen. Ich hatte gehofft, dass er nicht wusste, dass ich noch Jungfrau war. Sowieso, warum musste er das erwähnen?

»Ich denke, wir sollten zurückgehen.« Ich stand auf und machte mich auf den Rückweg, ohne auf ihn zu warten.

»Hey, wohin gehst du? Ich habe es nicht so gemeint.«

»Was nicht so gemeint?« Ich setzte den Weg durch das Dickicht fort.

»Schau, du musst jetzt nicht voll verrückt und wütend reagieren. Ich dachte, du wolltest es auch.« Er atmete schwer.

»Vielleicht, aber nicht so schnell. Du hättest einfach aufhören sollen.«

Das war das Letzte, was ich herausbrachte, denn plötzlich hörte ich ein Knacken und Toby rief: »Oh, Scheiße.« Eine Wurzel musste gerissen sein. Ich hörte viel Rascheln und dann traf mich Toby mit seinem ganzen Körpergewicht. Ich versuchte, mich irgendwo festzuhalten, aber wir konnten nichts machen. Wir konnten nicht einmal schreien, nur zwischendurch vor Schmerz stöhnen, wenn ein weiterer Ast unsere Haut aufkratzte. Wir fielen und fielen, bis ich mich an nichts mehr erinnern konnte. Außer dann später dieses blendende Licht und den Schmerz.

»Bin ich gestorben und durch einen Fehler in der Hölle gelandet?«, sprach ich meine drei Kidnapper an.

»Würdest du diese Version vorziehen?« Roisin lächelte mich schief an.

Melissa schüttelte den Kopf. »Keine Panik, du lebst noch und wir sind immer noch in einem malaysischen Wald.«

»Wir waren auf dem Rückweg von einem Fest, als wir euch die Felswand herunterfallen sahen«, sagte Roisin und die blonde Frau schnaubte. Melissa blickte sie alarmierend an und ich wunderte mich, was das alles zu bedeuten hatte. Roisin fuhr unbeirrt weiter. »Ihr würdet wahrscheinlich immer noch dort am Verrotten sein, wenn wir euch nicht gefunden hätten. Nicht viele Leute kommen durch dieses Tal.«

»Du wärst tot, wenn wir dich nicht gerettet hätten«, betonte Melissa nochmals. »Jegliche ambulante Hilfe wäre zu spät gekommen. Es gab nur einen Weg, um dich am Leben zu erhalten.«

»Um deine Frage zu beantworten, Toby hat es nicht geschafft«, sagte die Dritte sachlich.

»Du meinst, er ist tot?« In meinem Schock wollte ich mich aufsetzen, nur um sofort erinnert zu werden, dass ich immer noch festgebunden war. »Nein, nein, nein, er ist zu jung zum-«

Melissa schnitt mir das Wort ab: »Wie ich schon erwähnt habe, gab es nur einen Weg, um dich am Leben zu erhalten und dazu brauchten wir die Unterstützung deines Freundes«, sagte Melissa.

»Willkommen im Klub der verrückten Schwestern«, sagte die blonde Frau in einem gelangweilten Ton und erntete strafende Blicke von Roisin und Melissa.

»Sag hallo zu deinem neuen Leben als Sirene«, strahlte Roisin mich an, als ob sie diejenige wäre, die mir verkündete, dass ich im Lotto gewonnen hatte.

Das war alles sehr verwirrend. »Eine was?«

»Kennst du die Geschichten von Matrosen, die von den Gesängen von wunderschönen Kreaturen angezogen und ins Verderben gelockt wurden?« Roisin wartete meine Antwort nicht ab. »Es heißt, dass Sirenen die Seeleute mit ihren Liedern angelockt haben und als sie dann in Reichweite waren, haben sich die Sirenen in Monster verwandelt und die Männer lebendig verspeist.« Roisin kicherte.

»So war es nicht wirklich«, widersprach die Blonde.

»Würdest du mich ausreden lassen, oder möchtest du es selbst erzählen, Cathy?«
Endlich hatte auch die Dritte im Bunde einen Namen. Cathy presste ihre Lippen aufeinander und war still.

Roisin fuhr fort, »Okay, Sirenen haben also nie jemanden

gegessen. Aber wir leben dank Adrenalin und das menschliche Herz ist die am einfachsten zugängliche Quelle dafür. In der Vergangenheit haben also die Sirenen die Körper der, nennen wir sie 'Opfer', auseinandergerissen, um ihr Herz zu essen-«

»Du meinst, diese Sirenen existieren wirklich?«, fragte ich. Roisin lachte und Cathy schaute mich ungeduldig an.

Melissa fuhr in einem netteren Ton fort. »Ja, aber wir sind keine Monster und wir singen auch nicht. Es ist einfach so, dass unsere Vorfahren nicht gesunde Menschen umbringen wollten und sich daher auf den Ozean hinaus verbannt haben, um nur noch das Adrenalin von verlorenen Seglern zu nehmen.«

»Aber jetzt sind wir ja nicht auf dem Ozean«, sagte ich, nur um sicherzugehen.

»Nein, wir leben in normalen Häusern und anstatt verirrte Matrosen zu töten, nehmen wir nur das Adrenalin von Leuten, die sowieso an den Folgen eines Unfalls sterben würden. Wir nehmen nur Herzen von Leuten, für welche jede Hilfe zu spät kommen würde«, antwortete Melissa.

»Aber was hat das mit mir zu tun? Ich lebe ja noch, oder?« Ich schaute von der einen zur anderen.

»Auf eine gewisse Art und Weise. Du bist eine der Glücklichen«, quietschte Roisin. »Deine Aura stimmte, damit wir dich in eine von uns verwandeln konnten. Du hast während der letzten fünfunddreißig Tage geschlafen und warst in Transformation. Fühlst du den Unterschied nicht?«

»Ich war fünfunddreißig Tage bewusstlos?«, schrie ich. »Das ist über einen Monat. Weiß meine Familie, wo ich bin?« Melissas rechter Mundwinkel wanderte nach unten, sie sah aus, als ob sie etwas sagen wollte, aber sie blieb still.

Roisin erklärte es mir stattdessen. »Nein. Es gab natürlich Suchtrupps für dich und deinen Freund, aber nachdem sie euch zwei Wochen lang nicht gefunden hatten, wurdet ihr für tot erklärt. Deine Beerdigung fand vor 4 Tagen statt. Mach dir nichts draus, wir alle haben unsere auch verpasst.«

»Meine Familie denkt, dass ich tot bin?«, kreischte ich

wiederum. »Ich muss zu ihnen und klarstellen, dass es mir gut geht.«

»Ähm, ja, das solltest du vielleicht überdenken«, sagte Cathy besserwisserisch.

»Leider muss ich ihr Recht geben«, sagte Roisin. »Erstens wäre es ein großer Schock für sie, wenn sie die Person, die sie gerade begraben haben, plötzlich sehen würden. Zweitens hat dich die Umwandlung verändert. Daher frage ich dich erneut, fühlst du dich anders?«

Obwohl von meinem eigenen Tod zu hören ein Fakt war, über den ich noch genauer nachdenken musste, war für den Moment die Neugierde größer.

»Ich fühle mich stärker, aber ansonsten, nein. Es würde helfen, wenn ich mich anschauen könnte.« Ich zog wiederum an den Fesseln. Ich machte mir Sorgen, dass ich schlimme Narben von dem Fall hatte.

»Die Stärke ist da, weil du die ungenutzte Energie von deinem ersten Herzen in dir trägst. Das wird mit der Zeit auf ein normales Level abklingen. Aber es gibt weitere Vorteile, die mit dem Leben als Sirene kommen. Lass es mich dir zeigen.« Vor einem Moment hatte Roisin noch gesprochen und im nächsten Moment war sie verschwunden. Ich schaute auf den blanken Felsen und blinzelte vor Verwirrung.

»Hier drüben«, rief sie. Sie stand in einer anderen Ecke der Höhle. Plötzlich waren die anderen auch neben ihr.
Wie machten sie das?

»Wie machen wir das wohl?«
Können sie nun auch noch Gedanken lesen?!

»Wir können extrem schnell gehen. Zweimal so schnell wie ein normales Passagierflugzeug und all dies ohne jegliches Geräusch.«
Jetzt standen sie wieder neben mir. Vielleicht sollte ich mir doch einmal anhören, was sie zu sagen hatten. Es konnte noch interessant werden.

»Das ist der Grund, warum wir dich anbinden mussten. Sonst hättest du dich aus Versehen selber umbringen können.

Noch einmal«, Roisin kicherte, »indem du zu schnell gegen eine Wand gerannt wärst. Wenn du zuerst aufwachst, hast du die unangezapfte Energie von deinem ersten Herzen in dir und du könntest wahrscheinlich in einem Tag einmal um die Erdkugel rennen. Aber wenn du all deine Energie auf einmal aufbrauchen würdest, wärst du zu geschafft, um je wieder etwas zu tun. Des Weiteren benötigst du die verbleibende Energie, um es zu deiner ersten Mahlzeit zu schaffen. Wir müssen unser Herz etwa alle 40 Tage wieder neu auftanken. In der übrigen Zeit finden wir alle unsere eigenen Wege, um an zusätzliches Adrenalin zu gelangen.« Roisin zwinkerte mir zu, als ob ich ihre langjährige Freundin wäre und ihre eingeweihten Sprüche verstehen würde. »Ansonsten müssen wir nicht viel essen, oder eigentlich überhaupt keine Nahrung zu uns nehmen. Aber das alles wirst du mit der Zeit lernen. Nun ist wichtig, dass du deine ersten Schritte machst und dich zu bewegen lernst. Bist du bereit dafür?«

KAPITEL 2

SIE BEFREITEN MICH behutsam von meinen Fesseln und in der Zwischenzeit erwähnten sie mehrere Male, dass ich mich aufsetzen sollte, als ob ich mich in Zeitlupe bewegen würde. Ich versuchte wirklich, ihren Ratschlag zu befolgen, aber als ich mich zu bewegen begann, verschwamm alles vor meinen Augen und die Höhlenwand rückte gefährlich nahe. Nach etwa einer Sekunde hörte ich auf, mich zu bewegen, aber ich war schon halb durch den Raum gekommen. Melissa und Roisin waren sofort neben mir und packten meine Arme.

»Uups«, sagte ich entschuldigend und wartete, bis die Schwindelgefühle abklangen.

»Du musst dich von innen heraus konzentrieren und mental deine Bewegungen kontrollieren. Denk an die Zeitlupe«, gab mir Melissa als Tipp zu verstehen, »und versuche zuerst zurück zum Bett zu gehen, sodass du einen Puffer hast und nicht wie ein Wasserballon gegen die Wand klatscht.«

Ich versuchte es nochmals. Dieses Mal bemerkte ich schon einen Unterschied. Es war, als ob die ganze Welt um mich herum langsamer geworden war und ich in normaler

Geschwindigkeit durch sie hindurch geschritten wäre, wobei ich meine Umgebung im Detail betrachten konnte. Als normaler Mensch hätte ich mich nicht einmal zwei Zentimeter voranbewegt, aber nun stand ich schon wieder neben dem Steintisch, ein wenig wackelig auf meinen Beinen.

»Gute Arbeit, du scheinst schnell zu lernen«, lobte mich Melissa.

»Außer dass sie aussieht, als ob sie jeden Moment umfallen würde.« Roisin berührte meine Schulter und ich fühlte mich sofort stabiler.

»Das ist irgendwie falsch«, stellte ich fest, »als ob man auf einer Achterbahn wäre.«

»Am Anfang ist das normal. Roisin hat es wahrscheinlich nur nicht so erlebt, da sie schon als Mensch sehr mit dem Gefühl, leicht angetrunken zu sein, vertraut war.«

»Hey, lass mich in Ruhe. Ich bin Irin und ich war jung. In das Pub zu gehen, war einfach das, was wir machten«, verteidigte sich Roisin.

»Ihr Verhalten hat sich seitdem nicht groß verändert«, teilte mir Melissa mit, als ob Roisin nicht da wäre.

»Ich kann euch hören«, sagte Roisin.

Sie wollten, dass ich mich noch einige Male unter ihren beobachtenden Blicken hin und her bewegte. Das Schwindelgefühl verschwand, je mehr ich akzeptierte, dass dies wirklich geschah und ich es sogar kontrollieren konnte, wie schnell und wohin ich ging. Irgendwann fand Melissa, dass es nun sicher sei, wenn ich mich der Wand näherte. Sie eilte zu der einen Seite der Höhle, wo Cathy stand. Jetzt, da ich wusste, wie und warum sie sich so schnell bewegten, sah ich die Richtung, in welche sie starteten, und daher war es dann keine komplette Überraschung mehr, wenn sie plötzlich wieder irgendwo zu sehen waren. Ein flacher Gegenstand, der mit einem schwarzen Tuch bedeckt war, lehnte neben Cathy an der Wand. Sie entfernte das Tuch schwungvoll und zum Vorschein kam ein Spiegel.

»So, Serena«, sagte Melissa, »es ist Zeit, dass du dein neues

Ich kennenlernst. Erschrick dich nicht, du siehst nur ein wenig anders aus, als du vorher ausgesehen hast.«

Spätestens bei ‚Erschrick dich nicht‘ hatte sie meine volle Aufmerksamkeit. Ich schnappte nach Luft und berührte mein Gesicht, um es nach fehlendem Fleisch abzutasten. Aber alles fühlte sich ganz und sanft an.

»Ah, die Jungen. Immer so über ihr Aussehen besorgt«, sagte Roisin.

»Dir gefällt es offensichtlich, dass du nicht mehr die Jüngste bist«, bemerkte Melissa.

»Machst du Witze? Das ist großartig. Wir sollten regelmäßig jemand Neuen kreieren.« Sie lachte.

»Werde nicht übermütig«, sagte Cathy ablehnend.

Melissa nickte. »Denk daran, dass du dich in Zeitlupe bewegst, wenn du dich der Wand näherst.«

Ich bewegte mich zum Spiegel und war innerlich ziemlich glücklich darüber, dass ich nicht wie eine geworfene Tomate endete, aber irgendwie schaffte es diese Emotion nie an die Oberfläche.

Ich fühlte drei brennende Blicke auf mir ruhen, was meine Spannung noch steigerte und betrachtete mich daher etwas genauer im Spiegel. Oh mein Gott! Nachdem der erste Schock vorüber war, starrte ich die Kreatur, besser gesagt, meine eigene Reflexion, einfach an. Ich werde das Schlechte gleich erklären. Zuerst die guten Dinge. Ich benutzte meine Finger als Kamm und strich durch meine Haare, die irgendwie voluminöser und gesünder aussahen. Immer noch das gleiche Hellbraun, aber im Gegensatz zu früher waren die Haare nicht mehr dünn und die Spitzen nicht mehr in tausend Gäbelchen geteilt. Ich öffnete überrascht meinen Mund. Meine Haut fühlte sich fein und rein an. Der nervige Pickel, welcher neben meiner Nase zu wachsen angefangen hatte, war verschwunden. Nicht nur das, es gab überhaupt keine Verunreinigung in meinem Gesicht. Des Weiteren war meine Brille weg. Erst jetzt bemerkte ich, dass ich während der ganzen Zeit in der Höhle alles kristallklar und ohne äußere

Hilfe gesehen hatte. Es war, als ob ich einen Verschönerungstag gewonnen hätte und das war das ‚Danach'-Foto.

Meine Augen hingegen waren eine andere Sache. Meine neuen starken Augen waren ziemlich dunkel, mit winzigen gelben Flecken darin, und sie funkelten auf eine Art, als ob sie ständig jedermanns Aufmerksamkeit wollten. Sogar ich war von ihnen fasziniert und musste in sie hineinstarren. Zudem hatten die Pupillen eine komische Diamantform. Diese Augen waren nicht nur sonderbar oder unmenschlich, sie strahlten das absolute Böse aus. Die Augen standen in solch einem Kontrast zum Rest von meinem Aussehen! Wahrscheinlich konnte man sie am besten als schlangenartig beschreiben. Sie strahlten tatsächlich eine schlechte Aura aus. Niemand würde mir so je wieder ins Gesicht schauen können. Ein kalter Schauer lief mir den Rücken herab.

»Warum sehen eure Augen nicht so aus?«, fragte ich.

Roisin meldete sich: »Das tun sie schon, aber wir können es verstecken. Mit etwas Training werden deine auch beinahe wieder wie die alten aussehen und als zusätzliche Hilfe haben wir heutzutage zum Glück Kontaktlinsen. Ich brauchte eine Woche, bis meine Augen wieder annähernd menschlich aussahen.« Roisin zwinkerte mir zu, wie eine Diva am Fernsehen.

»Du hast nur drei Tage zur Verfügung«, sagte Melissa. »Am dritten Tag müssen wir dich nach draußen bringen, damit du neue Energie tanken kannst. Nur für den Fall, dass wir weiteren Menschen begegnen, ist es besser für uns alle, wenn deine Augen nicht mehr so aussehen.«

»Ich habe keine Zweifel, dass sich unser Wunderkind gut anstellen wird. Ich kann's nicht erwarten, dich in die richtige Welt hinauszubringen.« Roisin lachte.

Melissa schürzte ihre Lippen und fuhr dann fort: »Während dieser Tage hast du auch Zeit, dir zu überlegen, wie du deine erste Tochter genannt hättest.«

»Warum ist-« Ich konnte nicht fragen, warum das wichtig

war, weil Cathy mich unterbrach.

»Warte, sie hat noch keinen Namen? Was ist mit Serena?«

»Das ist ihr richtiger Name«, sagte Roisin.

»Natürlich ist er das«, schnaubte Cathy. »Was ist sie? Der Harry Potter unter den Sirenen?«

Ich sah sie fragend an.

»Sirene, Serena, kapierst du? Dein echter Name hat die Wurzel in dem, was wir sind. Es ist, als ob du bestimmt dazu warst, eine von uns zu werden«, sagte sie trocken.

Melissa klatschte in die Hände. »Okay, das reicht. Können wir zurück zum Thema Namenswahl kommen? Du benötigst eine neue Identität, weil das, was du einmal warst, offensichtlich für die Welt gestorben ist. Was das genau heißt, wirst du noch bald genug erfahren. Etwas, was es sicherlich bedeutet, ist, dass du nie Kinder haben wirst.« Sie schaute mich mit traurigen Augen an.

»Nicht, dass ich bald geplant hatte, Kinder zu haben, aber darf ich fragen, warum?«

»Wie alles andere in unserem Körper sind auch die Fortpflanzungsorgane auf Eis gelegt. Wenn du dich so nennst, wie du deine Tochter genannt hättest, können wir wenigstens ein kleines Stückchen dieses Verlusts zurückgewinnen.«

Ich fühlte, dass jetzt der richtige Moment gekommen war, um ihnen mitzuteilen, dass es nun Zeit war, mit diesem Aufklärungsspiel aufzuhören.

»Meiner Meinung nach können wir aufhören, uns irgendwelche Sorgen zu machen und ich werde zu meiner Familie zurückgehen, da ja sonst jetzt alles gut läuft.« Ich wollte mich nach hinten vom Acker machen, aber das war nicht möglich, da die Wand mit dem Spiegel hinter mir war und alle drei vor mir standen.

Cathy war die Erste, die sprach: »Ich befürchte, es ist zu spät dafür. Alles hat seinen Preis. In unserem Fall ist eine zweite Chance als Sirene zu haben auch nicht gratis.«

»Was sie meint, ist, dass du in vielen Aspekten ein

aufregendes Leben führen wirst, aber einige Dinge opfern und mit anderen umzugehen lernen musst, damit du überlebst«, sagte Melissa. »Du kannst nicht zurückgehen.«

»Ihr könnt mich nicht gegen meinen Willen hier behalten«, sagte ich provozierend.

»Wenn du jetzt gehst, sind die Chancen hoch, dass du zuerst einige Menschen zu Tode erschrecken wirst und dann den Rest von ihnen tötest. Oder du bringst dich selbst aus Versehen um, weil du nicht weißt, welche Fähigkeiten dein neuer Körper mit sich bringt.« Roisin gestikulierte wild mit ihren Händen, um ihren Worten mehr Ausdruck zu verleihen. »Wir brauchten am Anfang alle Hilfe, es liegt keine Schande darin, dies zuzugeben und du wirst sehen, dass es schön ist, Leute um dich herum zu haben, die ähnlich sind.« Roisin schaute auf die anderen.

»Sprich für dich selbst«, zischte Cathy.

»Wie auch immer, wie wär's, wenn wir dir zuerst das eine oder andere beibringen, damit du nicht mehr wie eine tickende Bombe herumläufst?« Roisin schaute mich mit großen Augen an und die Aufmerksamkeit der anderen war auch komplett auf mich gerichtet.

»Na gut.« Ich seufzte. Drei gegen eine – das war einfach nicht   fair.

KAPITEL 3

ICH VERBRACHTE DIE NÄCHSTEN drei Tage wortwörtlich vor dem Spiegel, fokussierte mich auf meine Augen und versuchte meine Pupille zu einem normalen Kreis zurückzuformen. Die anderen kamen und gingen, wie sie wollten und verwickelten mich in Gespräche, jedoch ließen sie mich nie alleine im Raum und sie ließen mich auch nicht nach draußen gehen. Zuerst war mir das egal, da ich zu sehr darauf konzentriert war, meine Augen in eine normale Form zurückzubringen. Die Temperatur in der Höhle war angenehm und es war trocken. Jedoch gab es nur das Kerzenlicht und daher hatte ich keine Ahnung, welche Tageszeit es war. Irgendwann fiel mir etwas Komisches auf.

»Melissa, du hast gesagt, dass ich mich während fünfunddreissig Tagen umgewandelt habe. Wie kann es sein, dass ich kein Verlangen nach Wasser oder Essen habe?«

»Das Adrenalin gibt unserem Körper genügend Energie. Wir haben keine vitalen Vorgänge, daher arbeitet unsere Verdauung nur extrem langsam. Eine normale Portion zu essen würde dich umbringen, da die Nahrungsmittel in deinem Magen verrotten würden«, war ihre Erklärung.

»Also brauche ich nicht mehr vor öffentlichen Klos anzustehen, toll«, antwortete ich.

»Genau, das ist ein großer Vorteil.« Sie lachte. »Etwa ein Sandwich pro Monat reicht als Essen aus. Wenn du dich dann wieder unter Leute mischst, lernst du besser einige Strategien, wie du nicht essen kannst, ohne als Magersüchtige aufzufallen.«

»Mhh, das könnte ein Problem werden, ich liebe es zu essen.«

»Das wird schon gehen. Oder hast du jetzt irgendwelche Gelüste? Sogar der Geruch eines leckeren Essens wird keine Reaktion mehr in dir hervorrufen.«

Das konnte ich mir nicht vorstellen. Ich war mir sowieso nicht sicher, wie stark ich Melissa vertrauen konnte. Sie war diejenige, die mich am stärksten hierbehalten wollte. Cathy mochte mich offensichtlich nicht, aber Roisin war witzig. Ich war mir sicher, dass ich mit ihr etwas aushandeln konnte, wenn die Zeit reif war. Wohingegen Melissa immer die Nette spielte, aber ein sehr klares Bild hatte, wohin mein Weg führen sollte. Bei ihr würde ich vorsichtig sein müssen.
Ich beschäftigte mich wieder mit meinen Augen und quetschte sie zu schmalen Schlitzen zusammen, die ich dann wieder öffnete.

»Warum werde ich nicht müde, immer hier zu stehen und meine Augen zu schließen und zu öffnen?«, fragte ich Roisin, die mich nun bewachte.

»Das braucht eine größere Erklärung.« Roisin dachte einen Moment nach, wo sie anfangen sollte. »Hör mal einen Moment auf und berühre deinen Hals.«

Ich dachte, dass dies eine sehr spezielle Aufforderung sei, aber ich machte es dennoch. »Und?«, fragte ich sie verwirrt.

»Fühlst du irgendetwas?«

Ich fühlte nichts. Mein Puls hätte spürbar sein sollen. Ich presste meine Hand stärker gegen meine Kehle, aber ich spürte immer noch nichts. Dann legte ich meine Hand auf den Ort, an dem ich mein Herz vermutete.

»Dort wirst du auch nichts merken«, sagte Roisin.

»Ich habe keinen Herzschlag?«

»Keinen, den man spüren kann. Lass mich dir etwas über deine Verwandlung erzählen.« Roisin atmete tief ein. »Um dich am Leben zu halten, stachen wir eine Spritze, gefüllt mit ein bisschen von Melissas Speichel, in das Herz deines Freundes, um sein restliches Adrenalin zu entnehmen. Zusammen mit Melissas Speichel wurde das zu einem starken Serum, welches wir dir dann ins Herz jagten. Für einen Menschen wäre das Adrenalin alleine eine zu hohe Dosis, um damit umgehen zu können, da es deinen Herzschlag etwa auf 4000 steigert. Durch den Speichel pflanzten wir das Gen der Sirenen in dir ein, welches du brauchtest, damit du den Energieschock überlebst. Jetzt ist dein Herz mehr wie eine vibrierende Maschine oder ein Akku.«

Ich presste noch etwas stärker auf meine Brust. »Es schlägt also, aber einfach extrem schnell?«

»Ja, während der Umwandlung sind deine Blutbahnen gefroren und anstatt Blut fließt nun ein regelmäßiger Energiestrom durch deine Venen. Das ist auch der Grund, warum wir uns so schnell bewegen können. So lange du das Adrenalin einmal pro Monat erneuerst, wirst du nie müde.« Dann warnte sie mich: »Aber vergiss besser nie, wann du es brauchst, ansonsten wirst du dich überhaupt nicht mehr unter Kontrolle haben und schließlich doch sterben.« Sie legte eine kurze Pause ein. »Cathy ist die Expertin auf diesem Gebiet. Sie ist Herzchirurgin. Wenn du also Fragen diesbezüglich hast, wende dich an sie.«

»Ich habe noch etwa eine Million Fragen, aber ihr würde ich sie lieber nicht stellen.« Cathy war ein wenig angsteinflößend.

»Ja, das kann ich nachvollziehen«, kicherte Roisin. »Ich bin ja auch noch hier.«

»Okay, ist es wahr, dass Sirenen sehr gut singen können?« Hoffnung breitete sich in mir aus, da ich immer eine gute

Sängerin sein wollte. Mit meiner Mausstimme standen meine Chancen jedoch nie sehr gut.

»Ich weiß nicht, ob das wirklich wahr ist. Keine der Sirenen, die ich getroffen habe, kann etwas Spezielles mit ihrer Stimme anstellen. Unsere Aura alleine schafft es, die Menschen anzuziehen.«

»Oh, schade, das wäre schon toll gewesen.« Ich zog eine Schnute.

»Keine Sorge, es gibt genügend weitere Vorteile«, antwortete Roisin. »Zum Beispiel das Älterwerden.«

»Ja, was hat es mit unserem Alter auf sich?«

»Das ist etwas Großartiges, also hör mir gut zu.« Roisins Augen glänzten hinter mir im Spiegel. »Dank unseres extrem langsamen Blutflusses altern wir nur ungefähr ein Jahr alle fünf Jahre und unser Körper hört auf, sich zu verändern, wenn wir fünfundfünfzig sind. Das beinhaltet die Falten in unserem Gesicht. Mit neunzig sehen wir also immer noch so aus, wie wir es mit fünfundfünfzig taten.«

»Können wir sterben?«, wunderte ich mich.

»Wenn du nicht aus Versehen durch einen Unfall stirbst, wirst du irgendwann schon sterben, aber das kann tausend Jahre dauern. Wie sagt man so schön? Alles ist möglich.«

»Mann, ich hab's gerade mal bis siebzehn geschafft und schon bis dahin war das Leben manchmal sehr anstrengend und nun sagst du mir, dass ich sozusagen in den Jungbrunnen gefallen bin.«

»Ich denke nicht zu sehr über die Länge nach. Es ist alles eine Folge von einem guten Moment zum nächsten, wenn du in der Gegenwart lebst. Was bedeutet, dass wir sehr viele tolle Zeiten haben werden«, rief Roisin aus.

Ich musste darüber nachdenken. Mit allem, was ich bis jetzt über mein neues Ich gelernt hatte, fühlte ich mich wirklich nicht mehr sehr menschlich. Aber wie würde ich zurück in mein altes Leben kehren, mit einer neuen Identität? War ein neuer Name wirklich notwendig? Wenigstens fiel mir die Wahl leicht.

Irgendwann begann Roisin wieder zu sprechen. Oder besser gesagt, sie rief mir eine sehr kurze Warnung zu. »Achtung, fang!« Und dann warf sie mir kleine Dinge wie Schreiber, einen Teddybären und Plastikbecher zu. Ich versuchte sie automatisch zu fangen und war sehr erfolgreich darin. Es stellte sich heraus, dass sich neben dem schnellen Gehen auch meine Reflexe sehr verbessert hatten.

»Gut gemacht, du kannst deine Bewegungen recht gut kontrollieren«, lobte mich Roisin.

»Es hilft mir, wenn ich denke, dass die ganze Welt um mich herum verlangsamt wird und ich stelle mir vor, durch sie hindurch zu waten, wie durch ein Schlammbad, anstatt dass ich sehr schnell bin und alles andere ist langsamer. So kann ich die Kraft von meinen Bewegungen besser anpassen«, sagte ich und öffnete meine Hand dann in Zeitlupe, wie eine Blume, die sich im Sonnenlicht öffnet, außer dass sich meine Hand in einer normalen Geschwindigkeit öffnete.

»Was auch immer für dich funktioniert. Ich wollte auch sehen, ob deine Augen fokussiert bleiben, wenn du dich auf etwas Anderes konzentrieren musst. Aber so weit, so gut.« Ich schenkte meine Aufmerksamkeit wieder meinen Pupillen, bis mich etwas sehr Schweres traf.

»Au, was war das?« Ich starrte Roisin an.

»Uh, deine Augen.« Ihre Augenbrauen spannten sich zu einem hohen Bogen. Ich drehte mich zurück zum Spiegel und sah, dass erneute Boshaftigkeit in meinen Augen aufflammte. Ich musste ruhig und gelassen bleiben, damit ich die Kontrolle und den Fokus nicht verlor. Als das böse Funkeln dann wieder weg war, wollte ich den Koffer im Gegenzug auch Roisin zuwerfen. Er war jedoch ziemlich schwer. Ich öffnete ihn, um mehr über den Inhalt herauszufinden. Nur normale Kleider. Offensichtlich gehörte Muskelkraft nicht zu meinen neuen Fähigkeiten. Ein schwerer Koffer blieb ein schwerer Koffer.

»Du kannst sie ausleihen. Es sind unsere Sachen, aber wir haben eine Auswahl für dich getroffen, damit du nicht mehr jeden Tag in denselben Klamotten herumrennen musst.«

Ich hatte nicht einmal bemerkt, dass ich immer noch meine kurze Wanderhose und das gleiche zerrissene T-Shirt trug, seit ich aufgewacht war.

Nur Cathy spielte nie solche Spiele, wenn sie Aufsicht hatte. Sie saß nur da oder machte ein paar Schritte, ohne jemals ein Wort zu sagen. Nicht, dass mich das gestört hätte. Niemanden zum Reden zu haben bedeutete mehr Zeit für mich, um zu üben, ruhig zu bleiben und meinen Kopf mit schönen Gedanken zu füllen. Auf diese Weise hellten sich meine Augen nach einer Weile etwas auf, bis sie sich für ein goldiges Schokoladenbraun entschieden. Bald konnte ich wohl nach Hause gehen.

All diese Konzentration war ermüdend. Ich spürte, wie sich Kopfschmerzen ausbreiteten und ich fühlte mich erschöpft. Aber die anderen schienen zufrieden mit dem Resultat.

»Nicht schlecht«, sagte Melissa am dritten Tag. »Ich brauchte fünf Tage, um meine Augen zu dem zu bringen, was sie jetzt sind, und das war auch schon ziemlich schnell. Deine Pupillen sind immer noch etwas rechteckig, aber mit ein wenig mehr Arbeit wird niemand mehr etwas vermuten. Heute solltest du aber besser Kontaktlinsen tragen, um auf der sicheren Seite zu sein.«

Ich wusste, wie man Linsen einsetzte, da ich schon welche getragen habe, als ich noch menschlich war.

»Und, hast du dich für einen Namen entschieden?«, fragte Melissa.

Meine Wahl war ein wenig ironisch. Vor einigen Jahren war ich die Babysitterin von einem Mädchen, Nathalie. Sie war das herzigste Baby. Leider starb sie mit nur 4 Jahren an einem plötzlichen Herzstillstand.

»Nathalie«, sagte ich, damit sie es hörten.

»So soll es sein.« Melissa drehte sich zu Cathy um. »Catherine, wärst du so gut und würdest die ID organisieren?«

Cathy rollte mit den Augen und rannte davon. Sie setzte eine ganz neue Messlatte für das Rennen.

»Okay, Nathalie, bist du bereit, aus dieser Höhle herauszukommen?«, fragte Roisin.
»Wirklich? Ich sage ein Wort und so wird es sein? Serena ist tot und ich muss von jetzt an jemand anderes sein?« Es war mehr so, als ob wir irgendein Kinderspiel spielten und wenn wir keine Lust mehr hätten, würde ich wieder Serena sein.

»Je schneller du dich daran gewöhnst, desto besser. Ich versichere dir aufgrund meiner eigenen Erfahrung, dass es für dich nur schwieriger wird, wenn du deiner alten Person und deinem alten Leben nachtrauerst.« Melissas Gesichtszüge waren hart wie Stein – bis auf einen Schimmer Traurigkeit in ihren Augen.

»Mir gefiel Serena«, schmollte ich.

»Ja, es ist ein schöner Name. Wir können mit dir später eine zweite Beerdigung feiern, lasst uns nun gehen.« Roisin tappte ungeduldig mit ihrem Fuß.

»Ich bin etwas müde.« Plötzlich war ich nicht mehr so erpicht darauf, nach draußen zu gehen. Was, wenn sich die Welt dort draußen auch verändert hatte, während ich hier drin umgewandelt wurde und es nun plötzlich ein Dschungel oder eine futuristische Stadt war? Ich atmete nervös aus.

»Müdigkeit ist kein gutes Zeichen für uns. Das bedeutet, dass du Hunger hast. Wie hungrig fühlst du dich?«

Ich hatte dieses Verlangen in mir, aber es war nicht die typische Sehnsucht nach Schokolade oder einem anderen Nahrungsmittel oder Getränk. Eher eine große Leere in meinem Innern, als ob ich deprimiert wäre und es war so schlimm, dass es anfing, wehzutun und das Atmen ein Hindernis war. Je mehr ich das fühlte, desto mehr wollte ich etwas dagegen unternehmen.

»Wie wäre es mit einem schönen, saftigen Herz? Immer noch pulsierend mit rotem Blut, gefüllt mit frischer Energie?«, schlug Roisin vor, als ich nicht sofort antwortete.

»Mhh.« Das Wasser lief mir im Mund zusammen. Mir war klar, dass mich das nicht so erregen sollte. Essen Menschen überhaupt Herzen? Von Tieren meine ich. Ich konnte mich nicht daran erinnern, aber als Roisin das erwähnte, wusste ich, dass ich genau darauf Lust hatte. Als ob sie das Menü des Jahres vom weltbesten Koch vorgelesen hätte, auf welchem per Zufall noch alle meine Lieblingsspeisen waren. Ich konnte nicht mehr warten. Ich stellte mir dieses frische, rote Herz vor und wollte einfach losrennen, um eins zu holen, hineinbeißen und das Blut trinken, auf dem Fleisch herumkauen und jeden einzelnen Bissen genießen und am Schluss noch genussvoll das übrige Blut von meinen Lippen lecken. Alleine schon der Gedanke an das zarte Fleisch war orgastisch.

»Ich schätze, ich habe einen Bärenhunger.« Ich schluckte und meine Augen wanderten zum Ausgang der Höhle. Natürlich war Melissa schneller als ich und berührte meine Schultern.

»Halt, bevor du davonrennst, müssen wir einige Regeln klären«, sagte Melissa. »Erste und wichtigste Regel: Wir bringen keine Menschen um und wir verwandeln nur diejenigen, deren Aura hundert Prozent richtig erscheint für die Umwandlung.« Ihre Augen verengten sich und es bildete sich eine kleine Grube zwischen den Augenbrauen. »Es sind nicht alle Menschen geeignet, Sirenen zu werden, daher darfst du vorerst keine Umwandlungen vornehmen und wir bedienen uns nur an Herzen, wenn es keine andere Möglichkeit mehr gibt, die Person zu retten. Das wird dir sehr schwer fallen, vor allem am Anfang und darum kannst du dich im Moment noch nicht unter zu große Menschenmassen mischen. Es würde dich wahnsinnig machen.« Sie schüttelte ihre Hand neben ihrem Kopf, um zu zeigen, wie ich verrückt werden würde. »Darum müssen wir dich die ersten paar Male an einer Leine führen und dich füttern.« Sie machte einen schiefen Mund.

»Du machst Witze!« Ich starrte sie an.

»Natürlich machen wir keine Witze; es ist sicherer für uns alle. Schau es an, als ob wir mit einem Kind wandern gingen; du bist das Kind und wir müssen sicherstellen, dass du nicht aus Versehen über die Klippe fällst.«

»Mein ganzes Leben war ich eine sehr unabhängige Person. Dass ihr mich andauernd beobachtet, fängt langsam an zu nerven.«

Melissas Unterkiefer verspannte sich. »Manchmal ist etwas Unangenehmes das Beste für einen.« Sie hielt kurz inne, um den Faden wiederzufinden. »Zweite Regel: Wir reißen keine Körper auf. Diese Technik ist schon lange veraltet. Nun benutzen wir eine Spritze, welche wir direkt in das noch lebende Herz einführen, um den Saft herauszuziehen und dann in unseres hineinzuspritzen. Das ist ebenso effektiv, aber viel sauberer. Dritte Regel …«

Ich fing an, mich zu ärgern. Ich wollte endlich zu meinem Herz. Warum noch lange hier rumplaudern? Konnten sie mir das nicht auf dem Weg erzählen? »Lass mich raten: Sprich nicht über den Club?«

»Der war gut«, schmunzelte Roisin.

»Jaja, mach dich nur drüber lustig, aber das ist eine ernsthafte Angelegenheit. Wir müssen hundert Prozent aus jeder Möglichkeit, die wir erhalten, herausholen und das, ohne dass wir entdeckt werden.« Melissa wurde ziemlich dramatisch.

»Okay, können wir nun gehen?«, fragte ich ungeduldig.
Roisin zauberte etwas hinter ihrem Rücken hervor und ließ es von ihren Fingern baumeln. Es war ein Klettergurt. Ich schmollte, aber ich zog ihn an und beide Frauen ergriffen das Seil, welches daran befestigt war.

»Wir glauben an dich, mach dir keine Sorgen. Du wirst das schon schaffen. Es ist nur eine Vorsichtsmaßnahme«, sagte Melissa.

»Lass uns gehen«, fügte Roisin hinzu.
Wir verließen die Höhle durch einen mindestens einen Kilometer langen Tunnel und zum ersten Mal nach über einem Monat schritt ich nach draußen. Ich erwartete blendendes Tageslicht, aber es war dunkle Nacht. Nichtsdestotrotz war es wärmer als in der Höhle. Der Wald, in dem wir uns befanden, roch nach süßem Holz. Es fühlte

sich gut an, frische Luft einzuatmen. Es gab einige komische Wurzeln, welche mich daran erinnerten, dass wir immer noch in Malaysia waren, und ansonsten war ich erleichtert, dass die Welt immer noch dieselbe zu sein schien.

»So, jetzt führst du. Horche und konzentriere dich auf das, was du hörst. Wir sind auf der Suche nach schnell klopfenden, mit Adrenalin gefüllten Herzen, die vorzugsweise von anderen Leuten isoliert sind«, forderte Melissa.

Ich hörte die bekannten Naturgeräusche, wie das Rascheln der Blätter im Wind und die Vögel, die noch wach waren. Aber ich hörte noch etwas Anderes. Ich dachte, es hätte zu regnen begonnen, aber der Boden und die Luft blieben trocken. Trotzdem waren da diese dumpfen Klopfgeräusche, als ob Regen oder etwas nicht zu Schweres auf eine harte Oberfläche aufprallen würde. Ich schaute umher, um die Quelle der Geräusche zu finden.

»Ignoriere das Hintergrund-klopfen einfach. Das sind Tierherzen, die sind leider von keinem Interesse für uns. Tierblut macht uns krank.«

Ich schloss meine Augen. Nicht, dass ich in der Dunkelheit viel gesehen hätte, aber ich dachte, es würde mir helfen, auszublenden, wie Roisin nervös mit ihren Fingern gegen ihre Wange trommelte. Ich hörte definitiv Trommelgeräusche, die sich von den Tierherzen unterschieden. Sie klangen attraktiver und lebendiger. Plötzlich hörte ich jedoch ein stärkeres Klopfen. Es klang schnell und aufgeregt.

»Endlich!«, sagte Roisin, sobald ich die Augen öffnete. »Ich dachte schon, dass wir dieses verfallen lassen müssten.«

Melissa sagte: »Gut gemacht, es ist nicht immer einfach, ein beunruhigtes Herz zu entdecken. Es ist leicht zu verwechseln mit jemandem, der einen Bungee-Sprung oder eine ähnliche Extremsportart macht. Aber ich kann es in deinen Augen sehen, dass du instinktiv von deinem potenziellen Opfer angezogen wirst. Beweis dafür, dass du den Unterschied hörst, bei jemandem, der weiß, dass er viel zu früh stirbt.« Melissa nickte abschließend. »Und nun: Los geht's.«

Wir rannten. Bäume schwirrten vorüber in verschwommenen Grün- und Schwarztönen, aber der Slalom um die Stämme herum war wie das Einfachste auf der Welt für mich. Wir rannten einen Berg hoch, auf welchem sich die Bäume lichteten, und dann wieder hinunter, immer dem Herzrasen folgend. Plötzlich, auf einer Landstraße irgendwo im nirgendwo, stießen wir auf die Quelle des Herzklopfens. Der Unfall musste sich erst vor einer Sekunde ereignet haben, denn es wirbelte immer noch Staub über einem Motorrad, welches im schwachen Mondschimmer ziemlich zerstört aussah und neben der Straße seitwärts im Dreck lag. Der Fahrer sah noch schlimmer aus. Aus seinem Sitz katapultiert und von einem großen Baumstamm in der Nähe aufgefangen, lag er nun unten am Baum, seine Gliedmaßen in komische Winkel verbogen.

Etwas Seltsames geschah mit mir, sobald ich ihn erblickte. Eine Episode, worauf ich nicht so stolz bin. Das intensive Klopfen seines Herzens klang so verlockend, dass ich mich auf ihn stürzen und seine Brust aufreißen wollte, damit ich endlich meine Zähne im zarten Herzfleisch vergraben konnte. Natürlich hinderten mich Melissa und Roisin daran und rissen mit all ihrer Kraft an meiner Leine. Ich hörte sie schreien, aber zog nur noch stärker. Durch das Klopfen fühlte ich mich hungriger, als ich jemals in meinem Leben gewesen war. Mein einziger Fokus war das vitale Herz in seiner Brust. Alles andere war egal. Zum Glück waren die zwei Frauen zusammen stärker als ich. Sie banden meine Leine an einen anderen Baum.

Ich war rasend vor Wut. »Nein, bindet mich los.«

Ich erinnere mich nur noch schummerig daran, wie Melissa eine Spritze aus ihrer Brieftasche nahm und die Spitze durch seine Jacke jagte, gerade so auf der Höhe seines Herzens. Sie drückte auf einen Knopf am Plastikende und zog daraufhin die Spritze wieder heraus. Keine Zeit wurde verschwendet. Melissa sprintete zu mir und spritzte mir die Flüssigkeit ohne Vorwarnung in meine Brust. Es schmerzte nicht, aber ich hörte auf zu schreien und schaute, wie der rote Saft aus der Kanüle verschwand.

»Wow, was ist gerade passiert?« Ich atmete tief ein. »Ich fühle mich entspannt, wie nach einer langen, belebenden Dusche. Vor einer Sekunde wollte ich diesem Typen noch das Herz aus der Brust reißen, aber jetzt ist dieses Verlangen verschwunden.«

»So ist auch sein Herzschlag«, sagte Roisin. »Das letzte Adrenalin, welches er noch besaß, ist nun in dir drin. Du musst dir das wie eine Herztransplantation vorstellen. Die Energie ist nur so lange da, wie die Person lebt. Wenn die Person erst einmal tot ist, verschwindet die Energie mit ihr.« Ein kalter Schauer lief mir den Rücken hinunter. Nun hatte ich Zeit, die Spritze genauer zu betrachten. Es könnte ein Hilfsmittel für Diabetiker sein, mit der Ausnahme, dass die Nadel, welche herausschoss, wenn man auf einen Kopf drückte, mindestens sechs Zentimeter und sehr scharf war und dünner als eine Nähnadel. Ich überprüfte mein Dekolleté. Ich konnte weder einen Tropfen Blut noch ein kleines Loch erspähen. Roisin zog das „V“ von ihrem T-Shirt ein wenig seitwärts nach unten. Man konnte einen leichten Ausschlag erkennen, wenn man genau hinschaute.

Sie zuckte mit den Schultern. »Das passiert, wenn du immer wieder eine Nadel am selben Ort einstichst.«

Ich schaute zum übel zugerichteten Motorradfahrer und schauderte bei der Erinnerung, dass ich beinahe seinen Kopf abgerissen hätte.

»Offensichtlich bin ich noch nicht bereit dazu, mich unter Menschen zu mischen.« Ich schluckte.

»Siehst du, darum hast du uns.« Roisin legte einen Arm um meine Schultern. »Wir werden dir helfen, deine Gelüste zu kontrollieren.«

Ich hoffte, dass sie es mir schnell beibringen würden.

»Was geschieht nun mit ihm?«, fragte ich.

»Wir können nichts mehr für ihn machen. Daher ist es das Beste, wenn wir ihn einfach so hierlassen und keine Spuren hinterlassen, falls ihn jemand findet in ein paar Stunden oder Tagen.«

»Wirklich? Ihr nehmt sein Herz und rennt dann einfach davon?« Ich guckte nochmals zu diesem armen Typen. Ich konnte nicht einmal sein Gesicht erkennen, durch die Scheibe seines Helmes.

Melissa seufzte. »Sprich nicht so anklagend. Er wäre so oder so gestorben. Darüber hinaus ist es besser für uns, nicht an unseren ‚Spendern‘ zu hängen. Du wirst noch viele solche Szenen antreffen und verlassen müssen und dabei musst du akzeptieren, dass auch unsere Anwesenheit während seiner letzten Herzschläge nichts daran ändern wird, dass er stirbt. Die Verletzungen sind einfach zu stark.«

Mir war nach Heulen zumute und ein wenig angewidert war ich auch. Noch vor fünf Minuten fuhr dieser Mann glücklich eine Waldstraße entlang, wahrscheinlich auf dem Weg nach Hause zu jemandem, der ihn liebte, und nun wird er nie zurückkehren. Das Bedauern darüber erinnerte mich an meine eigene Familie. Ich musste sie sehen, ihnen sagen, dass alles okay ist und alles zur Normalität zurückkehren kann. Ich schwor mir, dass ich mich unter Menschen aufhalten konnte, ohne sie anzugreifen. Und Toby. Oh nein. Toby würde auch nie zurückkehren. Er war mein erster Spender. Ich hatte seine Lebensenergie in meinem Herzen, was etwas ironisch war, wenn man darüber nachdachte. Dank ihm war ich jedoch noch am Leben. Als sich meine Gedanken weiter und weiter im Kreis drehten, riss mich Roisin plötzlich zurück ins Hier und Jetzt.

»Dem Ausdruck auf deinem Gesicht zufolge hast du nun die dritte Phase betreten. Nach der Gefühlslosigkeit kommt das Bedauern. Das ist bei Weitem der schlimmste Zustand. Zudem jener, bei dem du dich am meisten selbst gefährdest.«

»Ich muss jetzt nach Hause«, sagte ich schwach.

»Das geht leider nicht, Liebes. Es wäre der Schock ihres

Lebens, wenn du nun plötzlich wieder auftauchen würdest«, bedauerte Melissa. »Sie mussten den Schmerz über deinen Verlust schon verarbeiten. Daher ist es besser, wenn du sie nicht mehr wiedersiehst«, sagte Melissa bestimmt.

Jetzt wanderten meine Gedanken zu meiner Mutter. Ich wollte nicht, dass sie leiden musste.

Tränen sammelten sich in meinen Augen, als ich daran dachte, wie viele Tränen sie schon meinetwegen hatte vergießen müssen. In jenem Moment fühlte ich den Schmerz, den sie wohl gefühlt hatten, weil sie eine Tochter oder Schwester verloren hatten. Was ich fühlen würde, wenn meine Schwester an meiner Stelle gestorben wäre. Ich konnte ihnen das nicht antun. Ich musste sie sehen.

Um endlich von diesem verdammten Ort verschwinden zu können, zog ich wieder an der Leine.

Melissa trat einen Schritt auf mich zu. »Liebes, es tut mir so leid, aber du kannst nicht zu ihnen gehen. Das ist das Schwierigste am Dasein als Sirene. Du musst dich von deinem alten Leben verabschieden. Mit der Zeit wirst du die Leute und Orte, welche einmal so vertraut waren, nicht mehr so vermissen. Auch wenn du es im Moment nicht glauben kannst, du wirst dich wieder wie eine normale Person fühlen.«

Roisin nickte zustimmend und setzte sich gegen einen Baumstamm lehnend. »Es wird besser werden.«

Ich wollte nicht zuhören. Ich wollte zu meiner Mutter; ich wollte sie umarmen und ihr sagen, dass alles in Ordnung war, ihr sagen, dass ich sie liebe. Mit all meiner Kraft zog ich an der Leine und schließlich brach ich in einem Heulkrampf zusammen, als die Leine einfach nicht reißen wollte.

Melissa und Roisin brachten mich zurück zur Höhle, immer noch an der Leine, wie eine Gefangene.

Cathy wartete schon auf uns. »Da seid ihr ja, ich habe mich schon gefragt, was ihr wohl so lange treibt.« Nachdem sie einen zweiten Blick auf mich geworfen hatte, sagte sie in einem etwas weicheren Ton: »Wir mussten das alle schon durchmachen. Du wirst lernen, damit umzugehen. Wir schulden das all den Leuten, die keine zweite Chance bekommen.«

Ich erwiderte nichts. Ich schmollte, weil sie mich gegen meinen Willen hierbehielten, weil sie mich ohne zu fragen in etwas verwandelt hatten, was ich immer noch nicht ganz verstand, aber vor allem, weil sie mich von allem fernhielten, was ich bis jetzt gekannt hatte.

»Hier, ich habe das für dich organisiert.« Cathy übergab mir eine Identitätskarte des Staates New York.
Nathalie Belkin, stand auf der Karte, dazu ein Foto und mein neues Geburtsdatum.

»Ihr habt mich jünger gemacht?«

»Das gibt dir mehr Zeit, bevor du anfangen musst, Ausreden zu erfinden.«

»Happy Birthday, Nathalie.«
Falls mir jemand einen Kuchen gebacken hätte, hätte ich ihn ihnen in die Gesichter geklatscht.

KAPITEL 4

VOR DEM GESETZ WAR ich nun Melissas Tochter. Roisin und Cathy waren meine Cousinen. Wir hatten noch viele weitere Cousinen, wie ich noch herausfinden würde.

Ich vermisste meine Leute von zu Hause. Früher oder später musste ich dorthin zurückgehen. Ich konnte nicht einfach wegbleiben. Für den Moment jedoch war ich unter den wachsamen Augen von meiner neuen Verwandtschaft, die mich keinen Finger krümmen ließen, ohne dass jemand in der Nähe war. Aber irgendwann musste auch ihre Aufmerksamkeit einmal geschwächt sein und in so einem unbeobachteten Moment konnte ich dann davonschlei-chen. Bis dahin fragte ich mich ständig, was sie als Nächstes für mich geplant hatten. Sie bauten einen mehr oder weniger sicheren Spielplatz für mich und wussten immer, was der nächste Schritt sein würde, während für mich alles eine Überraschung war. Ich war das Kind in einem Raum voller Erwachsener, in welchem alle außer mir wussten, was vor sich ging. Alles war normal für sie, während es sich für mich wie eine drogenverstärkte Illusion anfühlte. Ich konnte immer noch nicht ganz glauben, was passiert war, und ich wartete permanent darauf, aus einem schlechten Traum aufzuwachen. Sich vor der Zivilisation zu verstecken und vorzugeben, dass ich tot war, klang ziemlich unheimlich.

»Wie lange habt ihr hier gelebt?«, fragte ich nach ein paar weiteren Tagen in der Höhle, mit dem einen oder anderen Waldspaziergang zwischendurch, auf denen wir den Tierherzschlägen zuhörten.

»Hah, sie denkt, dass wir hier leben!« Roisin lachte laut. »Wir sind doch keine Höhlenmenschen. Wir mögen es, Möbel, einen Fernseher und Internet zu haben, aber wir benötigten einen Ort, wo du dich erholen konntest. Und das hier war gleich in der Nähe.«

Ich verarbeitete diese Information. »Wo lebt ihr dann?«

»An der wunderschönen Ostküste von Nordamerika. Ich lebe in New York City. Ich nehme an, du hast schon davon gehört?«, Roisin zwinkerte mir zu und fuhr fort, ohne auf eine Antwort zu warten. »Melissa auf Cape Cod, weil sie es ruhig mag, und Cathy in Rhinebeck, in der Nähe des Krankenhauses, in welchem sie als Herzchirurgin arbeitet.«

»Und wann geht ihr zurück?«

»Bald, wir wollten sichergehen, dass du stabil bist«, antwortete Melissa.

»Du hast hoffentlich nicht gedacht, dass wir dich hierlassen, nach all dem, was du durchgemacht hast? Du kommst mit uns!«, sagte sie, als ob es etwas Gutes sei. Es klang auch so, als ob ich keine Wahl hatte.

»Zuerst werden wir jedoch ein kleines malaysisches Dorf besuchen und sehen, wie du damit umgehst, unter Menschen zu sein«, fuhr Melissa fort.

»Was, wenn ich nicht mitkommen möchte?«, unterbrach ich sie mit ruhiger, aber bestimmter Stimme.
Etwas flackerte in ihren Augen. Es war nicht Zorn, aber ich konnte es nicht bestimmen, da es sofort wieder fort war.

»Natürlich würden wir dich nicht entführen. Aber zumindest für die ersten paar Monate solltest du mit jemandem sein, der dir helfen kann, dich an dieses Leben zu gewöhnen. Keine von uns war alleine.« Melissa schaute flüchtig zu Roisin und Cathy.

»Schau mich nicht an. Du weißt, dass ich genauso wenig hier sein möchte wie sie.« Cathy blickte mich an. »Ja, Wunderkind, wir haben etwas gemeinsam.«

»Halt die Klappe, Cathy«, brachte Roisin sie zum Schweigen.

Melissa versuchte es erneut: »Ich bin sicher, du wirst noch viele Fragen haben und es gibt so vieles zu lernen. Wir werden eine großartige Zeit haben! Sowieso, wohin würdest du gehen?«

Alter Schwede, bist du wirklich so langsam? Nach Hause, ich würde nach Hause gehen.

Roisin eilte ihr zu Hilfe: »Ich weiß nicht, wie oft wir dir das noch sagen müssen. Es wird die gleiche Antwort bleiben und auch jedes Mal gleich schmerzhaft. Du kannst nicht zu deinem alten Leben zurückkehren. Es tut mir leid«, sagte Roisin und hielt ihre Hände übers Herz, »ich musste das auch akzeptieren. Sieh es einfach als Urlaub. Komm mit uns und fange neu an. Ich verspreche dir, wenn du erst in New York ankommst, willst du nie wieder fort.«

Blah, blah.

»Abwarten und Tee trinken«, seufzte ich.

»War ich auch so skeptisch, nachdem ich verwandelt worden war?« Roisin schaute Melissa fragend an.

Melissa prustete: »Machst du Witze? Ich hätte Irland nie verlassen, wenn deine Dickköpfigkeit unser Geheimnis nicht in Gefahr gebracht hätte. Du hättest dich bei jeder Gelegenheit davongeschlichen, um deine Freunde zu besuchen. Zum Glück hattest du schon immer einen Sinn für Abenteuer. Es wirkte so, als ob du NYC in den ersten fünf Minuten erobert hattest.«

»Ja, so bin ich, ich kann eine riesige Metropole um meinen Finger wickeln«, lachte Roisin mit einer hellen Stimme.

»Zudem mag ich es auch dort. Du solltest es mal

versuchen, Nathalie«, sagte Melissa.

Ich zuckte zusammen. »Wenn ihr mit Nathalie sprechen wollt, müsst ihr eine finden.«

»Komm schon, gib dir ein wenig Mühe. Wir strengen uns alle auch an.« Roisin ballte ihre Hände zu Fäusten.

Ich presste meine Lippen aufeinander. »Na gut. Und was ist das nächste Fach in der Sirenenschule?«

»Schon besser. Nun musst du nur noch den Sarkasmus herausnehmen und wir könnten dich schon fast als fröhlich bezeichnen.« Roisin klopfte mir auf den Rücken. »Wie wär's mit einer Laufübung? Darin scheinst du gut zu sein. Wenn wir dann durch Städte rennen, wird es etwas schwieriger sein, nicht mit etwas zusammenzustoßen, da sich die Leute und Autos auch bewegen.«

Es gefiel mir wirklich, dass ich mich so schnell bewegen konnte. Dieser Gegensatz, dass ich mich so schnell bewegen konnte und trotzdem alles so genau sah, war großartig.

»Zuerst werden wir durch den Wald rennen und eine von uns wird ein rotes Halstuch halten. Manchmal werden wir es von der einen zur anderen reichen und du musst einfach immer der mit dem Tuch folgen. Verstanden?«, fragte Roisin.

Ich nickte.

Wir starteten also dieses Fangspiel und ich stellte mich ziemlich gut an. Sie konnten mich kein einziges Mal austricksen. Als wir mit dieser Aufgabe fertig waren, ging das Boot Camp weiter. Die Aufgaben bestanden aus: alle Körperteile in menschlicher Geschwindigkeit zu bewegen, ohne wie eine Pantomimenfigur oder jemand, der spastische Anfälle hat, zu wirken. Dann noch mehr Augentraining und Interviews, in welchen ich die richtige Information zu meiner neu erfundenen Vergangenheit geben musste.

Schließlich bestand ich ihren Test.

»Gut, nun bist du bereit, mit Menschen in Kontakt zu treten«, sagte Melissa. »Aber wir werden es langsam angehen. Weißt du, auch wenn du deine Familie gerne sehen würdest, bedeutet das nicht, dass es für sie alle gut ausgehen würde.«

»Denkst du, ich würde sie einfach angreifen?«

»Es ist eine Möglichkeit, aber wir hoffen, dass du es schaffst, zu widerstehen. Darum versuchen wir es zuerst irgendwo, wo es wenige Leute gibt. Die Aura, die du als Mensch hattest, spricht für dich, dass du dich beherrschen können wirst. Verliere deinen Fokus nicht.« Sie sah trotzdem nicht zu hundert Prozent überzeugt aus.

»Das wird schon gut gehen«, sagte Roisin bestimmter.

»Oh, daran habe ich keine Zweifel«, fügte Cathy hinzu. »Wie auch immer, alles scheint hier nach Plan zu gehen. Ich sollte nun zurück zu meinen Patienten gehen. Ich schätze, unsere Wege werden sich, früher als mir lieb ist, wieder kreuzen.« Sie nickte uns dreien zu und rannte fort.

»Ich dachte, sie mag nur mich nicht, aber ihr seid ja auch nicht ihre besten Freundinnen«, stellte ich fest. »Warum ist sie dann immer hier und was ist mein Plan?«

»Oh, Cathy ist einfach so. Mach dir nichts aus ihr.« Roisin wedelte meinen Kommentar weg. »Einige schlimme Dinge sind ihr zugestoßen und seitdem lässt sie niemanden zu nahe an sich heran. Aber falls du wissen möchtest, was dich bei den Menschenherzen erwartet, musst du dir einfach das Klopfen von den Tierherzen etwa zehn Mal lauter vorstellen. Das ständig in deinem Kopf zu haben kann ganz schön nervig werden«, fügte Roisin zu meiner Bestürzung hinzu. Ich mochte das Metronom schon in den Gitarrenstunden nie und nun sagte sie mir, dass ich mit tausenden Metronomen in meinem Kopf leben musste und sie nicht einmal abstellen konnte. Fantastisch, das wird angenehm – nicht.

Melissa und Roisin führten mich zu einem kleinen Dorf. Ich konnte die unterschiedlichen Herztöne schon meilen-weit vorher hören. Es gab wohl mehr Hühner und Schweine als Menschen und ihr Herzklopfen zusammen war nicht eine rhythmische Mischung, sondern hunderte Schläge in einer Kakophonie. Wir behielten Abstand zum Dorf aber schon im Umkreis von fünf Kilometern zum Dorf bereitete mir Kopfschmerzen.

»Wie könnt ihr nur damit leben?« Ich presste meine Hände gegen meine Ohren.

»Es ist schwer zu glauben, aber sie werden in den Hintergrund rücken, genau wie die Tiergeräusche. Es ist einzig und allein dein Fokus. Am Ende werden nur die Herzschläge, die du hören willst, herausstechen«, erklärte Melissa und schaute dabei in die Richtung, aus welcher die Herzschläge kamen.

Ich stöhnte nur.

»Also gut, gehen wir zurück zur Höhle«, nickte Melissa. Je weiter wir uns vom Dorf entfernten, desto besser fühlte ich mich.

»Oh, himmlische Ruhe!« Ich atmete auf, als wir die Höhle erreichten. »Ich kann's nicht glauben, dass ihr nicht alle in einer isolierten Kirche irgendwo auf einem Berg lebt.«

»Du wirst auch wieder ein normales Leben führen können. Ich mach mir nach der heutigen Erfahrung keine Sorgen mehr deinetwegen«, gab Melissa zu.

Vielen Dank für die Blumen.

»Wieso habt ihr mich umgewandelt?«, wunderte ich mich.

»Wie schon gesagt, die Aura muss stimmen und bei dir war alles richtig«, sagte Roisin schnell.

»Das ist alles? Es klingt so weit hergeholt«, antwortete ich. Einige von Cathys Bemerkungen schwirrten noch immer in meinem Kopf umher. »Warum nennt mich Cathy Wunderkind? Ich fühle mich eher, als ob ich eine ziemlich schlechte Sirene sei.«

»Nein, du stellst dich gut an«, widersprach mir Melissa. »Am Anfang ist es für alle schwierig. Es gibt viel zu lernen. Daher denke ich, dass du für den Moment bei mir leben solltest«, versuchte sie erneut.

Einmal mehr hatte sie meine Frage einfach übergangen und machte mit einem Thema ihrer Wahl weiter. Ich fragte mich, ob sie das mit Absicht machte, weil es etwas zu verstecken gab.

»Ich lebe in einem sehr hübschen Häuschen, gleich am

Strand«, sprach Melissa weiter. »Du kannst den Ozean riechen und hörst die Wellen hinter den Dünen. Und das wichtigste ist, dass wir fast keine Nachbarn haben, was bedeutet, dass es ein ziemlich ruhiger Ort ist. Es wird sich anfühlen wie ein gratis Wellnessaufenthalt nach all diesem Stress.«

Ich versuchte, mir das Haus vorzustellen. Ich mochte Strände. Nahe am Meer zu leben war sogar einer meiner Träume gewesen. Und wenn ich jetzt ja sagen würde, konnte ich ihnen vielleicht auf dem Weg dorthin entwischen. »Ich schätze, es kann nicht schaden, es zu versuchen.«

KAPITEL 5

WIR VERBRACHTEN NOCH EINE weitere Woche in Malaysia und besuchten mehrere malaysische Dörfer. Etwas, was sie mich lehrten, war, dass ich immer von einem verlassenen Ort losrennen und ankommen muss, sodass ich niemanden verwirren würde. Die ganze Videoüberwachung machte es nicht wirklich einfacher, daher war eine der ständigen Aufgaben im Leben als Sirene, die Standorte aller Überwachungskameras zu memorisieren.

Mit der Zeit begann sich das ständige Klopfen der Menschenherzen wie ein Tinnitus anzufühlen und rückte dann immer weiter in den Hintergrund. Am Schluss spazierten wir sogar durch Chinatown in Kuala Lumpur, ohne dass mein Kopf explodierte.

Die Reise zu Melissas Haus und meine Flucht hatte ich genau geplant. Wenn wir uns in Richtung New York auf den Weg machten, würden wir zuerst nordwärts nach Kasachstan reisen, dann über Russland, die Ukraine, Österreich und Irland. Dann käme das spannende, denn von dort würden wir den Atlantik überqueren. Wobei reisen ‚rennen‘ bedeutete. Es würde ein wenig länger dauern, weil wir nicht die ganze Strecke auf einmal rennen sollten, aber wenigstens würde es uns überhaupt nichts kosten, da wir die Nächte bei europäischen Cousinen verbringen konnten. Dann, auf dem Weg von Wolgograd nach Dublin, würde ich mich in Wien davonschleichen und zu meinem Zuhause in der Schweiz rennen. Ich konnte meine Familie nicht einfach glauben lassen, ich sei tot, wenn ich es nicht war.

Ich war aufgeregt, als wir die Höhle endgültig verließen. Jetzt, da ich etwas mehr an meinen Körper gewohnt war, konnte ich es nicht mehr fassen, dass ich es so lange an diesem Ort ausgehalten hatte. Ich hatte kein Problem, das dreckige Loch gegen schöne, weiße Wände auszutauschen. Die anderen fühlten ähnlich.

»Tschüss, Höhle«, winkte Roisin. Melissa trug den Spiegel und Roisin eine Mülltüte mit den Kerzenstummeln. Die Höhle sah aus, als ob wir nie dagewesen wären.

»Ich hoffe, dass du es eines Tages wertschätzen wirst, dass wir so lange mit dir hiergeblieben sind. Ich vermisse meine Dachterrasse«, sagte Roisin.

Der erste Teil der Reise führte uns nach Wolgograd. Das war das längste Stück, welches ich bis jetzt ohne Unterbrechung gerannt bin und es fühlte sich wundervoll an. Ich fühlte mich unglaublich lebendig, als ich die vorbeizischende Luft einatmete und war immer noch überrascht, wie klar und mit wie viel Detail ich alle Dinge sah, an denen wir vorbeirannten, obwohl sie eigentlich ein verschwommenes Farbchaos hätten sein müssen.

Die Nacht in Wolgograd verbrachten wir mit Valentina und ihrem Ehemann Dimitry. Sie war eine europäische Cousine. Keine direkte Verwandte, aber Sirenen nennen einander alle Cousinen. Valentina hatte einen erfolgreichen Geschäftsmann geheiratet, als sie beide Ende zwanzig waren. Nun war Dimitry Mitte sechzig und Valentina sah immer noch aus, als wäre sie halb so alt wie er.

»Erzähl der Familie nur nichts über uns. Nicht einmal

Dimitry weiß etwas«, warnte mich Melissa.

Ich schaute sie ungläubig an. »Wie kann man mit jemandem leben und nicht merken, dass der Partner keinen Herzschlag besitzt oder keine Falten bekommt?«

»Vielleicht vermutet er etwas, aber unnatürliche Dinge sind beängstigend. Man behält die rosarote Brille lieber auf und gibt der Frau Geld für die Schönheitssalonbesuche, die sie so sehr mag, damit sie glücklich bleibt. Valentina spendet übrigens viel von diesem Geld für wohltätige Zwecke. Es ist ja nicht so, als ob sie diese Termine wirklich nötig hätte«, kicherte Melissa.

Ich betrachtete das Haus mit Bewunderung, als wir an dem Eingangstor warteten. Es war nicht riesig, aber es sah wie ein schönes Schloss aus. Roisin drückte auf die Klingel und kurz danach tauchte ein männlicher Kopf auf einem Bildschirm auf, der sagte: »Ah Fräulein Roisin, ich werde Sie hereinlassen.«

»Das war ihr Butler«, hob Roisin hervor.

Ich hätte das wahrscheinlich auch ohne ihren Kommentar erraten. Wow, die mussten in Millionen schwimmen. Das Tor öffnete sich automatisch und wir schritten auf einer perfekt geteerten Einfahrt auf die weiße Villa mit den Treppen, welche von zwei Seiten zu einer großen Holztür in der Mitte des Hauses führten, zu.

»Da sind meine Mädchen«, sagte eine blonde Frau mit einem russischen Akzent. Sie eilte die Treppe herunter in menschlicher Schnelligkeit und glitt dabei mit ihrer Hand dem Treppengeländer entlang, damit sie nicht wegen ihrer High Heels stolperte. Sie war wie eine Businessfrau angezogen. Schwarze Strümpfe, schwarzer Rock, welcher etwas über ihre Knie reichte und eine weiche, weiße Bluse.

Zuerst umarmte sie Melissa und dann Roisin, bevor sie ihre Aufmerksamkeit auf mich richtete.

»Und das muss unser neuster Familienzuwachs sein.« Sie umarmte auch mich und flüsterte: »Ich erzählte Dimitry, dass diese beiden dich auf eine verspätete Europareise zu deinem sechzehnten Geburtstag nahmen«, und neigte ihren Kopf dabei zu Melissa und Roisin, »Das Abendessen wird in einer halben Stunde fertig sein; wir können in der Zwischenzeit schon einen Drink zu uns nehmen. Dimitry wartet im Kaminzimmer.«

Wir durchquerten einen großen Korridor mit einem weichen, grünen Teppich, vielen Gemälden und mehreren Türen, die in andere Räume führten und unterdessen redete sich Valentina ihre Stimme heiser. Wir erreichten ein Zimmer, in welchem ein weißhaariger Mann zeitungslesend auf einem harten, braunen Ledersofa saß. Als er uns sah, faltete er die Zeitung zusammen und stand mit etwas Mühe auf.

»Melissa, Roisin, immer noch so schön, wie ich euch in Erinnerung hatte. Warum bin ich der Einzige, der älter zu werden scheint?«

»Dimitry, du bist immer noch der gleiche Charmeur. Vielleicht, weil wir uns nicht den ganzen Tag mit Zahlen herumschlagen müssen«, lächelte Melissa.

Ich musste beinahe laut losprusten. Ich konnte es nicht verhindern, an Hugh Hefner und seine Playboy-Häschen zu denken. Aber Valentina und er hatten ja ungefähr das gleiche Alter in Menschenjahren. Ich schüttelte den Kopf, weil ich plötzlich alle Beziehungen in Frage stellte, in welchen es eine große Altersdifferenz gab.

Auch ich wurde begrüßt und es folgten einige obligatorische Fragen; wie es so läuft in der Schule und ob ich weiß, was ich studieren möchte. Ich zögerte einen Moment und schaute Valentina fragend an, aber sie lächelte mir nur aufmunternd zu. Ich war erst zweimal in den USA im Urlaub gewesen und ich wusste ein bisschen von den Filmen, wie das Leben dort so war, aber nun, da ich ein Leben beschreiben sollte, das ich nie wirklich gelebt hatte, fand ich es ziemlich schwierig.

»Es ist gut. Ich kann das Ende aber trotzdem kaum erwarten.«

»Immer das Gleiche. Und dann wirst du die behütete

Umgebung, die du hattest, vermissen«, sagte er. »Was sind denn deine Pläne für nach der Schule?« Dimitry setzte sich wieder und wir taten es ihm gleich. Valentina wählte den Platz neben ihrem Mann, Melissa und ich auf dem zweiten Sofa und Roisin auf einem runden, braunen Lederhocker.

»Ich will Psychologie studieren.« Das war eine einfache Antwort, da ich genau wusste, dass ich das studieren wollte.

»Irgendeine Idee, an welcher Universität?«, hakte er nach.

»Nein, noch nicht wirklich«, antwortete ich.

»Da ist ja noch genügend Zeit«, sprang Valentina ein. »Aber lasst uns das Mädchen nicht noch länger mit Fragen über die Schule löchern, wenn sie in den Ferien ist. Wer möchte einen Drink?«

Ich war froh, dass die Aufmerksamkeit von mir abgelenkt wurde, aber dann sah ich schon das nächste Problem auf mich zukommen. Der Butler, der geduldig neben der Tür gewartet hatte, reichte allen ein Glas Wodka und mir einen Orangensaft. Da wir schon in Kuala Lumpur etwas zu trinken hatten und ich nicht dachte, dass wir noch mehr Flüssigkeit zu uns nehmen sollten, war ich etwas verwirrt, dass die anderen ihr Getränk so freudig willkommen hießen.

»Nastrovje.«

Ich bemerkte, dass Dimitry einen richtigen Schluck nahm, während die Frauen nur an ihren Getränken nippten. In einem unbeobachteten Moment schüttete Melissa ihren Wodka in einen Blumentopf und zwinkerte mir zu. Ich kicherte und schüttelte den Kopf. Nicht zum letzten Mal an jenem Abend.

Roisin und sogar Valentina taten dasselbe mit ihren Getränken.

»Oh, es tut mir leid. Du hättest wahrscheinlich auch gerne etwas Härteres gehabt, aber du weißt ja, wie strikt ihr Amerikaner seid mit dem Alkohol trinken«, bemerkte Dimitry, als ich die Einzige war, die immer noch ein volles Glas hatte. »Hier könntest du schon mit achtzehn Jahren trinken.«

Ich lächelte und zuckte mit den Schultern. In der Schweiz durfte ich schon mit sechzehn Jahren Bier trinken.

»Du musst halt einfach zurückkommen, wenn du richtigen Wodka trinken darfst. Zu Hause wirst du sowieso nicht das gute Zeug finden«, schloss er.

Wir gingen ins Esszimmer, wo schon die nächste Schwierigkeit auf uns wartete. Falls sie uns Essen servierten, wie würde ich es verschwinden lassen? Ich schaute krampfhaft von Melissa zu Roisin, um Augenkontakt herzustellen. Roisin zwinkerte mir nur zu und zeigte mit dem Daumen nach oben. Super, was sollte ich damit anfangen? Ich verzog mein Gesicht zu einer Grimasse. Und Melissa war zu sehr in eine Unterhaltung mit Valentina vertieft, um mich zu bemerken.

Natürlich gab es auch hier eine nützliche Taktik. 'Serviette' formte Roisin mit ihren Lippen, als wir uns setzten, und zeigte auf die großen Stoffservietten, welche wir auf unseren Knien platzierten. Der Butler servierte uns nur kleine Portionen, mit der Ausnahme von Dimitry. Er schien zu wissen, dass die Frauen in diesem Haushalt nur eine Diätportion aßen. Als normale Person hätte ich mir nachher noch einen Snack kaufen oder den Kühlschrank leeren müssen. Mit solch einem leeren Magen hätte ich nicht schlafen können. Jetzt hingegen sah ich, wie Gabel für Gabel von ihrem Salat und dann Fleisch, Bohnen und Reis in der Serviette verschwanden. Ich versuchte dasselbe, wann immer Dimitry und der Butler nicht hinschauten, und ich war froh, dass es keine Suppe gab. Ich wunderte mich, warum sie sich all diese Mühe machten. Wir hätten auch einfach sagen können, dass wir unterwegs schon gegessen hatten.

Valentina half dem Butler, die Teller herauszutragen und stellte sicher, dass er mit keiner der Servietten in Berührung kam.

»Wenn wir bei speziellen Anlässen im Restaurant essen, müssen wir die Serviette in unsere Handtasche packen. Ich weiß, nicht sehr appetitlich. Daher laden wir lieber Leute zu uns ein«, flüsterte Valentina mir zu.

Später saßen wir beieinander und redeten, bis Dimitry fand, dass es nun Zeit sei, schlafen zu gehen. Er gab seiner Frau einen Kuss und wünschte auch uns eine gute Nacht. Wir blieben noch auf und es war ja nicht so, als ob wir wirklich müde gewesen wären, aber irgendwann dachten wir, dass wir auch zu Bett gehen sollten, alleine schon, um unsere Tarnung aufrechtzuerhalten. Wir hatten alle unser eigenes Zimmer. Es war seltsam, plötzlich in so einem luxuriösen Zimmer zu sein. Dieser Raum mit dem großen Bett, den vielen weichen Kissen, dem dicken, grünen Teppich und den Landschafts-Ölbildern war das pure Gegenteil zu der einfachen Höhle vorher. Die größte Veränderung war jedoch, dass ich plötzlich alleine war. Das erste Mal seit der Umwandlung hatten sie nicht ihre wachsamen Blicke auf mich gerichtet. Ich setzte mich für eine Weile aufs Bett und lauschte den Geräuschen im Haus. War es jetzt möglich zu entkommen? Nach ein oder zwei Stunden öffnete ich behutsam die Tür und schaute vorsichtig, ob jemand auf dem Gang war. Alle Türen waren geschlossen. Ich huschte leise auf die Eingangstür zu. Als ich am Wohnzimmer vorbeikam, war da Melissa, die ein Buch las. Sie sah mich sofort und ich seufzte. Ich würde an meinem eigentlichen Plan festhalten und von ihnen wegrennen, wenn wir am nächsten Tag in Polen waren.

»Wohin gehst du?«, flüsterte Melissa.

»Mir ist langweilig.«

Sie winkte, dass ich zu ihr kommen solle und so setzte ich mich gegenüber von ihr aufs Sofa. »Ich weiß, Nächte können lange sein, wenn du nicht schläfst. Du musst Dinge finden, die dich interessieren. Dank all der Zeit, die wir erhalten, können wir im Leben viel mehr erreichen als eine durchschnittliche Person.«

»Ich weiß nicht. Alles ist so neu für mich. Kannst du mir mehr über das Leben als Sirene erzählen? Es muss noch so vieles geben, das ich nicht weiß.«

»Hm, okay. Es ist zum Beispiel nicht möglich, dass

Männer umgewandelt werden. Etwas in ihren Genen hindert sie daran, der Versuchung zu widerstehen, jeden Menschen zu töten, der sich ihnen in den Weg stellt.« Sie ließ diese Worte etwas auf mich einwirken.

»Okay, es macht vom Namen her ja auch Sinn, dass eine Sirene weiblich ist.«

»Nichtsdestotrotz«, sie legte eine dramatische Pause ein, »es gibt zurzeit fünf lebende männliche Sirenen und eine davon ist mein Ehemann. Aber er ist sehr nett und hat noch keiner Fliege was zu Leide getan.«

»Du hast einen Mann?« Ich hatte sie mir immer alleine vorgestellt, da sie gerade den letzten Monat mit mir in einer Höhle verbracht hatte.

»Ja, sein Name ist Luke. Du wirst ihn mögen, er ist ziemlich witzig. Aber Nathalie, du musst wissen, dass seine Existenz in der Sirenenwelt nicht akzeptiert ist. Einige würden ihn umbringen, wenn sie von ihm wüssten. Bitte erzähle es also niemandem. Nur unsere besten Freunde wissen davon.« Sie wartete, dass ich ihr mein Versprechen gab.

»Klar, nicht, dass ich überhaupt irgendjemanden kenne. Weiß es Cathy?«, fragte ich.

»Sie weiß es, aber sie unterstützt es nicht. Aber sie wahrt einfach eine gewisse Distanz.«

»Warum überrascht mich das nicht?« Ich lächelte. »Gibt es noch andere spezielle Kreaturen?«, fragte ich dann. Ich hatte mich dies schon gefragt, seit ich zu akzeptieren begann, dass dies alles kein Traum war.

»Das könnte eine gefährliche Frage sein, je nachdem, ob du deine Neugier in Schach halten kannst oder nicht.«

»Warum? Also gibt es andere Kreaturen?«

Melissa zögerte einen Moment. »Ja, die ganze Welt ist mit Geschöpfen gefüllt, von denen du vielleicht schon in Büchern oder Filmen gehört hast, aber die du noch gar nicht kennst. Aber es gibt eine strikte Trennung. Es gab schon schlimme Kriege, weil verschiedene Kreaturen aufeinandertrafen. Ich habe noch nie etwas anderes als eine Sirene gesehen, aber ich weiß, dass es noch viel mehr als nur uns gibt.«

Wir verbrachten den Rest der Nacht in intensive Gespräche vertieft. Je mehr sie mir erzählte, desto mehr Fragen hatte ich. Ich war beinahe enttäuscht, als sie mir um 5.30 Uhr vorschlug, dass wir zurück ins Zimmer gehen sollten, damit Dimitri uns nicht im Wohnzimmer finden würde, wenn er zur Arbeit ging. Wir gesellten uns zu Roisin ins Zimmer.

»Hey, konntet ihr nicht schlafen?«, zwinkerte sie mir zu. »Ich bin an meinem dritten Sudoku. Ich bin so langsam.«

Wir verließen das Zimmer gerade rechtzeitig, um uns von Dimitry zu verabschieden, als dieser zur Arbeit musste. Bald darauf machten auch wir uns wieder auf den Weg. Ich war etwas nervös. Nicht mehr lange und ich würde zu Hause sein.

Unsere Reise ging weiter durch Weißrussland. Roisin war vorne und Melissa links hinter mir. Meine Flucht würde sicherlich nicht unentdeckt bleiben, aber ich fühlte mich so fit, dass ich überzeugt war, schneller als sie rennen zu können. Als wir schließlich Danzig in Polen erreichten, löste ich mich von der Gruppe und rannte in Richtung Schweiz weiter. Natürlich bemerkten die anderen sofort, dass ich nicht mehr bei ihnen war und begannen mich zu verfolgen. Ich war jedoch schneller, was mein Herz vor Freude hätte laut schlagen lassen, hätte ich noch über einen normalen Herzschlag verfügt. Sie konnten mich nicht rufen, weil es die Leute sonst gehört hätten. Daher war es einfach eine ruhige Jagd und ich brachte immer mehr Distanz zwischen mich und die anderen. Ich kurvte um Leute und Autos herum. Sie fühlten nur einen leichten Windstoß, wenn ich an ihnen vorbeirannte. Ich war zu schnell, als dass sie mich hätten sehen können. Ich andererseits konnte alles wie in Zeitlupe betrachten. Wie jemand langsam in einen Apfel biss, oder ein Kind angeschrien wurde, weil es ohne zu schauen auf die Straße gelaufen war. Ich wagte es nicht, nach hinten zu schauen. Ich hörte sie zwar nicht, aber sie mussten irgendwo sein. Hier und da schlug ich deswegen einige unnötigen Ecken ein, aber ich hielt nicht an, bis ich ungefähr eine halbe Stunde später meine Straße in St. Gallen erreichte. Da begriff ich plötzlich, dass ich keine Ahnung hatte, was ich meinen Eltern erzählen sollte. Dieser Moment des Zögerns gab den andern die Gelegenheit, mich einzuholen und in ein Bushaltestellenhäuschen zu schubsen.

»Hast du den Verstand verloren?«, zischte Melissa mich durch zusammengepresste Zähne an. »Alle hier denken, dass du tot bist, du kannst nicht einfach hier auftauchen und sagen 'Hallo, ich bin es'. Wirklich, das tut niemandem etwas Gutes.«

»Es ist egal, dass sie denken, dass ich tot bin!«, fauchte ich zurück. »Wenn ich sie wäre, würde ich die Wahrheit wissen wollen und die Wahrheit ist, dass ich sehr wohl noch lebe.«

»Aber kannst du nicht verstehen, dass dies gegen die Regeln ist? Du darfst das einfach nicht machen.«

»Du und deine blöden Regeln. Wir können großartige Dinge vollbringen, mit diesem neuen Leben, aber alles worüber ihr euch Sorgen macht, sind diese Regeln!«, spuckte ich heraus. »Ihr schränkt euch zu sehr ein.«

Roisin schritt ein: »Weißt du, wie sehr ich diese Aussage auch unterstütze, das ist wirklich nichts, worauf wir einen Einfluss haben. Eine Sirene, die jemandem ihr Geheimnis preisgibt, wird von den Orbitern, unserem höchsten Gericht, zu sich bestellt und wird dann meistens nie wieder gesehen. Deine Familie würde es merken, dass etwas anders ist. Schließlich sind sie deine Familie.«

Mein Kopf fühlte sich plötzlich schwer an und ich starrte zu Boden.

»Es muss einen Weg geben«, sagte ich.

»Vielleicht wird es in der Zukunft einen geben«, sagte Melissa so bestimmt, dass ich sie fragend anschaute.

»Man weiß ja nie. Die Sirenenwelt muss sich auch ständig verändern, um mit dem Leben auf der Erde mithalten zu können.«

»Ich will doch einfach meine Familie wiedersehen«, sagte ich.

»Zuerst müssen wir dir etwas zeigen. Aber wir werden

dorthin gehen, wenn es dunkel ist und so lange du hier rumläufst, wirst du eine Sonnenbrille und ein Halstuch tragen, um deinen Kopf zu bedecken«, sagte Melissa strikt.

Ich wusste nicht, dass sie so befehlshaberisch sein konnte.

Wir warteten in einem Wäldchen in der Nähe, bis die Nacht sich legte.

»Hast du eine Ahnung, wo deine Familie dich begraben würde?«, fragte mich Melissa dann.

Ich war mir nicht sicher, aber der einzige Ort, der mir in den Sinn kam, war dort, wo mein Großvater begraben lag. Daher machten wir uns auf den Weg zu jenem Friedhof. Und tatsächlich, da war ein hölzernes Kreuz neben dem von meinem Großvater.

Serena Tanner. Wie komisch es war, dies zu lesen. Ich bemerkte, wie viele Redewendungen es gibt, die das Wort Herz beinhalten. Denn mein Herz hätte wahrscheinlich ein paar Schläge ausgesetzt, als ich mein eigenes Grab sah. Aber wie kann man diese Gefühle beschreiben, wenn es einfach keine Herzbewegung gibt, um es zu begleiten?

Unter meinem Namen stand: Falls wir eine Blume hätten, für jedes Mal, das wir an dich denken, könnten wir ewig durch einen schönen Garten spazieren. Sie hatten gelbe Rosen gepflanzt, einen Teddybären gegen einen Stein gelehnt und eine brennende Kerze in die Mitte der Blumen gestellt. Ich bemerkte auch, dass jemand, wahrscheinlich meine Eltern, Fußabdrücke von meinen Babyfüßchen eingerahmt und gegen das Kreuz gelehnt hatte. Die Tatsache, dass sie das dort platziert hatten, bedeutete, dass sie sich verabschiedet hatten. Dass sie nicht daran glauben, dass ich zurückkommen würde. Tränen sammelten sich in meinen Augen. Ich kniete mich auf den feuchten Boden und nahm ein Foto von mir und meiner Schwester in die Hände. Ich hatte sie im Stich gelassen. Ich war die große Schwester und hätte sie vor Unheil beschützen sollen, anstatt dass ich es ihr zufügte.

Melissa und Roisin knieten sich beide auch hin und platzierten eine Hand auf meine Schultern.

»Ich hatte nie um so etwas gebeten. Es wäre einfacher gewesen, zu sterben und ganz fort zu sein«, sagte ich schluchzend. »Was ist das Positive daran, dass man etwas überlebt, wobei man eigentlich hätte sterben müssen und dann aber trotzdem tot für die Welt ist?«

»Vielleicht kannst du so etwas Großartiges vollbringen, das du als Mensch nicht hättest machen können«, sagte Melissa tröstend. »Manchmal rufe ich eine Ambulanz an einen Ort, wo gerade ein Unfall geschieht, damit die Leute bessere Genesungschancen haben.«

Ich schüttelte nochmals meinen Kopf. »Andere Leute sind mir gerade so ziemlich egal. Ich wünsche mir nur, dass alles wieder so wird, wie es war.«

»Es tut mir leid, dass du deine Familie verlassen musst. Ich weiß, wie schwierig das ist. Roisin weiß es auch. Aber trotzdem sind wir heute ziemlich zufrieden, wo wir sind. Auch wenn du es jetzt nicht sehen kannst, wird es auch für dich einfacher werden.« Melissa rieb besänftigende Kreise auf meinen Rücken.

Ich drückte das Foto an meine Brust, als ob ich so sichergehen könnte, dass meine Schwester bei mir in der Nähe blieb. Dann legte ich es zurück auf mein Grab. Langsam stand ich auf.

»Wenn wir von hier fortgehen müssen, müssen wir jetzt sofort losgehen oder ihr werdet mich nie von hier wegbringen können.«

Roisin nahm meine Hand und führte mich weg. Wir bewegten uns wieder in Sirenengeschwindigkeit. Langsamer als zuvor, aber dennoch fühlte sich der Wind belebend an. Ich atmete tief ein. War dies so, wie sich ein Neustart anfühlte?

KAPITEL 6

AUF DIE SCHWEIZ FOLGTE Irland, wo wir zwei Nächte bei Claire verbrachten. Sie hatte rote Haare und ihr Gesicht war mit Sommersprossen übersät. Darüber hinaus hatte sie Falten im Gesicht und überschüssige Haut am Hals, was wahrscheinlich bedeutete, dass sie älter war als Melissa und Roisin. Sie war eine sehr freundliche Person, deren Mundwinkel ständig automatisch nach oben zeigten. Roisin und Claire unterhielten sich auf Gälisch, während Melissa und ich einen Spaziergang mit den zwei Hunden machten. Es waren riesige Hunde! Jacky und Pixie, zwei Deutsche Doggen, die jeden Stein und jede Wurzel beschnupperten. Welch schöne Umgebung! Grüne Hügel, wo immer man auch hinschaute und einige altertümlich aussehende Farmhäuser hier und da.

Als wir zurück zum Haus kamen, machten wir es uns im Wohnzimmer bequem.

»Ich liebe es, zurück in Irland zu sein. Es wird sich immer anfühlen, wie nach Hause zu kommen.« Roisin hielt ihre Hände vor ihr Herz.

»Wer weiß, vielleicht wirst du eines Tages zurückkommen«, lächelte Claire.

»Es wird aber nicht mehr dasselbe sein, wenn alle, die ich mal kannte, tot sind. Es sind schon elf Jahre vergangen. Zudem mag ich mein Leben so, wie es im Moment ist. Andererseits wird kein Naturparadies mein Herz jemals so zum Schmelzen bringen, wie es die Hügel Irlands können.«

Jacky bellte einige Male, als ob er ihre Aussage unterstützen wollte. Pixie hatte ihren Kopf auf Claires Beinen und genoss die Kopfmassage, die sie erhielt.

»Das ist wahr, diese Aussicht wird nie langweilig und ich muss es ja wissen, nach all den vielen Jahren, die ich hier gelebt habe. Ich würde nie weggehen wollen.« Claires Augen funkelten. Manchmal war es etwas schwierig für mich, ihren starken Akzent zu verstehen, daher war ich etwas überrascht, als sie mich plötzlich ansprach. »Wie geht es dir damit, die Schweiz zu verlassen, Nathalie?«

»Ich kann es mir nicht wirklich vorstellen, wie es sein wird, irgendwo anders zu leben«, antwortete ich wahrheitsgemäß. »Ich will aber meine Freunde und Familie nicht einfach zurücklassen.«

»Das war für keinen von uns ein Kinderspiel. Aber ich weiß, dass du das schon schaffen wirst. Roisin war auch jung, als sie umgewandelt wurde und schau nur, wie gut sie damit umgeht. Du bist sogar noch jünger als sie und es sieht so aus, als ob Mädchen in deinem Alter noch besser mit den Veränderungen umgehen können oder sich sogar freuen, ein neues Leben zu starten.«

Wie faszinierend das alles auch war, die richtige Begeisterung hielt sich bei mir noch in Grenzen.

»Du hast bis jetzt alles echt gut gemacht.« Roisin boxte mich in meinen rechten Oberarm.

»Danke.« Ich zuckte mit den Schultern.

Wir besuchten ein Pub und hörten den Geigenspielern und Sängern zu und machten einen Ausflug zu den Cliffs of Moher, welche eine dreistündige Autofahrt entfernt gewesen wären. Wir machten das alles zu Fuß. Ich sah langsam, dass dieses schnelle Gehen große Vorteile brachte.

Zwei Tage später ging die Reise weiter. Falls es irgendetwas gab, das ich absolut hasste, bevor ich verwandelt worden war, dann war es Joggen. Es war ja nicht so, als ob ich keinen Sport machte; ich war im Schwimmclub. Aber auf dem Wasser zu schweben ist ganz etwas anderes als einen Kilometer zu rennen.

»Ist jemals eine Sirene ertrunken, als sie über den Ozean rannte?«, rief ich Roisin zu. Die Wellen waren ziemlich laut. Der Grund, warum wir nicht sanken, war, dass wir uns so schnell fortbewegten, dass wir das Wasser kaum berührten.

Ich hörte sie lachen. »Nein, warum? Es ist ja nicht weit für uns. Ein Kinderspiel.«

»Das ist einfach unglaublich!«, rief ich aus. »Wohin ich auch schaue, ist Wasser. Kein Schiff, nichts. Und ich kann hier sein, aus eigener Körperkraft.«

»Gewöhn dich daran. Du kannst überallhin auf der Welt gehen, solange dich niemand aus deinem alten Leben erkennt«, rief Melissa.

Wir erreichten Nordamerika vier Stunden später bei Nova Scotia. Ich konnte es immer noch nicht fassen, dass ich gerade über den Atlantischen Ozean gerannt war. Roisin verließ uns, um zu ihrer eigenen Wohnung zu gehen, und Melissa und ich wurden langsamer vor einer kleinen Stadt auf Cape Cod.

Das Haus, das mein neues Zuhause wurde, war wunderschön. Es war eines dieser typischen, ameri-kanischen Häuser mit einem Pflastersteinweg, der zu einer weißen Terrasse am Eingang führte. Zwischen den Pfählen der Terrasse war eine Hängematte gespannt, wo man gemütliche Nachmittage an heißen Tagen verbringen konnte. Der Rest des Hauses war auch weiß gestrichen, mit der Ausnahme eines herzigen graublauen Daches. Zusammen mit den Hintergrundfarben sah es aus wie eine Seite in einem Bilderbuch; ein saftiges Grün vom Gras, ein sandiges Braun vom Strand und das glitzernde Blau vom Ozean. Hinter dem

Haus, gegenüber dem Ozean, war eine weitere kleine Terrasse mit einem Tisch und einigen Stühlen – ein himmlischer Ort für einen Grillabend.

Das Haus war nicht groß. Es war mehr eine Strandhütte als ein eigentliches Einfamilienhaus. Aber ich hatte mein eigenes Zimmer mit einem schmalen Bett, einem Pult und einigen Bildern von Muscheln und Stränden an der Wand. Es gab nur ein Bad, aber ich war es sowieso gewohnt, das Badezimmer teilen zu müssen. Zudem brauchte ich es jetzt ja sowieso nur noch, um die Zähne zu putzten, zu duschen und in den Spiegel zu schauen. Ich musste noch nie aufs Klo seit meiner Umwandlung.

Drinnen waren die Wände auch weiß, außer in der Küche, welche in einem weichen Gelb gestrichen war. Dies hatte den Effekt, dass die Küche wirkte, als wäre sie von Sonnenlicht durchflutet. Eine Wand im Wohnzimmer wurde fast ganz von einem Büchergestell verdeckt. Ich werde endlich die Zeit haben, einige Klassiker nachzuholen, welche ich schon lange lesen wollte, aber nie die Zeit dazu hatte.

Den Rest des Strandhauses hatte Melissa mit weiteren Bildern von Muscheln dekoriert und mit bequemen Stühlen, einem großen Sofa und herzigen Holzschränken eingerichtet. Das Haus bereitete mir ein tägliches Ferien-gefühl.

»So, wo ist dein Mann?«, wunderte ich mich, da wir während der ersten zwei Tage alleine im Haus waren.

»Ich nehme an, in der Bibliothek«, sagte Melissa.

»Du nimmst an?«

»Es gibt dort keinen Telefonempfang. Es ist eine spezielle Abteilung von der Gemeinschaftsbibliothek in New York. Du würdest sie nicht finden, wenn du nicht wüsstest, dass sie dort ist«, erklärte Melissa.

Das klang nach einem interessanten Ort.

»Luke verbringt viel Zeit mit Nachforschungen. Er möchte einen Weg finden, damit es auch für andere Männer möglich wird, eine Sirene zu werden, oder zumindest wissen, warum es bei ihm klappt.«

Als Luke zurückkam, fiel Melissa ihm um den Hals und sie umarmten und küssten sich für ungefähr eine Ewigkeit. Danach flüsterten sie aufgeregt miteinander und als ich schon dachte, sie hätten mich vergessen, drehten sie sich endlich zum Haus und legten den Rest der Einfahrt Hand in Hand zurück.

Mein erster Eindruck von ihm war, dass er unglaublich gut aussah: breite Schultern, hellbraunes Haar und ein starkes Kinn. Er hatte nichts Eigenartiges an sich, außer dass es vielleicht nicht hell genug war, um an diesem düsteren Morgen eine Sonnenbrille tragen zu müssen. Er marschierte direkt auf mich zu und schüttelte mir die Hand.

»Hallo Nathalie, ich bin Luke.«

Ich lächelte freundlich.

» Ich hoffe, dass es dir hier gefällt. Wir zwei leben schon lange genug alleine. Es wird eine willkommene Veränderung sein, eine neue Person in unserem Haushalt zu haben. Bist du gut hier angekommen?«

»Ich denke schon, ja. Aber wahrscheinlich bin ich mich immer noch am Eingewöhnen. Es fühlt sich immer noch an wie ein Urlaub.«

»Es ist ein hübsches Fleckchen Erde hier, stimmt's?« Wieder zeigte er mir ein breites Grinsen. »Oft habe ich das gleiche Gefühl.« Luke war ein sehr umgänglicher Mensch. Mit der Zeit wurde er wirklich wie ein Vater für mich.

Leider durfte ich dieses Feriengefühl nicht allzu lange genießen. Melissa und Luke hatten etwas Anderes für mich im Sinn. Wir saßen auf den Gartenstühlen auf unserer Terrasse an meinem fünften Tag auf Cape Cod, als sie ihren Plan für mich bekannt gaben.

»Nathalie, da deine neue Geburtsurkunde sagt, dass du erst sechzehn bist, kannst du die Highschool unmöglich schon beendet haben und daher ist es Zeit für dich, dass du dich ins elfte Schuljahr eingliederst«, sagte Melissa.

»Was, kommt schon! Kann ich nicht einfach ein gefälschtes Diplom erhalten und irgendwo Psychologie studieren gehen? Ich habe die Highschool langsam satt.«

»Es ist wichtig, dass du die Highschool beendest. Es gibt dir Zeit, um eine Perspektive zu finden und das hat noch nie jemandem geschadet«, sagte Luke.

»Aber das Jahr hat schon begonnen. Ich kenne niemanden und werde automatisch eine Außenseiterin sein. Wir könnten wenigstens bis nächstes Jahr warten und ich werde einfach das zwölfte Schuljahr besuchen, wie ich es in der Schweiz getan hätte«, argumentierte ich.

»Wir denken, dass die Schule dir guttun würde. Eine tägliche Routine ist für alle notwendig«, betonte Melissa.

»Aber diese Kinder sind jünger als ich. Das ist, als ob ich mit meiner Schwester zur Schule gehen müsste.« Wie sehr ich meine Schwester auch liebte, ich war stolz darauf, dass ich immer alles vor ihr machen konnte.

»Ein Jahr jünger. Du wirst den Unterschied gar nicht merken und dich sofort eingliedern«, sagte Melissa und Luke nickte zustimmend. Er hätte wenigstens am Anfang auf meiner Seite sein können.

Ich wurde völlig entnervt. »Ich werde mich mit niemandem anfreunden.« Es war eine Sache, dass ich einfach hierherziehen musste, aber dass sie nun jede große Entscheidung in meinem Leben treffen wollten, war einfach nicht fair. In jenem Moment vermisste ich meine Mutter mehr denn je.

»Das wäre schade. Alle brauchen Freunde. Oder willst du so bitter werden wie Cathy?«, traf Melissa den Nagel auf den Kopf.

Schließlich, nach etwas mehr trotzigem Protest, begleitete ich Melissa mit dem Fahrrad ins Dorf, um Hefte und Stifte einkaufen zu gehen. Ich fuhr gerne mit dem Fahrrad, da es tatsächlich etwas Energie verbrauchte, wohingegen Laufen, auch wenn es um die halbe Welt herum war, mir nun so leicht fiel. Irgendwohin auf Cape Cod zu gehen war so schnell vorbei, dass ich nicht mehr wusste, wohin mit all der überschüssigen Zeit und zudem beanspruchte ich auch null

Energie. Ich fühlte mich wie ein überladenes Handy, welches öfters benützt werden müsste. An Nachmittagen in meinem ersten Monat auf dem Cape fuhr ich die Fahrradwege rauf und runter, besuchte die nahegelegenen Dörfer und winkte vorbeifahrenden Autos oder Nachbarn, die mit ihren Hunden spazierten, zu. Manchmal erwischte ich mich dabei, dass ich mir vorstellte, all dies sei nur eine Art Sprachaufenthalt und in ein paar Monaten würde ich wieder nach Hause fliegen. Aber dann hätten meine Familie und ich regelmäßig Kontakt; natürlich war aber jeder Kommunikationsweg zwischen uns genauso tot, wie sie dachten, dass ich es sei.

Als Melissa und ich mit dem Fahrrad nach Orleans fuhren, schwappte erneut eine Welle von Feriengefühl über mich. Es war als ob wir in einem herzigen Dorf landeten, welches in der Zeit stehen geblieben war. Es gab ein hübsches Haus nach dem andern und alle hatten schöne, handgemalte Schilder, auf welchen man lesen konnte, was im Laden zu finden war. Weit und breit war kein Großwarenhändler zu sehen. Wir parkten unsere Fahrräder vor ‚The Paper Factory‘ und ließen sie stehen, ohne sie abzuschließen. Als wir zur Tür hereinspazierten, kündete eine Glocke unsere Ankunft an. Beim Eingang standen mehrere Ständer mit handgemachten Grußkarten. Die Kasse war beladen mit kleinem Schnickschnack, den man auf dem Pult platzieren konnte. Entlang der Wand gab es Gestelle mit verschiedenfarbigem Papier und Ordnern und im Laden verschiedene Ablagen mit Stiften und Büchern.

»Oh, guten Tag, Frau Belkin, wie schön, Sie wieder einmal in der Stadt zu sehen«, sagte eine ältere Dame zu Melissa.

»Hallo, Frau Flynn. Ich weiß, ich komme nicht oft genug hierher, aber es ist einfach immer so viel los auf der Arbeit.«

»Ja, ich schätze, es gibt immer Leute, die krank werden.« Melissa lächelte freundlich.

Frau Flynns Blick wanderte von ihr zu mir und blieb neugierig auf mir ruhen.

»Das ist meine Tochter, Nathalie. Sie verbrachte die letzten paar Jahre in einem Internat in Deutschland.«

»Oh, ich verstehe«, sagte sie, aber ihre Augenbrauen kräuselten sich trotzdem in Verwirrung. »In diesem Fall sind Sie bestimmt froh, dass sie zurück ist.«

»Ja, sind wir sehr.« Melissa legte einen Arm um meine Schultern. »Sie wird den Rest der Highschool hier verbringen, weil wir wollen, dass sie einen amerikanischen Abschluss hat.«

»Das ergibt Sinn. Ich nehme an, man weiß nie so genau, was man bekommt, wenn man so weit weg ist.« Sie presste ihre Hände zusammen und begann dann, ihre Finger zu kneten. »Ich versuche, mich nur daran zu erinnern, wann ich dich zuletzt gesehen habe«, sagte sie mehr zu sich selbst als zu uns.

»Könnten wir Schulmaterial kaufen«, fragte Melissa schnell.

»Oh, natürlich.« Frau Flynn wischte ihre Hände an ihrer Schürze ab. »Wir haben Hefte und Ordner in allen Farben und hier können Sie alle Schreibsachen sehen, über die wir verfügen.«

Wir gingen zu einem Gestell und Melissa begann, einige Dinge auszuwählen und mir zu geben.

»Ich glaube, das sollte für den Anfang reichen. Irgendwelche Farbpräferenzen?«, fragte sie mich.

Ich entschied mich, alles in einem eleganten Schwarz zu nehmen, denn dann konnte ich eventuell mit Tipp-Ex irgendwelche Verzierungen darauf zeichnen. Das habe ich auch schon mit meinen alten Schulsachen zu Hause gemacht. Ich konnte genauso gut auch hier wieder damit anfangen.

Nachdem wir für die Materialien bezahlt hatten und zu den Fahrrädern zurückgekehrt waren, beugte sich Melissa näher zu mir.

»Alles, was in dieser Stadt passiert, wird von allen diskutiert. Daher wird spätestens heute Abend jeder wissen, dass meine Tochter zurück ist und dass morgen ein neues Mädchen an der Schule sein wird«, sagte sie so, dass nur ich es hören konnte.

»Und das soll etwas Gutes sein?« Ich wollte nicht schon das Gesprächsthema sein, bevor mich überhaupt jemand kennengelernt hat.

»Wenn genügend Leute wiederholen, dass Luke und ich eine Tochter haben, die ein paar Jahre im Ausland war und daher wohl auch an einer anderen Primarschule, werden sie bald glauben, dass es wirklich stimmt.«

Ich bemerkte zwei schneller werdende Herzschläge in unserer Nähe. Sie gehörten zwei Bauarbeitern auf der anderen Straßenseite.

Sie waren etwa in meinem richtigen Alter und gafften uns einfach an. Als sie bemerkten, dass ich sie gesehen hatte, wechselten sie schnell ein paar Worte und einer der beiden pfiff uns nach. Ich war zu perplex, um irgendeine Reaktion zu zeigen. Melissa bemerkte meine Versteinerung und folgte meinem Blick zu den Jungs.

»Ah ja, du wirst herausfinden, dass Männer anfangen, dich anders anzuschauen. Du solltest es als ein Kompliment ansehen.«

Verwundert schüttelte ich meinen Kopf. Sie starrten uns an, als ob wir Tiere im Zoo wären. Plötzlich erschien die Straße als ein zu offener Ort, um einfach so herum-zustehen. Ich schwang mein Bein über den Sattel meines Fahrrads und war bereit loszufahren.

»Daran habe ich in Bezug auf die Schule noch gar nicht gedacht«, sagte Melissa nachdenklich. »Es könnte ein Problem werden mit all diesen pubertierenden Jungs in der Schule«, lachte sie.

Ich brummte, »Das würde ich nicht so witzig finden. Ich bin nämlich nicht daran gewohnt, bemerkt zu werden.« Bis jetzt war ich damit zufrieden gewesen, ruhig mein Leben zu leben.

»Daran musst du dich nun wohl gewöhnen. Auf der anderen Seite wirst du bestimmt schnell Freunde finden.«

»Keine Sorge, ich habe nicht vor, mich allzu fest einzugliedern.« Ich hatte ein schlechtes Gewissen gegenüber meinem alten Leben und dachte, dass ich, wenn ich Platz für neue Leute machen würde, von den alten loslassen müsste. Was ich nicht wollte. Waren nicht sie die wahren Bekanntschaften?

»Ich hoffe, du änderst deine Meinung noch. Sonst langweilst du dich vielleicht irgendwann, wenn du nur immer in unserer Gegenwart bist«, sagte Melissa.
Als wir davon radelten, schaute ich demonstrativ so weit von den Bauarbeitern weg wie nur möglich. Nichtsdestotrotz konnte ich immer noch fühlen, wie ihre Blicke meinen Rücken durchbohrten.

KAPITEL 7

AM MONTAGMORGEN, MEINEM ersten Tag in der amerikanischen Highschool, wurde ich mit jeder Minute nervöser. Ich hatte wirklich keine Lust, wieder in die Schule zu gehen, vor allem nicht, wenn ich die einzige neue Person in diesem Schuldistrikt sein würde. Ich verbrachte sozusagen die ganze Nacht damit, ein passendes Outfit zu finden, nur damit ich mich schlussendlich mit Jeans und einem grünen Pullover von H&M zufrieden gab.

Ich fühlte mich wie ein richtiger Teenager, als ich so mit meinem Rucksack dastand und mir Melissa eine braune Papiertüte übergab, mit einem Apfel als Inhalt, den ich nicht essen würde. Luke und sie umarmten mich und wünschten mir einen guten Tag. Ich atmete einmal tief durch und radelte los in Richtung Orleans Highschool. Anders als alle anderen nahm ich weder den Bus, wie die unter 16-Jährigen, weil mich das zum Opfer gemacht hätte und der Bus auch noch extra seine Route hätte ändern müssen, noch mein Auto. Erstens hatte ich in der Schweiz noch nicht fahren gelernt. Zweitens sah ich, dass Autofahren eine zu große Belastung für die Umwelt gewesen wäre, nur damit ich cooler wirkte.

Als ich näher kam, sah ich Horden von Schülern in kleinen

Grüppchen herumlaufen und einen großen Parkplatz mit gelben Schulbussen und weiteren Autos. Ihre Herzschläge klangen wie ein starkes Sommergewitter. Ich wurde immer nervöser. Bis jetzt konnte ich mich kontrollieren, aber was war, wenn diese Kinder sehr gemein waren und mich wütend machten und ich mich dann nicht mehr kontrollieren konnte? Es half auch nicht, dass ich nicht einmal wusste, wo ich mein Fahrrad hinstellen sollte. Daher hielt ich Ausschau nach einem geeigneten Platz. Derweil versuchte ich, die neugierigen und verwirrten Blicke, welche mir folgten, zu ignorieren. Die Augen der Schüler schienen an mir festgeheftet zu sein, sobald sie das Mädchen auf dem Fahrrad gesehen hatten. Ich wusste nicht, dass mich Schulbusfahren zu einer weniger exotischen Spezies gemacht hätte, als wenn ich das Fahrrad nahm. Rechts vom Schulgebäude war eine große Sportanlage und nebenan ein kleiner Unterstand, der wie der richtige Ort aussah, um mein Fahrrad zu parken. Nachdem ich es abgeschlossen hatte, machte ich mich auf den Weg zum Eingang. Ich wünschte mir, dass ich wenigstens ein freundliches Gesicht gekannt hätte, damit ich mich nicht so alleine fühlte. Aber sie alle guckten und flüsterten nur. Schade, dass ich keine speziellen Hörfähigkeiten hatte. Ich hätte zu gerne gewusst, was sie sagten. Verallgemeinernd konnte ich sagen, dass die Jungs mehr Freude daran hatten, mich zu sehen als die Mädchen. Es war klar, dass mich viele von ihnen sofort als Rivalin abstempelten, weil sich ihre Augenbrauen zusammenzogen und sie dann schnell etwas ihrer Nachbarin zuflüsterten.

Ich fand die Anmeldung, wie Luke es mir gesagt hatte, und meldete meine Ankunft. Die Empfangsdame begleitete mich dann freundlicherweise zum Schulleiter-Büro. Ich setzte mich auf einen Stuhl in einen Raum zwischen dem Gang und dem Büro. Ein Piepston schrillte aus den Lautsprechern und eine weibliche Stimme kündigte an, dass sich der Klub der Schüler gegen betrunkenes Autofahren um 16.00 Uhr im Auditorium treffen würde und dann mussten alle für den Treueeid aufstehen. Ich hörte, wie viele Stühle herumgerückt wurden und dann das Murmeln der Schüler, welches ihre Herzschläge übertönten. Das war das erste Mal, dass ich diesen Schwur hörte. Danach öffnete sich die Bürotür und eine Frau in einem Geschäftsanzug trat heraus. Sie war wahrscheinlich in ihren frühen Fünfzigern und hatte schulterlanges, hellblondes Haar.

»Hallo, du musst wohl Nathalie sein.« Sie machte einen Schritt auf mich zu und ich musste mich selbst kurz daran erinnern, dass ich tatsächlich Nathalie war. »Komm herein.«
Ich stand auf und schüttelte ihre Hand, als ich an ihr vorbeiging.

»Ich bin Frau Stevenson. Falls du irgendwelche Fragen oder Probleme hast, zögere nicht, an meine Türe zu klopfen. Ich schätze, dass es nicht leicht für dich ist, so spät in deiner Ausbildung deine Schule zu wechseln, aber es gibt nette Kinder an unserer Schule. Ich bin mir sicher, dass du schnell neue Freunde finden wirst.« Sie zeigte auf einen Stuhl, auf den ich mich setzen sollte.

»Ich hoffe es«, nickte ich und setzte mich. Das Büro war nicht sehr geräumig und der wenige Platz, den es hatte, war mit einem Pult und einem großen Schrank besetzt. Auf dem Pult waren ein paar Papierstapel, eine Tasse mit Schreiber, ein Hefter und ein kleiner Kaktus.

»Bist du zufrieden mit deinem Stundenplan?«, fragte Frau Stevenson.

»Ja, ich glaube schon.«

»Und du brauchst keinen Parkplatz oder sonst etwas?«

»Nein, ich habe schon einen Spind erhalten und werde von meinen Eltern gefahren.«

»Vielleicht möchtest du in einen Klub nach der Schule. Entweder Sport oder vielleicht zu den Umweltschützern.« Sie hielt einen Moment inne, während ihre klaren, blauen Augen auf mir ruhten, »Oder Cheerleading, bei deiner Figur.«

»Ich bin sehr schlecht im Tanzen.« Das war die traurige Wahrheit.

»Ich bin stolz darauf, sagen zu können, dass neunzig Prozent von unseren Schülern in einem Schulklub sind und es wäre schön, dich auch in einem von ihnen anzutreffen.« Das war eine klare Aufforderung.

Ich schluckte. Noch jemand, der einfach etwas von mir verlangte, ohne mich zu kennen. Ich presste meine Lippen aufeinander und erwiderte ihr Starren.

Ihre Nase zuckte. »Wie auch immer, ich hoffe, dass du dich hier wohlfühlen wirst.« Sie legte ihre Hände flach auf den Tisch. »Was ist deine erste Stunde?«

Ich warf einen Blick auf meinen Stundenplan. »Englisch mit Frau Holdings«, las ich vor.

»Das ist praktisch am anderen Ende der Schule. Lass mich dich schnell dorthin bringen. Es ist wahrscheinlich besser, wenn dein Start nicht noch weiter verzögert wird.« Sie stand auf und ich folgte ihr. Wir liefen an einem Glasschrank mit Pokalen und vielen roten, verschlossenen Türen vorbei. Einige Poster, welche die Schulsport-mannschaften zeigten, dekorierten die Wände. Frau Stevenson marschierte in zackigen Schritten, sodass ich mich konzentrieren musste, mit ihr mithalten zu können, aber nicht plötzlich davonzuschießen. Das war ziemlich beanspruchend, da ich immer noch nicht genau spürte, wie schnell meine Bewegungen waren, bis ich einige Schritte gegangen war. Einfach davonzurennen war viel einfacher. Es war, als ob ich durch Regen spazierte, ohne nass zu werden, wegen all der Herzschläge der Schüler. Es beruhigte mich ein wenig, dass keiner davon eine spezielle Anziehung auf mich hatte. Hier und da hörte man, wie ein Stuhl herumgerückt wurde, Gelächter in einem anderen Klassenzimmer und schließlich hielten wir vor einer verschlossenen Tür an. Ich hörte eine Frau mit einer Lehrerstimme sprechen. Ihr wisst schon, langsam und klar, sodass auch der letzte Idiot sie verstehen würde.

Frau Stevenson klopfte an und öffnete die Tür. Achtzehn Augenpaare wurden wie magisch von der offenen Tür angezogen und schauten direkt an der Schulleiterin vorbei auf mich. Ich schluckte leer. So viel zu einem unbemerkten Start.

»Das ist Nathalie Belkin. Sie wechselte hierher von einem Internat in Deutschland und wird den Rest vom elften und das zwölfte Schuljahr hier verbringen. Ich erwarte von euch, dass ihr helft, dass sie sich hier wohlfühlt.« Sie lächelte die Klasse und die Lehrerin an und nickte ermutigend in meine Richtung. Ich umgriff meine Rucksacklasche etwas fester und stolzierte an ihr vorbei ins Klassenzimmer. Es gab nur ein freies Pult ganz hinten, neben dem Fenster. Auf dem Weg dorthin nickten mir zwei Jungs zu, aber ich schaute stur geradeaus. Etwas Interessantes geschah. Elf Herzschläge klopften ganz normal weiter und sieben schlugen plötzlich schneller. Als ich mich umschaute, bemerkte ich, dass sieben Jungs in der Klasse saßen. Ich atmete lange aus, da ich unbewusst meinen Atem angehalten hatte. Es konnte noch ein unterhaltsames Jahr werden, mit all diesen pubertierenden Jungs um mich herum. Ich schaute zu Frau Holdings und versuchte, die verstohlenen Blicke der anderen nicht zu beachten. Manche davon, vor allem die der Mädchen, waren ziemlich skeptisch.

»Also Nathalie, willkommen in unserer Klasse. Komme in einer freien Minute zu mir, damit wir sehen, was du schon behandelt hast und welche Lücken noch gefüllt werden müssen. Im Moment behandeln wir indirekte Rede.« Sie zeigte auf die Wandtafel, welche mit aus Kreide geschriebenen Wörtern gefüllt war. »Kannst du der Klasse noch etwas über dich erzählen, damit wir ein wenig über deine Person erfahren?«

Meine Augen weiteten sich, als ich eine passende Antwort suchte. Nun durchbohrten mich wieder alle mit ihrem Starren. Eines der Mädchen, das mich vorhin so skeptisch angeschaut hatte, kicherte.

»Keine Ahnung, ich bin sieb- sechzehn.« Das war knapp. »Ich lese gerne.« Ich dachte, wenn ich das erwähne, würde ich sicher keine Freunde finden. Was für mich in Ordnung war.

Ich konnte es immer noch nicht fassen, dass ich an einem dieser kleinen amerikanischen Pulte saß. Ich schaute auf meine Uhr und hoffte, dass das Jahr schnell vorbeigehen würde.

Einige Schüler flüsterten miteinander und Frau Holdings versuchte, sie zu übertönen. »Dann solltest du mit diesem Fach keine Probleme haben«, lächelte sie, »sonst noch etwas?«

Ich presste meine Lippen aufeinander und schüttelte den Kopf.

»Dann machen wir weiter.« Sie schritt zurück zur Wandtafel und erklärte, wie man Leute zum Sprechen brachte, ohne Anführungs- und Schlusszeichen zu benutzen. Ich nahm ein Heft hervor und beschriftete es mit Englisch. Ich ließ meinen Blick über die Fenster mit Sicht auf das Footballfeld gleiten. Dann fing mein Gehirn an, die Pros und Kontras von meinem neuen Leben nochmals gegenüberzustellen. Gut aussehen, am Strand leben und um die Welt rennen können, schafften es definitiv auf die Pro-Seite. So weit weg von zu Hause zu sein, meine Familie und Freunde zu vermissen und zurück in der Highschool sein zu müssen, besetzten die Kontra-Seite.

Die Glocke klingelte und automatisch folgte ich den anderen Schülern, die zur Tür stürmten. Andere nahmen es gemütlicher und sprachen noch mit Freunden, während sie ihre Taschen packten.

Ein dünnes Mädchen in einer Cheerleader-Uniform stellte sich mir in den Weg und ich musste anhalten. Der rote Lippenstift auf ihrem Gesicht war sehr auffällig. Natürlich hatte sie eine gute Figur und eine zurecht-gemachte Frisur, aber ihre straffe Haltung und der strenge Blick ließen sie zu angespannt wirken. Eine Hand hatte sie in ihre Hüfte gestützt und das alleine ließ mich wissen, dass dies eine war, die ich mir besser nicht zur Feindin machte.

»Hi, ich bin Belinda und das ist Courtney.« Sie zeigte auf eine weitere Cheerleaderin, die hinter ihr stand, wie ein treuer Hund. Ihre herumkommandierende Stimme passte gut zu ihrer Körpersprache. »Ich bin die Anführerin der Cheerleader und sehe, dass wir in derselben Englischstunde sind.« Sehr aufmerksam, dachte ich. »Hast du schon mal Cheerleading gemacht, Nathalie?«

»Nein, ich bin ziemlich schlecht im Turnen.«

Ihre Schultern sanken ein wenig, als ob sie vorher angespannt gewesen war. »Du hättest den Körper dafür, aber auf hohem Niveau braucht man viel Training und das ist sicherlich nicht jeder Fraus Sache und unser Team ist sowieso voll für dieses Jahr.« Sie blickten mich selbstzufrieden an. Sahen sie mich als Bedrohung, oder warum waren sie so abweisend?

»Ich verbringe meine Freizeit lieber mit hübschen Jungs, anstatt mich abzumühen.« Belinda zuckte leicht zusammen und Cortney starrte mich mit offenem Mund an. Als Serena hätte ich mich nie getraut, so etwas zu sagen. Es war mir immer viel zu wichtig gewesen, was andere von mir dachten. »Wenn ihr mich jetzt entschuldigt, ich muss ins nächste Schulzimmer.« Ich stolzierte an ihnen vorbei.

»Hey!«, rief jemand und rempelte mich an, als ich schon draußen auf dem Korridor war.

Ich drehte mich um und sah, dass ein Junge neben mir herlief. Er war sicher fünf Zentimeter kleiner als ich, hatte einen Wuschel von blonden Haaren und schleppte einen Rucksack, der etwa doppelt so groß war wie er selbst. »Du kommst aus Deutschland? Mein Großvater kommt auch von dort. Wie geht's?«, sagte er auf Deutsch und hatte dabei ein eifriges Funkeln in den Augen.

Ich war so überrascht, dass jemand Deutsch konnte, dass ich freundlicher antwortete, als ich es beabsichtigt hatte. »Gut, danke.« Ich lächelte und wechselte zurück auf Englisch. »Du sprichst Deutsch?« So viel dazu, dass ich Distanz wahren wollte.

»Nur Smalltalk.« Er zog seinen Rucksack höher. »Ich bin übrigens Sam.«

»Ich bin Nathalie.« So, da hatte ich es mal wieder über die

Lippen gebracht.

»Schön dich kennenzulernen. Was hast du in der nächsten Stunde?«

»Wirtschaft mit Herrn Parrot.« Dieser Lehrer musste sich wohl einige Witze anhören, da sein Name Papagei bedeutete. Manche Namen sind einfach nicht praktisch, wenn man Lehrer ist.

»Er ist cool. Schweift aber gerne ab. Ich habe Physik.« Er zuckte mit den Schultern, als ob er sich entschuldigen müsste, dass wir nicht dieselbe Klasse haben. »Weißt du, wo du hin musst?«

»Nicht wirklich«, gab ich zu.

»Gerade aus und zweitletzte Tür rechts.«

»Okay, danke, Sam«, lächelte ich, »bis später.«

»Ja, ciao.« Er winkte und bog ab in einen weiteren Gang.

Als ich seinen Anweisungen folgte, bemerkte ich erneut, wie Leute mich anstarrten und flüsterten. Sie versteckten es nicht mal. Das war zu seltsam. Da zog ich es vor, das Mauerblümchen zu sein. Es war jedoch schön, vorher mit Sam eine normale Unterhaltung geführt zu haben.

Wirtschaft war wirklich ein interessantes Fach. Wenigstens etwas, das ich auch im richtigen Leben anwenden konnte und Herr Parrot war ziemlich unterhaltsam. Seine einfachen Jeans und sein schwarzes Shirt ließen jedoch nichts über seinen Namen verlauten. Meine anderen Fächer waren auch okay. Die meisten interessierten mich und ich stellte fest, dass ich immer noch gerne etwas Neues lernte. Wenn da nur nicht all diese anderen Jugendlichen wären. Mehrere Male an jenem Tag dachte ich, dass mit mir etwas nicht stimmen musste. Vielleicht hatte ich etwas Komisches in meinem Gesicht. Manche Jungen gafften mich mit offenen Mündern an. Vor allem die Älteren, die Jüngeren schienen immun gegenüber meiner Sirenenaura. Ich erntete bereits die ersten bösen Blicke von eifersüchtigen Freundinnen. Ich zog meine Kapuze über den Kopf und hoffte, dass, wenn ich mich versteckte, ihre Faszination auch verschwinden würde. Während des

Mittagessens ging ich wie alle anderen in die Mensa. Es war verboten, das Schulgelände zu verlassen. Die Stunde, die für die anderen Schüler am entspanntesten war, brachte mir am meisten Probleme, da ich vortäuschen musste, etwas zu essen. Ich setzte mich an einen Tisch mit jüngeren Schülern. Zumindest schätzte ich das anhand ihrer Größe. Zudem waren sie zu sehr in eine Unterhaltung über ein Konzert vertieft, um mich auch nur zu bemerken. Ich ließ meinen Blick wandern und sah, wie einige Cheerleaderinnen mit Jungs sprachen, die auch ziemlich sportlich aussahen. Sie waren alle zu sehr damit beschäftigt, großartig auszusehen, als dass sie ihre Aufmerksamkeit nun auf mich lenken konnten. Es gab einen Jungen, den ich einen Moment länger musterte. Er war sehr groß und hatte ein natürliches Grinsen auf dem Gesicht, welches mich glauben ließ, dass man mit ihm immer etwas zu lachen hatte. Gerade als ich eine Packung Chips öffnete, welche ich gekauft hatte und später sowieso wegwerfen würde, kam Sam zu mir.

»Hey, du solltest nicht so alleine hier sitzen müssen. Du kannst zu uns kommen, wenn du möchtest.« Er zeigte zu einem Tisch mit einem Jungen, der ganz in Schwarz gekleidet war, schwarzgefärbte Haare und riesige Kopfhörer auf dem Kopf hatte. Seine Kleider hingen lose an seinem dünnen Körper. Neben ihm saß ein Mädchen mit leuchtend farbigen Kleidern, rot gefärbten Haaren und einem breiten englischen Hut.

»Okay, danke.« Ich folgte ihm.

»Leute, das ist Nathalie«, stellte er mich vor.

»Hey, ich bin Phe«, winkte das Mädchen und drehte dann ihren Kopf zum Jungen in Schwarz.

»Und das ist Joe«, sagte Sam. Joe nahm seine Kopfhörer nicht ab, aber wenigstens quittierte er mich mit einer kleinen Handbewegung. »Er spricht nicht viel, aber ist trotzdem ein sehr guter Zeitgenosse. Wie war dein Tag bis jetzt?« Sam schien den Anteil, den Joe nicht sagte, wieder wettzumachen.

»Ganz okay. Manchmal fühle ich mich etwas verloren. Es gibt

so viele neue Gesichter.«

»Das kann ich mir vorstellen«, sagte er.

»In welcher Klasse seid ihr?«, fragte ich, weil ich nicht wusste, was ich sonst sagen sollte.

»Abschlussklasse. Wir stecken alle im selben Schla-massel«, lachte er, »du bist in der Elften?«

»Ja.« Ich konnte meine Missbilligung nicht unter-drücken. »Vielleicht haben wir trotzdem einige Lektionen zusammen. Was hast du nach dem Mittag?«

»Französisch II und dann Zeichnen.«

»Cool, wir sind in der gleichen Französischklasse und dann hast du Zeichnen mit Phe.«

»Cool«, antwortete ich.

»Magst du Kunst auch?«, fragte Phe.

»Ja, nur als Hobby. Ich kritzle gerne herum, wenn mir langweilig ist.«

»Phe hier wird eine große Künstlerin sein.« Sam steckte sich einen großen Löffel mit Spaghetti in den Mund.

»Ich male einfach gerne.« Sie rollte mit ihren Augen.

»Immer so bescheiden, unsere Phe. Sie muss nächstes Wochenende einigen Kunstschulen in Boston ihr Portfolio zeigen. Ich bin mir sicher, dass sie sie alle aufnehmen werden.«

»Cool«, sagte ich wiederum. Irgendwie bewirkte meine Herabstufung in der Schule, dass mein Kopf nicht mehr fähig war, angemessenes Vokabular zu benutzen. »Was ist dein Plan?« Ich schaute Sam an.

»Informatik. Das liegt mir.«

»Gut zu wissen, wen ich anrufen kann, wenn mein Computer abstürzt.«

»Auch er ist bescheiden. Wahrscheinlich hat er schon Briefe vom MIT zu Hause, in welchen sie ihn fragen, ob er bei ihnen studieren kommt.«

»Ich wünschte, es wäre so«, seufzte er. »Was hast du vor?«

»Psychologie.«

»Das ist immer nützlich«, antwortete Sam.

Da Joe mit seinem Teller fertig war, hielt ich ihm die Chipstüte hin. Er nahm eine Hand voll heraus und murmelte danke.

»Sind die Chips dein Mittagessen? Ich würde in der nächsten Unterrichtsstunde sterben, wenn ich jetzt nicht essen könnte«, stieß Phe hervor.

»Meine Mutter geht sicher, dass ich ein großes Frühstück esse, und dann esse ich kleine Snacks zwischendurch, daher bin ich am Mittag einfach noch nicht hungrig«, log ich.

»Vielleicht sollte ich auch anfangen, das Mittagessen zu überspringen, wenn das dazu führt, dass mein Körper wie deiner aussieht.«

Ich wusste nicht, warum Phe das sagte. Sie hatte nun wirklich nichts, worüber sie sich beschweren konnte. Sie sah genau richtig und gesund aus. Wenn sie nicht diese leuchtenden Kleider und eine Brille tragen würde, könnte man sie direkt mit einer Cheerleaderin verwechseln. Mit dem Unterschied, dass sie keinen großen Aufwand in ihre Schönheit stecken müsste.

»Warum sagst du sowas? Du siehst super aus. Und ich versuche, kein Gewicht zu verlieren. Sonst müsste ich ja einen Apfel oder eine Karotte essen und nicht Chips, stimmt's?« Ich streckte auch ihr die Tüte entgegen und sie nahm zögernd einige heraus. Zur gleichen Zeit nahm Joe einen Ordner hervor und begann mit etwas, das aussah wie Chemie-Hausaufgaben.

»Darüber hinaus wäre Joe der, dem es wirklich guttun würde, einige Kilos zuzulegen«, sagte ich.

»Ja, ich weiß auch nicht, wie er das anstellt. Er isst wie ein Wolf und wird einfach immer größer und größer. Eines Tages wird das aufhören, mein Lieber.« Sie stupste ihn in den Bauch. Er machte eine Grimasse und konzentrierte sich wieder auf seine Hausaufgaben.

»Er ist ein ziemlicher Streber und macht seine Hausaufgaben immer schon in der Schule. Er muss nie etwas zu Hause machen. Wenigstens ist er nett genug und lässt uns abschreiben«, sagte Sam.

»Das ist praktisch«, grinste ich und fragte dann: »Und seid ihr in einem Club nach der Schule?«

»Phe ist natürlich im Kunstclub und ich bin in der Steel-Drum Band. Das startet aber erst im November. Joe ist faul. Normalerweise geht er nach Hause, um mehr zu essen und zu schlafen«, lachte Sam, »denkst du auch daran, irgendwo mitzumachen?«

»Ich habe noch nicht wirklich darüber nachgedacht. Noch lieber würde ich einen Job haben und etwas Geld verdienen«, sagte ich. Ich hasste es, dass ich so abhängig von Lukes und Melissas Gastfreundschaft war. Bis jetzt hatten sie einfach für alles bezahlt.

»Ich helfe zweimal pro Woche in der Foto-Ecke von CVS. Die meisten Läden in der Stadt stellen die älteren Schüler ein. Du musst nur nachfragen gehen«, riet mir Sam.

»Gut, dann mache ich das«, antwortete ich.

»Ich arbeite in The Land of Milk and Honey. Wir verkaufen 127 verschiedene Produkte, welche aus Honig hergestellt sind oder welche mit Honig zu tun haben«, sagte Phe mit viel Enthusiasmus. »Früher liebte ich Honig und nun werde ich wahrscheinlich für immer allergisch dagegen sein.« Sie stöhnte. »Aber du solltest den Lippenbalsam versuchen, der ist wirklich lecker«, fügte sie hinzu.

»Okay, klingt gut. Ich mag Honig auch.« Ich lächelte. Die Glocke läutete und der Lärmpegel steigerte sich nochmals um einiges, weil alle Stühle verschoben wurden und die Schüler ihren Freunden begegneten, auf dem Weg zum Klassenzimmer. Dieses Mal war es einfach, das richtige Zimmer zu finden, da ich einfach Sam folgen konnte. Jetzt fühlte ich mich schon nicht mehr so neu, aber der Lehrer dachte wohl trotzdem, dass dies meine erste Stunde sei und ich musste mich noch einmal vorstellen. Nach der Stunde kam Sam zu meinem Tisch.

»Dein Französisch klingt so … Französisch. Ich glaubte nicht, dass es wirklich möglich sei, diese Sprache zu sprechen

– bis jetzt«, sagte er fassungslos.

»Frankreich liegt gleich neben Deutschland. Ich schätze, es ist einfacher, die Sprache aufzunehmen, wenn man so nahe wohnt. Mein Problem ist Mathe.« Nach meiner ersten Mathelektion in Englisch heute Morgen musste ich feststellen, dass Zahlen in einer Fremdsprache sogar noch komplizierter klangen. »Ich glaube, ich muss Joe als Hausaufgabenhilfe benutzen. Es gibt zu viele Buchstaben und nicht genug Zahlen in diesen Aufgaben.«

»Ich kann versuchen, es dir zu erklären.«

»Ich werde diese Art Mathe sowieso nie brauchen. Was ist der Sinn darin?« Ich konnte immer noch nicht glauben, dass ich das nochmals durchmachen musste. »Aber falls du Hilfe mit Französisch benötigst, könnte ich dir dabei auch helfen.«

»Nö, danke gleichfalls. Ich habe es nur gewählt, weil ich eine Fremdsprache nehmen musste.«

Wir gingen zum Zimmer, wo Phe und Joe warteten. »Bis später, Phe«, sagte Sam, »und du vielleicht auch. Ansonsten, mañana.« Er tippte an seinen Kopf, wie ein Pilot.

»Bis später.« Joe winkte und schlurfte auch davon.

Ich folgte Phe ins Klassenzimmer. Es war wie ein Atelier aufgebaut. Alle arbeiteten an einem Thema, welches die Lehrerin vorgeschlagen hatte, aber sie waren ziemlich frei in der Umsetzung. Zudem gab es Berge von tollen Materialien, die man benutzen durfte. Des Weiteren sah es aus, als ob alle sehr talentiert waren. Die Atmosphäre war sehr angenehm und ich spürte, dass ich da hineinpasste. Sofort wusste ich, dass Kunst mein Lieblingsfach wird. Ich fand sogar heraus, wofür ‚Phe' steht, da Phe antwortete, wenn die Lehrerin Felicia aufrief. Diese Lektion war vorüber in einem Herzschlag. Als wir am Waschbecken standen und die Pinsel wuschen, fragte mich Phe, ob ich ihr auch als Assistentin bei ihrem Portfolio helfen würde.

»Ich muss einen plastischen Gegenstand herstellen. Deshalb habe ich mich entschlossen, einen Körper aus Klebeband zu formen, sodass wir eine menschengroße

Skulptur haben.«

Ich konnte mir nicht wirklich vorstellen, wie das aussah, oder wie lange die Skulptur bestehen bleiben konnte, wenn jemand darin eingeklebt war, aber es klang interessant.

»Ja, das wäre toll«, sagte ich etwas übermotiviert, da ich wirklich glücklich war, dass ich nicht den ganzen Nachmittag und die ganze Nacht alleine verbringen musste. Die Tage sind so lang, wenn man in der Nacht nicht schläft, während es alle anderen tun.

»Wir gehen zu Joe, da er am nächsten bei der Schule wohnt und das Model ist. Ich muss nur noch schnell zu meinem Spind.«

Ich begleitete sie zu ihrem Schrank, wo sie die meisten ihrer Bücher hineinstapelte. Ein kurzer Halt an meinem Schrank ließ mich wissen, dass ich ein Schloss kaufen musste. Ich entschied mich, meine Bücher nach Hause zu nehmen, da ich die Hausaufgaben mit all meiner Freizeit ja gut erledigen konnte.

Wir trafen die anderen vor dem Schulhaus.

»Oh, du kommst auch?«, grüßte mich Sam.

»Ja, das Projekt klingt interessant.«

»Bist du mit dem Auto gekommen?«, fragte Phe.

»Nein, ich habe mein Fahrrad dort drüben angeschlossen.« Zögernd zeigte ich zum Unterstand.

»Hab mir schon gedacht, dass du das bist. Ich habe die Leute schon heute Morgen über ‚das Mädchen auf dem Fahrrad‘ sprechen hören«, lachte sie.

»Ich kann nicht Auto fahren und ich wollte nicht mit dem Schulbus kommen.«

»Du kannst nicht Auto fahren? Ich könnte zwar, aber meine Eltern erlauben mir nicht, alleine zu fahren, bis ich achtzehn bin.« Sam runzelte seine Stirn. »Noch ein halbes Jahr. Glücklicherweise wohnt Phe in der gleichen Richtung wie ich und nimmt mich meistens mit.«

»Ich kann nicht so gemein sein, dass er mit den Primarschülern in den Bus muss. Er würde taub bei deren

Geschrei und dann könnte er nicht mehr Trommel spielen.«

»Ja, schreckliches, schreckliches Schicksal.« Er schüttelte seinen Kopf.

»Normalerweise nehmen wir das Auto zu Joes Haus, aber wir können heute mit dir hingehen, damit du weißt, wo es ist. Es ist sowieso nur ein fünfminütiger Spaziergang.« Wir gingen vorbei an einem Spielplatz und ein paar kleinen Häusern. Neben uns verlangsamte sich ein Auto und aus dem Fenster schrie ein Typ: »Tschüss, ihr Loser!« Ich hörte ihn immer noch lachen, als die Reifen quietschten und sie davonrasten.

Meine Begleiter schüttelten genervt ihre Köpfe.

»Das war Timothy. Ich küsste ihn in der sechsten Klasse. Jetzt denken er und seine Freunde, dass sie was Besseres sind, weil sie Medaillen für unsere Schule gewinnen mit ihren Sportarten.« Phe rollte mit den Augen.

»Du wirst bald merken, dass es an unserer Schule typische Unterteilungen gibt«, sagte Sam und zuckte mit den Achseln. Und schon hielten wir vor einem Haus an.

»Das ist mein bescheidenes Zuhause.« Das war der erste ganze Satz, den ich aus Joes Mund hörte. Wir traten ein und alle machten es sich in der Küche gemütlich. Sofort nahm jemand eine Schachtel mit Stracciatella-Eis aus dem Gefrierschrank und ein anderer stellte vier Schälchen auf den Tisch.

»Ähm, für mich nicht, bitte«, lehnte ich ab.

»Was, du kannst nicht noch immer keinen Hunger haben«, empörte sich Phe.

»Ich bin Laktose-intolerant.« Ich zog eine Schnute. »Ich werde aufgeblasen wie ein Ballon.« Ich formte eine Kugel über meinem Bauch. Ich hatte gelernt, dass, wenn man über unangenehme Dinge spricht, die Leute einen schneller in Ruhe lassen.

»Oh nein, gibt es noch weitere Dinge, die du nicht isst?«, fragte Phe.

»Manchmal fühle ich mich, als ob es fast gar nichts gibt,

was ich wirklich essen kann«, sagte ich und seufzte theatralisch.

»Das ist Scheiße. Ich liebe Essen.«

Ich mochte es auch. Nun bin ich aber nie hungrig genug, um von etwas einen Bissen nehmen zu wollen.

»Hättest du gerne etwas Anderes?«, fragte Joe.

»Nein, im Moment nicht, danke.«

Sie aßen ihr Eis, aber danach ging es schnurstracks an die Arbeit. Joe kniete sich auf eine Decke am Boden und streckte seine Hände in die Höhe, wie ein Fußballspieler, der gerade ein Tor gemacht hat. Die Aufgabe war, ihn mit Klebeband einzuwickeln und ihn dann wieder aus der Form herauszuschneiden. Dann wurde der Schnitt wieder überklebt, damit alles stabil war. Am Schluss sollte es wie eine lebensgroße Plastikfigur von eben diesem Fußballspieler aussehen. Als Phe bei Joes Oberschenkeln angelangt war, wurden zwei Herzschläge im Raum plötzlich schneller. Ich sah, dass Phe vorsichtig das Klebeband an der obersten Stelle von Joes Oberschenkel anbrachte. Er starrte hochkonzentriert an die gegenüberliegende Wand. Ich lächelte in mich hinein. Vielleicht war da eine Romanze im Anmarsch, aber sie hatten es noch nicht gemerkt. Als sein ganzer unterer Körper eingeklebt war, sah Joe aus, als ob er eine riesige Windel tragen würde. Dann nahmen sie eine Schere und machten vorsichtig zwei Schnitte an seinen Hüften entlang und dann konnte er einfach heraussteigen.

»Siehst du, das war gar nicht so schlimm.« Phe klebte nochmals einen Streifen Klebeband über den Schnitt.

»Da können wir uns nicht sicher sein. Vielleicht werde ich einen ernsten, psychischen Schaden davontragen.«

»Du kannst Nathalies erster Patient sein«, sagte Sam.

»Zudem ist morgen sowieso der letzte Tag, an dem du Model spielen musst.« Phe lehnte sich im Bürostuhl zurück. »Die einzigen Teile die nun noch fehlen, sind Oberkörper und Kopf.«

»Wie kannst du garantieren, dass ihr meine Haare nicht

abschneidet?«

»Sogar daran habe ich gedacht. Du wirst eine Badekappe tragen.«

»Die sollten mich auch an der Kunstschule akzeptieren. Ich habe mindestens so viel Arbeit geleistet wie du!«

»Das wäre großartig! Dann wärst du gezwungen, mit Farben in Berührung zu kommen«, lachte Sam.
Wir gingen in die Küche, wo alle ein Glas mit Eistee erhielten. Ich hielt meine Lippen an den Glasrand und leerte Teil um Teil in die Orchidee neben dem Tisch, wenn immer niemand schaute. Ich hoffte, dass es die schöne Blume nicht zerstören würde. Sie sprachen über so viele verschiedene Themen, dass es schwierig für mich war, überall zu folgen. Daher hörte ich meistens nur zu und war überrascht, als ich plötzlich wieder etwas gefragt wurde.

»Und, kommst du morgen auch nochmals, Nathalie?«, fragte Sam.

»Wenn ich darf. Das macht Spaß.«

»Sicher! Je mehr Hände wir haben, umso schneller werden wir fertig sein«, antwortete Phe.
Bald darauf verabschiedeten wir uns von Joe und gingen zurück zur Schule. Es gab immer noch einige Mädchen, welche Feldhockey spielten. Wir sagten auch tschüss und dann radelte ich zurück zum Haus. Ich schüttelte den Kopf darüber, dass ich schon so nette Leute kennengelernt hatte. Am nächsten Tag in die Schule zurückzukehren, würde nun nicht so schlimm sein.

KAPITEL 8

DAS HÄUSCHEN, DAS UNSEREM am nächsten war, stand 300 m entfernt, versteckt durch einige Bäume. Da die meisten Häuser hier sowieso Sommer-Ferienhäuser waren, fühlte es sich so an, als ob wir die meiste Zeit alleine waren. Nach der Schule verbrachte ich Stunden damit, auf den endlosen Atlantik hinauszuschauen und nachzudenken. Eine Aussicht, die man in der Schweiz, mit all den Hügeln und Bergen, nirgends finden kann.

Eines der Häuser auf meinem Schulweg rief jedoch jedes Mal eine Gänsehaut in mir hervor. Die Fenster sahen aus, als hätten sie dringend einen Frühjahrsputz nötig. Sie waren so staubig, dass das Haus immer dunkel aussah und das Dach schien unter Blättern vor sich hinzurotten. Alles deutete darauf hin, dass schon für eine Weile niemand in diesem Haus gewohnt hatte, aber es musste jemand dort leben, denn neben dem Haus stand ein kleiner Schuppen, aus dessen Kamin immer Rauch kam, egal wie warm der Tag war. Ich trat jedes Mal etwas kräftiger in die Pedale, um dieses komische Gefühl abzuschütteln.

Am Ende des zweiten Schultages stellten Sam, Phe und Joe den Kopf und Oberkörper fertig. Sam musste früher gehen, weil er zur Arbeit musste. Am Mittwoch arbeitete Phe im Honigladen und ich dachte, dass ich sie dort besuchen konnte. Sie zeigte mir die Produkte und erzählte mir alle Neuigkeiten von ihren Mitarbeitern. In ihrer Pause gingen wir in ein gemütliches Café und bestellten einen Eiskaffee. Das heißt, sie bestellte einen und ich nahm ein heißes Getränk, weil diese in undurchsichtigen Styroporbechern serviert werden und es so weniger offensichtlich ist, dass ich nicht trinke.

»Und, was hältst du von Sam?«, fragte sie mich, als wir die Straße überquerten, um zurück zu ihrem Shop zu gelangen.

»Er ist wirklich nett«, antwortete ich. Nett und liebenswürdig, wie es kleine Jungs halt sind.

»Nur nett? Ich denke, er mag dich«, grinste sie.

»Was gibt dir dieses Gefühl?« Ich zog eine Augenbraue nach oben. Ich hatte noch gar nichts in diese Richtung verspürt.

»Nur, wie schnell er dich in unser Grüppchen integriert hat. Er scheint zwar auf den ersten Blick nicht so, aber er ist sehr heikel, was die Wahl der Leute angeht, mit denen er seine Zeit verbringt.«

»Ich fühle mich geehrt.« Ich lachte. »Vielleicht lehne ich mich nun etwas weit aus dem Fenster, aber ich glaube fast, dass Sam nicht so an Mädchen interessiert ist.«

»Was? Sowas ist mir noch nie aufgefallen«, rief sie aus. »Und du kennst ihn einen Tag und ich ihn mein ganzes Leben.« Sie legte eine kurze Denkpause ein. »Andererseits hatte er seine letzte Freundin im Kindergarten. Ich sollte das im Auge behalten.«

»Und was ist zwischen dir und Timothy vorgefallen?«, fragte ich.

»Er und seine Freunde sind A-Löcher. Keiner von ihnen ist daran gewöhnt, in irgendetwas zu verlieren. Und dieses eine Mal in der sechsten Klasse versuchte er mich zu küssen, aber ich duckte mich und schlug ihn. Leider hatten es alle seine Freunde gesehen und daher muss er seit da immer den extra Coolen spielen in meiner Gegenwart. Ich bezahle praktisch jeden Tag dafür«, sie seufzte. »Es wird wirklich Zeit, dass ich aus diesem Kaff rauskomme.«

»Sein Verhalten ist nicht fair«, sagte ich.

Ihr entwischte ein kurzes Lachen. »Was ist im Leben schon fair?«

Am Donnerstag klebten wir alle Plastikkörperteile zusammen. Als die Figur fertig war, standen wir in einem Kreis um sie herum und beäugten das Werk kritisch.

»Cool«, sagte Sam.

»Es sieht zwar nicht wie ich aus, aber ja, es ist cool«, stellte Joe fest.

Es hätte irgendjemand sein können, da es kein Gesicht und nur einen runden Plastikkopf hatte. Aber ansonsten erinnerte es mich wirklich an einen dieser glücklichen Fußballspieler.

»Ich bin so froh, dass die Figur nicht umkippt!«, erklärte Phe. »Ich machte mir Sorgen, dass die Beine den Körper nicht genug stabilisieren würden, oder ihn nicht tragen könnten.«

»Es funktioniert«, sagte ich.

»Gute Arbeit und vielen Dank euch allen!« Phe gab uns allen ein High-Five.

»Endlich habe ich mein altes Leben zurück«, seufzte Joe theatralisch.

»Eineinhalb Wochen, Joe. Und überhaupt, was hättest du sonst gemacht?«

»Es gibt da diese tolle Sache in meinem Wohnzimmer. Man nennt es Fernseher. Oh, wie ich ihn vermisst habe. Wie wär's morgen mit einem Filmabend?«

»Ich arbeite bis acht, aber danach habe ich Zeit.«

»Ich ebenfalls«, sagte Sam, »wie ist es mit dir?« Alle schauten mich an.

»Ich habe nichts vor. Filmabend klingt super.« Eine Einladung zu einem Filmabend führte zu innerlichen

Freudensaltos. Wie dankbar ich auch war, dass ich so einen lockeren Start an der Schule hatte und dass ich so schnell neue Freunde fand, ich sehnte mich nach mehr Beschäftigung, vor allem in der Nacht. Ich konnte nicht ständig Brettspiele mit Luke und Melissa spielen.

Später an diesem Abend saß ich auf der Veranda, schaute ins Dunkle hinaus und hörte den Wellen zu. Ich fragte mich, was meine Eltern in diesem Moment taten. Bei ihnen war es schon sechs Stunden später, was bedeutete, dass ihr Freitag schon begonnen hatte.

Als Melissa mit ihrer Schicht im Krankenhaus, wo sie als Kinderkrankenschwester arbeitete, fertig war, brachte sie mir eine Wolldecke und setzte sich zu mir. Ich hatte gar nicht bemerkt, wie kühl es geworden war.

»Danke.« Ich kuschelte mich in die Decke. »Ich habe gerade über etwas nachgedacht. Ich weiß, im Moment ist dies kein vordergründiges Thema für mich, aber was geschieht mit uns, wenn wir sterben?« Was, wenn es anders war als beim menschlichen Tod?

»Warte einen Moment, ich kann es dir zeigen«, sagte Melissa und erschien nach einigen Sekunden wieder mit ihrem Handy. Ich schaute sie verwirrt an.

»Ich habe ein Video von der letzten Sirenenbeerdigung. Natürlich hätte ich das nicht aufnehmen dürfen, aber Luke durfte ja nicht mitkommen und dachte, dass es sicherlich interessant wäre. Hoffen wir, dass die Orbiter es nicht herausfinden.«

Sie öffnete eine Datei und ich sah, wie eine Frau auf einer Waldlichtung auf einem Strohbett lag. Viele weitere Frauen standen um sie herum und sprachen miteinander.

»Sie war ungefähr 800 Jahre alt und spürte, dass ihr Körper schwächer wurde und dass sie bald sterben würde«, sagte Melissa. »Nicht viele Sirenen schaffen es bis zu diesem Alter, weil sich die meisten früher oder später selbst umbringen. Es ist eine zu große Bürde, immer auf alles verzichten zu müssen und immer mitanzusehen, wie alle um einen herum sterben.

Daher ist es von Vorteil, Halt in einer Sirenenfamilie zu finden.« Sie lächelte mich an. »Bitte sprich immer mit uns, wenn dich etwas stört.« Ich dachte besser schon gar nicht über all die Dinge nach, die mich stören konnten.

Dann hörten alle Bewegungen um die Frau herum auf und alle richteten ihre Aufmerksamkeit auf sie. Es sah aus, als ob ihre Haut schrumpfen würde. Das Fleisch kräuselte sich, bis es wie ein Ballon ohne Luft zusammenfiel.

»Als sie starb, verließ die Energie ihren Körper und alle Reaktionen versagten. Menschen und Tiere erstarren dann zuerst, bevor sie sich zersetzen. Ich schätze, da wir für so lange in einem gefrorenen Zustand waren, ist es wie mit Essen, welches man aus dem Gefrierschrank nimmt. Man kann die Lebensmittel nicht mehr für lange behalten, wenn sie abgetaut sind. Wenn wir tot sind, verrotten wir sofort. Die Muskeln und die Haut schrumpfen und können nicht mehr für Forschungszwecke benutzt werden.«

Dann nahm eine Sirene nach der anderen ein brennendes Holzscheit und warf es auf sie drauf.

»Da es kein schöner Anblick ist, verbrennen wir die Körper der toten Sirenen«, sagte sie.

»Ich verstehe«, sagte ich. »Wow.« Ich konnte meine Augen nicht vom Bildschirm lösen, obwohl das Video fertig war. »Wie wurdest du eine Sirene?«, fragte ich sie dann.

Sie schaute für eine Weile hinaus aufs dunkle Meer. Ich dachte schon, dass sie es vergessen hatte und hart nachdenken musste. Dann schaute sie mich an.

»Das ist etwas, das ich nie vergessen werde. Du spürst wahrscheinlich den Schmerz der Umwandlung auch immer noch, als ob es gestern passiert wäre. Meine liegt schon dreissig Jahre zurück. Ich war achtundzwanzig, für ein Jahr verheiratet und drei Monate schwanger. Anscheinend wurde ich von einem Auto angefahren, als ich auf meiner täglichen Fahrradtour war. Der Fahrer flüchtete, was den Weg für die Sirenen freimachte. Es geschah irgendwo im Norden der Provence in Frankreich. Michaela, die mich rettete, war eine unheimliche Frau.« Melissa schüttelte ihren Kopf. »Als es dann sicher genug war, um mir die Fesseln abzunehmen, dachte ich wirklich, dass sie eine Art Kannibalin war, die mich umbringen und essen wollte. Aber dann brachte sie mich zu Claire nach Irland, wo ich die ersten drei Jahre verbrachte. Michaela hat ein gutes Herz, aber sie ist gerne alleine. Ich war für lange Zeit deprimiert und mein Englisch war nicht gut.« Sie sah mich liebevoll an. »Du machst das wirklich sehr gut. Es scheint, als ob du gar keine Probleme hättest, dich an dein neues Leben und deinen neuen Körper zu gewöhnen.«

Ich zuckte mit den Schultern. »Um die Wahrheit zu sagen; ich mag es irgendwie. Ich fühle mich super und habe so viel Energie wie noch nie. Ich wünschte, ich hätte diese Energie schon als Mensch gehabt.«

Melissa lächelte. »Es ist schön, dich hier zu haben. Wie auch immer, zum Glück gab Claire nicht auf. Sie las mir Bücher vor und eines Tages kam sie nach Hause und sagte, dass es einen Teilzeitjob beim Kindergarten gibt. Es hatte nichts zu tun mit meinem vorherigen Job bei der Versicherung, daher frage ich mich, woher sie diese Intuition hatte, aber es war das, was mich zurück auf den Weg brachte. Mein Englisch verbesserte sich und nach einer Weile begann ich, Kinderkrankenschwester zu lernen.«

»Du hattest also auch nicht den leichtesten Anfang.«

»Nein, glaube mir, ich hätte es oft vorgezogen, tot zu sein. Aber wir müssen es als Chance betrachten.« Sie wickelte sich auch etwas mehr in die Wolldecke, welche sie über uns ausgebreitet hatte.

»Mhh. Ich bin noch nicht bereit, es als Chance zu nehmen. Dafür vermisse ich meine Familie noch zu sehr.« Ich presste meine Lippen aufeinander. »Heute blieb mir beinahe das Herz stehen, als ich an der Schule jemanden sah, die meiner Schwester ähnelte«, sagte ich.

Melissa legte mir kurz ihre Hand auf die Schulter. »Ansonsten läuft es gut in der Schule? Keine Schwierig-keiten, unser Geheimnis zu bewahren?«, fragte sie dann.

»Nein, alles ist in Ordnung. Sogar das Mittagessen ist kein Problem. Es gibt viele Kinder, die nichts essen, weil es uncool ist, in der Mensa zu essen.«

Melissa bedeckte ihr Gesicht mit den Händen. »Ernsthaft? Ich würde so gerne mal wieder Kroketten essen. Sie sollten nicht so verwöhnt handeln.«

»Vermisst du Essen immer noch?«, fragte ich.

»Ja, einfach einmal ein normales Essen genießen und mich menschlich zu verhalten. Aber nichts kann jetzt mit einem saftigen Herzen mithalten«, kicherte sie.

»Roisin scheint überhaupt keine Probleme zu haben«, stellte ich fest.

»Sie war schon immer ein freier Geist. Wir fanden sie in meinem dritten Jahr als Sirene. Sie war das erste Unfallopfer, das die richtige Aura hatte, um umgewandelt zu werden. Ich sah zu, wie Claire in die Kanüle ihrer Spritze spuckte und sie dann zuerst in einen Menschen stach und danach in Roisins Brust rammte. Sie wachte in einem Zimmer in Claires Haus auf. Es scheint, dass sich junge Leute besser anpassen können, denn sie war erst neunzehn und lernte sehr schnell. Genau wie du.« Melissa lächelte mich an. »Aber es war zu schwer für sie, so nahe bei ihrer Familie und ihren Freunden zu sein und nicht zu ihnen zurückgehen zu dürfen. Darum entschieden wir uns, nach New York zu gehen. Wir waren schon immer neugierig, was diese Stadt betraf. Es war eine großartige Zeit, als wir zu zweit in diesem winzigen Appartement im East Village lebten. Ich erlebte eine zweite Jugend. Glücklicherweise fand ich sofort einen Job als Krankenschwester und für den Rest der Zeit hielt ich ein wachsames Auge auf die Straßen, um der Ambulanz auszuhelfen.« Melissa warf ihre Lockenpracht zur Seite und fuhr sich mit den Fingern durch ihre Haare. »Roisin fing an, Zoologie zu studieren und half im Bronx Zoo, und als sie einundzwanzig wurde, arbeitete sie zudem in einem Nachtclub. In meinen freien Nächten besuchte ich sie. Die gratis Drinks waren natürlich ein großer Vorteil.« Melissa zwinkerte mir zu. »Manchmal war es schwierig zu widerstehen, wenn einer dieser Cocktails vor mir stand und ich wusste, dass ich nicht das ganze Glas trinken durfte, oder es würde mich umbringen.«

»Was ist mit Cathy? Was ist ihre Geschichte?«, fragte ich.

Melissa zögerte einen Moment. »Sie hatte zuvor mit anderen Sirenen in Vancouver gelebt, aber sagte, dass sie dort nicht mehr zufrieden war und daher nach New York kam. Ich weiß ehrlich gesagt nicht so viel über sie, da sie eher eine Einzelgängerin ist.«

»Warum war sie dann aber mit uns in der Höhle?«

»Sie war einfach auch in der Gegend und es gehört zum ethischen Code der Sirenen, dass jemand gerettet wird, den man retten kann.«

»Aber sie wollte mich nicht wirklich retten.«

Melissa wählte ihre Worte mit Vorsicht: »Ich würde sagen, dass sie Respekt vor der Verantwortung hatte.«

»Mir erscheint sie nicht wie jemand, der Angst vor etwas hat. Und ihr wart ja da, also hätte sie doch einfach gehen können, oder?«

»Also für jemanden, der am Anfang so widerspenstig war, stellst du nun extrem viele Fragen«, lachte sie.

»Ja und es scheint, wann immer ich zu einer interessanten Frage komme, weichst du mir aus«, sagte ich abwehrend.

»Oh nein, das sollte nicht so rüberkommen, ich habe unsere Unterhaltung gerade sehr geschätzt. Aber ich habe auch nicht auf jede Frage eine Antwort«, sagte sie.
Ich runzelte meine Stirn. Irgendetwas ergab keinen Sinn, aber ich konnte es nicht genau festnageln. Aber ich wollte jetzt keinen grundlosen Streit beginnen und wechselte daher das Thema.

»Und Luke, hast du ihn kennengelernt, als er schon eine Sirene war?«
Melissas Mundwinkel bewegten sich automatisch nach oben.

»Nein, er war menschlich. Und schon damals sehr gut aussehend«, grinste Melissa. »Er sollte dir seine Geschichte mal selber erzählen, er kann das viel unterhaltsamer als ich. Jedoch haben wir die Stadt seinetwegen verlassen«, Melissa seufzte, »wie du weißt, hat Luke seine guten und schlechten Tage und an den schlechten ist es besser, wenn wir in einer ruhigen Umgebung sind.«

KAPITEL 9

DIE SCHULE WURDE SCHNELL zum Alltag. Die Lehrer mochten mich, weil ich die Hausaufgaben machte und gute Noten hatte. Sie wussten jedoch nicht, dass ich nie schlief und so tatsächlich genug Zeit hatte, um alles zu erledigen, was sie verlangten. Außerdem war ich während der Unterrichtsstunden ruhig, da ich in meinem Jahrgang nicht wirklich jemanden hatte, mit dem ich mich unterhalten wollte. Daher freute ich mich jeweils auf die Mittagsstunde, welche ich mit Sam, Phe und Joe verbrachte. Sie waren dankbar für alles Essen, das ich mit ihnen teilte. Ich war froh, dass ich in ihnen Freunde gefunden hatte. Alle anderen an der Schule schenkten mir bald auch keine spezielle Aufmerksamkeit mehr. Mit Ausnahme dieses großen Jungen, auf welchen ich schon am ersten Tag ein Auge geworfen hatte. Er war in meiner Geschichtsklasse. Am Dienstag in der zweiten Woche sprach er mich plötzlich an.

»Hey, was geht ab?«, sagte er. Er trug das Basketballshirt des Schulteams, dessen Kapitän er war. Es war sehr schmeichelnd für seine Armmuskeln.

»Schule, schätze ich«, antwortete ich.

»Ja, weißt du, wir haben am Freitag dieses Spiel und einige Freunde schauen zu. Du solltest auch kommen!«

»Okay, ich denke darüber nach. Vielleicht wollen meine Freunde auch kommen.« Schließlich sah er nicht schlecht aus. Und falls er größeres Interesse an mir hatte, war es eventuell gut, etwas Unterstützung mitzubringen. Dann könnten sie mich ablenken, falls ein gut aussehender Junge meine Selbstkontrolle abschwächen würde, die ich mir über den letzten Monat so mühsam antrainiert hatte.

»Diese Verlierer? Die sind so langweilig. Warum hängst du eigentlich mit denen rum? Sam hat ungefähr die Größe von einem Plüschhund, sein bester Freund ist stumm und Phe schmerzt meinen Augen, wenn ich sie anschaue, mit all diesen grellen Farben. Sie war mal anders in der Primarschule.«

»Du bist also ein Freund von Timothy«, sagte ich kalt.

»Um, ja, warum?« Ihm war die Verwirrung ins Gesicht geschrieben.

»Dachte ich mir schon. Sorry, aber ich bevorzuge meine Zeit mit Leuten zu verbringen, bei denen ich sein kann, wer ich bin, ohne verurteilt zu werden. Du wärst wahrscheinlich auch ganz nett, wenn du nicht jede Sekunde etwas beweisen müsstest.« Ich begann wegzugehen.

»Warte kurz. Okay, vielleicht war das nicht so nett von mir.« Er hielt seine Hände zur Verteidigung in die Höhe. »Du könntest es dir mit dem Spiel aber trotzdem überlegen.« Er grinste mich an.

»Ich werde darüber nachdenken«, antwortete ich.

»Warum ist es so schwierig, ein einfaches Ja von einem schönen Mädchen zu erhalten?«, wollte er wissen. Mir entwich ein kurzes Lachen. Das war das erste Mal, dass jemand, der mir auch gefiel, mir offen sagte, dass ich hübsch sei. Ich schüttelte meinen Kopf, da ich wusste, dass dies nur an meiner Sirenenaura liegen konnte.

»Was?«, fragte er.

»Nichts. Ich werde darüber nachdenken. Bis bald.« Es war Zeit für die nächste Unterrichtsstunde.

»Ich werde dich ein Stück begleiten«, sagte er und hielt Schritt mit mir. »Es beginnt um sieben Uhr und sie verkaufen köstliche Hot Dogs. Das alleine sollte Grund genug sein, zum Spiel zu kommen.«

»Du gibst nicht so leicht auf, hm?«, lächelte ich.

»Wenn ich so leicht aufgeben würde, wäre ich definitiv nicht Kapitän von einem Team.«

»Hier ist mein Raum.« Ich hatte Mathe.

»Dann sehe ich dich also am Freitag«, sagte er und lief leichtfüßig weiter.

»Vielleicht«, rief ich ihm nach.

Ich ging ins Zimmer und hielt kurz an Sams Pult an, dessen Gesicht schon wie ein Fragezeichen aussah.

»Was wollte Kyle von dir?«, fragte er.

»Er hat mich fürs Spiel am Freitag eingeladen.« Ich seufzte. »Ich würde nur gehen, wenn du auch kommen würdest.«

Sam lachte. »Nein, danke, sicher nicht. Ich kann dir sofort eine ganze Liste an Dingen aufzählen, die ich lieber machen würde. Meine T-Shirts zu Hause neu anzuordnen, wäre nur etwas davon. Aber du kannst ja gehen. Jedoch wirst du wahrscheinlich auch gerne zu Hause bleiben, wenn du es mal gesehen hast«, warnte er mich.

Es klingelte und ich ging zu meinem Pult.

»Alleine? Das wäre überhaupt nicht toll«, flüsterte ich und setzte mich.

Später an diesem Tag wurde ich Zeugin einer weiteren Episode von Timothys Mobbing. Er ging vor mir als ich mich Phe näherte und sie gerade ihre Bücher im Spind verstaute. Als er neben ihr war, schubste er seinen Freund gegen Phe, so dass diese frontal in ihren Schrank knallte.

»Ooops, tut mir leid.« Timothy lachte und all seine Freunde lachten mit ihm. Ich hatte Mitleid mit Phe, aber ich war auch wütend, dass er Phe grundlos so behandelte. Bevor ich ihr zu Hilfe eilte, ging ich daher zu den Toiletten, aber anstatt darin zu verschwinden, kam ich in Sirenengeschwindigkeit wieder heraus. Niemand sah, wie ich immer wieder an Timothy vorbeirannte, bis ich ihm im richtigen Moment ein Bein stellen konnte. Er stolperte und fiel zu Boden und natürlich sah es so aus, als ob er über seine eigenen Füße gestolpert war. Wiederum lachten die Leute, aber dieses Mal seinetwegen.

»Mann, wenn das der Coach gesehen hätte, würdest du beim nächsten Spiel auf der Bank sitzen«, hörte ich Dave sagen.

Ich raste zurück zu den Klos und kam in normaler Geschwindigkeit wieder heraus.

»Phe, alles in Ordnung?«, fragte ich mitfühlend.

Sie zuckte mit den Schultern. »Ich denke schon. Das war ja noch gar nichts.« Ich konnte sehen, dass sie traurig war.

Ich umarmte sie kurz. »Das muss aufhören. Das ist mehr als nur Mobbing, du könntest dich verletzen.«

»Es wird nicht aufhören. Er hat ein zu großes Publikum.«

»Dieses Publikum hat gerade gesehen, wie er über seine Füße gestolpert ist. Das Karma beginnt es ihm heimzuzahlen.«

Phe lächelte schwach. »Ja, wenigstens etwas.«

Ich würde definitiv nicht zum Basketballspiel gehen.

Am Mittwoch nach Schulschluss begleitete ich meine Freunde nach Boston. Phe fuhr uns in ihrem Auto. Ich war aufgeregt, das erste Mal in die Stadt zu kommen. Phe musste zu den verschiedenen Schulen gehen und ihr Portfolio präsentieren. Die Skulptur ließen wir jedoch zu Hause. Sie hatte sie einfach fotografiert und die Fotos auf schwarzes Papier geklebt.

Der erste Halt war das Massachusetts College of Art and Design. Ich begriff, dass dies kein Touristenausflug werden würde und wir wirklich nur Schulen besuchen würden. Dann wiederum waren die anderen wahrscheinlich schon Millionen Male in Boston gewesen. Ich war der einzige Neuling hier, aber das wussten sie natürlich nicht. Aber egal, es hatte sich auf alle Fälle gelohnt, mitzukommen. Die Gebäude waren wunderschön! Als Phe bei ihrem Interview war, spazierten wir durch den Park und stellten uns vor, wie es wäre, an dieser Schule zu studieren. Wir bewunderten die Studenten, welche so gebildet aussahen mit ihren Taschen, Brillen und Büchern. Das Coolste war, dass das College wie ein kleines Dorf war. Alles war da: Bücherläden, kleine Supermärkte, Orte, um zu essen, Cafés, wirklich alles. Ich seufzte, als ich akzeptierte, dass ich noch ein Jahr warten musste, bis auch ich dieses Leben führen durfte.

»Hier zu sein macht irgendwie alles realer«, sagte Sam, als wir durch eine Galerie mit Gemälden von ehemaligen Studenten gingen, die sich einen Namen gemacht hatten. »Bis jetzt war es nur immer eine Idee, die irgendwann zur Realität werden wird. Aber plötzlich fühlt es sich an, als ob das Studium gleich um die Ecke liegt.«

»Zuerst müssten wir uns bei einigen Schulen anmelden«, bemerkte Joe.

»Sicher, aber wir haben noch genügend Zeit und mit unseren Noten mache ich mir auch nicht allzu große Sorgen. Aber stell dir vor: wir alle in Boston!«

»Es wird super!«

Sie waren so begeistert über die Veränderung, die in ihrem Leben kommen wird, während ich immer noch versuchte, mich an die neuen Umstände zu gewöhnen, in welche ich hineingeworfen worden war.

»Was denkst du?«, fragte mich Sam.

»Hm?« Ich war tief in meinen Gedanken versunken.

»Über die Tatsache, dass dies bald für einen von uns der Weg zum Mittagessen sein könnte.«

»Es ist ein bisschen überwältigend«, sagte ich. »Aber ich habe ja noch ein weiteres Jahr, um mir den Kopf darüber zu zerbrechen.«

»Du wirst einen Vorteil haben, da du ja uns hast und wir dir sagen können, wie alles funktioniert.«

»Du hast Recht. Habe ich euch schon gesagt, dass ich froh bin, dass ihr meine Freunde seid?«

»Nein, aber denk nicht zu hoch davon. Wir dachten

einfach, dass wir gutes Karma bekommen würden, wenn wir nett zu einer Fremden wären.« Sam zwinkerte mir zu.

Wir gingen nach draußen, um nach einem guten Ort zu suchen, wo wir auf Phe warten konnten, aber dann sahen wir sie schon die Treppe herunterkommen, mit ihrem Portfolio unter dem Arm.

»Und, wie war's?«, fragte Joe.

»Ich habe keine Ahnung.« Phes Wangen hatten eine tiefrote Farbe angenommen. »Ich konnte ihre Gesichter nicht lesen. Die waren total ausdruckslos. Sie waren freundlich, aber fragten mich seltsame Dinge, die gar nichts mit meinen Bildern zu tun hatten.«

»Was zum Beispiel?«, fragte ich.

»Zum Beispiel, welches ein wichtiger Moment in meiner Kindheit war, an den ich mich erinnern kann. Ich wusste nicht, dass ich zu meinem ganzen Leben eine spontane Antwort parat haben musste«, sagte sie entnervt.

»Was hast du gesagt?«, wollte Sam wissen.

»Zuerst war mein Gehirn einfach nur leer. Ich konnte mich an gar nichts aus meiner Vergangenheit erinnern und dann war das Erste, was mir einfiel, die Beerdigung, die wir in unserem Garten abhielten, als unsere Katze starb. Nun denken sie wahrscheinlich, dass ich ein deprimierter Teenager bin, der gerne in traurigen Erinnerungen schwelgt. Warum habe ich nicht irgendein Geburtstags-geschenk erwähnt, wie zum Beispiel meinen ersten Pinsel?«

»Ich bin mir sicher, sie wollten dich einfach in ein Gespräch verwickeln, um zu sehen, was für eine Person hinter den Bildern steckt«, tröstete Joe sie.

»Sie hätten ja ein einfacheres Thema wählen können.« Sie seufzte. »Was habt ihr gemacht?«

»Wir haben uns etwas umgesehen. Es wäre super, wenn wir dich hier besuchen könnten, daher beschlossen wir einstimmig, dass du auf dieses College gehen darfst. Dann erklärte uns Nathalie ihre Liebe zu uns als ihre Freunde. Du hättest da sein sollen, es war eine sehr berührende Rede.« Sam wischte sich eine unsichtbare Träne weg. Ich rollte mit den Augen.

»Oh danke, Nat. Ich bin froh, dass ich nicht mehr das einzige Mädchen bin, das mit diesen zwei Idioten rumhängt.« Sie grinste und legte ihre Armen um deren Schultern.

»Hast du das gehört, Sam? Sie denkt, dass wir Idioten sind. Lass mich dich noch einmal fragen, wer verbrachte Stunden damit, dir bei einem Projekt zu helfen und begleitet dich nun nach Boston zur moralischen Unterstützung? Vielleicht hast du versehentlich das falsche Wort benutzt. Ja, das ist höchstwahrscheinlich der Fall, du warst noch nie die Beste mit Sprachen.«

»Du weißt genau, wie sehr ich euch liebe.« Phe schaute Joe an, als sie das sagte, errötete wieder und schaute dann zu Sam.

»So eine sentimentale Gruppe heute. Vielleicht hat es etwas mit dem Mond zu tun«, sagte Joe.
Wir mussten weiter zur University of Massachusetts, zu Phes zweitem Interview. Das Unigelände war gleich am Wasser, was es zu einem perfekten Ort machte, um einfach etwas herumzuschlendern. Phe verließ uns wiederum und wir wanderten ziellos herum.

»Es muss wundervoll sein, im Sommer unter einem von diesen Bäumen ein Nickerchen zu machen. Ich glaube, ich könnte hier studieren«, sagte Joe.

»Ja, ich denke, du solltest das in deinem Bewerbungs-brief erwähnen«, witzelte Sam.

In der Zwischenzeit konzentrierte sich meine Aufmerksamkeit auf etwas Anderes. Oder besser, auf jemand anderen. Ein bisschen weiter vorne war ein Gebäude mit einer Fensterfront im Parterre. Es waren die Fenster von einem Café und gleich neben dem Fenster saß der hübscheste Junge, den ich je gesehen hatte. Er hatte breite Schultern und ich konnte erkennen, dass sie gut mit Muskeln bepackt waren, da sich sein T-Shirt straff um die Schultern schmiegte und etwas lockerer saß in der Mitte des Rückens. Vielleicht war er ein Football-Spieler. Es war kein Fett an seinem Bauch zu sehen.

Ich stellte mir vor, dass es schön sein musste, sich an so einer starken Brust ausruhen zu können. Das ist mir vorher noch nie passiert. Ich musste ihn einfach anstarren, aus dem simplen Grund, es zu genießen, etwas Schönes anzusehen. Er arbeitete an seinem Laptop und die kleine Furche, die sich zwischen seinen Augen gebildet hatte, weil er sich so konzentrierte, war extrem sexy. Ich musste es schnell an die Uni schaffen, wenn solche Typen hier herumwanderten. Ich hatte nicht einmal bemerkt, dass ich aufgehört hatte zu gehen.

»Worauf wartest du?« Sam drehte sich um. Sie waren schon einige Schritte vor mir.

»Ist jemandem nach Kaffee zumute?«, fragte ich.

»Ich hätte nichts gegen eine Zimtrolle«, sagte Sam.

»Ja, ich hoffte schon, dass endlich jemand von euch eine Snackpause vorschlägt«, fügte Joe hinzu.

Wir gingen ins Café und warteten in der Schlange, um zu bestellen. Als ich versuchte, unbemerkt zu ihm herüberzuschauen, sah ich, dass er mich auch anschaute. Ich war zu überrascht und wusste nicht mehr, wie ich reagieren sollte. Daher verhielt ich mich wie ein Reh, welches im Scheinwerferlicht eines Autos stehen bleibt. Es war jedoch noch komischer, dass auch er nicht wegschaute. Er starrte mich einfach weiter an, mit seinen verträumten, braunen Augen, bis ein vorsichtiges Lächeln seine Mundwinkel eroberte. Mit seiner Hand fuhr er sich durch die kurzen, dunklen Locken, schüttelte leicht seinen Kopf und wandte sich wieder seinem Laptop zu. Er musste Anfang zwanzig sein, aber ich konnte nicht mehr weiter darüber nachdenken, da sich der Barista räusperte und das wohl mir galt.

»Ah ja, bitte einen Kaffee.«

»Ich hätte einen Chai Latte geraten. Hübsche Frauen wie du wollen das normalerweise«, sagte er.

»Wirklich?«, fragte ich langsam. Ich konnte es nicht fassen, dass ich nicht einmal einen Kaffee bestellen konnte, ohne dass jemand mit mir flirtete. Zudem war ich mir ziemlich sicher, dass es der andere Junge auch gehört hatte, weil der

Barista einer dieser Leute war, der extra laut sprach, damit man ihn auch ja beim ersten Mal verstand.

»Nein, einfach einen Kaffee für mich.« Ich schenkte ihm ein schwaches Lächeln.

Wir saßen an einem Tisch und ich setzte mich extra mit meinem Rücken zum Schönling, damit ich nicht die ganze Zeit zu ihm herüberschaute. Die Jungs genossen ihr Dessert und sprachen freudig darüber, wie sie den ganzen Tag lang nur noch Süßspeisen essen wollten, wenn sie erst im College waren. Ich versuchte, der Unterhaltung zu folgen, aber meine Gedanken waren zu sehr mit diesem Jungen beschäftigt. Ja, er war hübsch, aber es gab keinen Grund für diese starke Anziehung.

»Woran denkst du?«, fragte mich Sam plötzlich und Joe schaute mich erwartend an.

»Ich, warum?« Ich war überzeugt, wenn ich gerade einen neuen Adrenalinschub erhalten hätte, würde ich mich nicht jedes Mal wie vom Blitz getroffen fühlen, wenn ich diesen Typen anschaute.

»Du hörst überhaupt nicht zu, was wir sagen, also bist du ganz klar woanders mit deinen Gedanken«, sagte Sam.

Ich machte eine Grimasse. »Schaut jetzt nicht hin, aber seht ihr diesen Typen hinter mir?« Natürlich sahen sie zu ihm herüber. »Er sieht so gut aus!«

»Ugh, er sieht so anders aus als ich. Und da dachte ich schon, dass ich bei dir eine Chance habe, aber offensichtlich stehst du auf etwas ganz Anderes.« Sam spielte den Beleidigten.

»Nicht so laut«, sagte ich.

»Du verhältst dich total wie ein Mädchen.« Joe rollte mit den Augen.

»Vielleicht, weil ich eines bin«, sagte ich.

»Also, was sollen wir tun?«, fragte Sam.

»Nichts, es ist nicht so wichtig.« Ich entschied, dass ich aus diesem Café herausgehen würde, ohne ihn eines weiteren Blickes zu würdigen und ihn dann schnell vergessen würde.

»Du änderst deine Meinung besser schnell, denn er kommt hier herüber«, sagte Sam, kurz bevor sich jemand hinter mir räusperte.

»Entschuldigt, ich hoffe, ich störe euch nicht, aber ich wollte wissen, ob ich dich einen Moment ausleihen könnte«, sprach er mich an. Oh Gott, von Nahem sah er sogar noch besser aus; starke Schultern und leichte Stoppeln an seinem Kinn und seinen Wangen. Es war nicht fair. Meine Knie wurden schwach, weil ich wahrscheinlich einen Moment vergessen hatte zu atmen. »Ich muss diese Umfrage zu Geschlechterklischees machen und mir wurde die weibliche Sicht aufgetragen. Hättest du Zeit für ein kurzes Interview? Die Antworten werden natürlich anonymisiert.«

Ich sah Joe und Sam fragend an.

»Oh, wir haben genügend Zeit, nur zu«, grinste Joe.

»Ja, nehmt euch Zeit«, sprang Sam ein. »Wir treffen dich am Eingang.« Er schenkte mir ein übertriebenes Lächeln und sie standen auf.

»Okay«, sagte ich zu dem Jungen.

»Bis später«, rief ich den anderen hinterher und Sam gab mir einen Daumen nach oben. Sie verließen das Café und ich folgte dem Schönling zu seinem Tisch. Normalerweise hätte mein Herz nun wie wild geklopft, aber da ich den Herzschlag ja nicht spürte, zeigte sich meine Nervosität nur, indem mein Energielevel zum Mond geschossen wurde. Ich musste mich zurückhalten, damit ich nicht einfach auf der Stelle zu hüpfen begann oder einige Male um den Block rannte.

Er zeigte auf den Stuhl gegenüber von ihm und ich setzte mich. »Danke, das ist sehr nett von dir. Es ist immer so schwierig, genug Leute zu finden«, sagte er und schaute mich dabei durchdringend an.

»Ich weiß, was du meinst.« Ihm so nahe zu sein, machte mich ganz schwindlig.

»Studierst du schon?«, fragte er.

Für eine Millisekunde schloss ich meine Augen, weil ich überlegte, was ich ihm sagen sollte. »Ja, Psychologie.« Ich wollte nicht, dass er dachte, dass ich ein 16-jähriges Highschool-Mädchen war.

»Psychologie«, wiederholte er. »Das ist ein Studiengang mit fünfundsiebzig Prozent weiblichen Studenten, was bedeutet, dass du das Klischee erfüllst, einen typisch weiblichen Studiengang gewählt zu haben. Waren diese zwei Jungs Freunde von der Uni?« Er hatte eine sehr angenehme Stimme; tief und weich.

»Nein, das sind Freunde von der Highschool. Sie kamen heute auf Collegebesuch.« Ich schaute ihm zu, wie er etwas eintippte. Er hatte extrem lange Wimpern für einen Mann. Frauen würden dafür töten, man könnte so viel Geld für Mascara sparen.

»Ja, ich dachte mir schon, dass sie jünger wirkten.« Er schaute mich direkt an, als ob er in meinem Gesicht nach etwas suchte, bis ich meinen Blick abwenden musste.

»Warum hast du diese Studienrichtung ausgewählt?«, fragte er weiter.

»Es interessierte mich einfach. Ich hatte Psychologie als Fach in meinem letzten Jahr an der Highschool und ich schätze, ich höre den Leuten gerne zu und möchte ihnen helfen«, antwortete ich.

»Denkst du, dass das typisch weibliche Attribute sind? Zuhören und helfen.«

Ich biss auf meine Lippe, weil ich ihn eigentlich viel lieber küssen wollte, antwortete dann aber trotzdem auf seine Frage. »Ich glaube, Männer sind nicht so sehr an Tratsch interessiert wie Frauen. Daher sprechen sie wahrscheinlich weniger über Probleme und mehr über andere, weniger persönlichere Dinge. Zudem kenne ich viele Männer, die gerne reden. Viel reden.« Ich dachte an Sam und konnte mir ein Lächeln nicht verkneifen. »Ja, daher ist es wahrscheinlich eher eine weibliche Eigenschaft, zuzuhören und helfen zu wollen.«

Er nickte und tippte mehr Wörter in seinen Laptop.

»Wo denkst du, hast du dir diese Eigenschaft angeeignet?« Wiederum schaute er mich an und verwöhnte mich mit seiner ganzen Aufmerksamkeit. Für einen Moment dachte ich, dass er und ich die einzigen Leute im Café waren. Bevor ich ihn aus Versehen küssen würde, versuchte ich mich auf eine Antwort zu konzentrieren.

»Vielleicht von meiner Mutter? Sie stellte mir normalerweise Fragen, wenn ich von der Schule nach Hause kam. Wie war mein Tag, hatte ich nette Leute getroffen und so weiter. Und dann meine besten Freundinnen in der Primarschule.«

»Waren die männlich oder weiblich?« Es war eine ganz normale Frage, aber die Worte Mann und Frau aus seinem Mund klangen wie eine sexuelle Einladung. Ich musste mich daran erinnern, dass mir mein Hirn diesen Eindruck nur vorspielte.

»Weiblich.«

»Schon die letzte Frage, denkst du auch, dass es typische Männer- und Frauenstudiengänge gibt und wenn ja, welche?« Ich ertrank für einen Moment im Schokoladenbrunnen seiner Augen.

»Ja, wahrscheinlich Mathe, Physik und Informatik für Männer und Psychologie, Jobs mit kleinen Kindern und vielleicht auch Sprachen für Frauen.«

»Okay, danke!« Er lächelte. »Wie heißt du?«

»Ich dachte, es sei anonym.«

»Ist es. Das ist nur aus persönlicher Neugier.« Er grinste.

»Sind nicht normalerweise die Frauen die Neugierigen?«, grinste ich zurück.

»Ich denke nicht. Oder warum wären da sonst so viele Filme über männliche Detektive, die etwas Komischem nachgehen und schlussendlich die Welt retten?« Da ich nicht sofort reagierte, sprach er weiter. »Trotzdem danke, dass du mir deine Zeit fürs Interview gegeben hast.«

»Kein Problem.«

»Stört es dich, wenn ich frage, woher dein Akzent kommt?«

Ich war etwas verblüfft. Ich wusste nicht, dass ich immer

noch einen Akzent hatte. »Ich ging in Deutschland zur Schule.«

Seine Augen öffneten sich überrascht. »Oh, dass muss großartig gewesen sein. Wo?«

»Hamburg. Ja, es war gut. Ich hätte jedoch nicht gedacht, dass ich meine eigene Sprache verlieren würde.« Ich lachte.

»Versteh mich nicht falsch, ich mag es. Du klingst sehr sanft und exotisch. Du hast eine schöne Stimme.« Er lächelte. »Aber im Ernst, ich wünschte, ich hätte es auch schon nach Europa geschafft. Ich würde gerne nach Spanien oder Griechenland reisen.«

»Wieso genau diese beiden Orte?«, fragte ich.

»Sie wirken wie das perfekte Ferienparadies. Strand, gutes Essen, interessante Sprachen.«

»Du sprichst Spanisch?«

»Un poquito. Ich hatte es für zwei Jahre an der Highschool. Und du, sprichst du Deutsch?«

»Ja und ein bisschen Französisch.« Ich hätte ihm gerne erzählt, dass ich auch eine witzige Sprache, genannt Schweizerdeutsch, sprach. Es ist nur eine gesprochene Sprache und es gibt keine Grammatik, daher ist es für Ausländer sehr schwer zu lernen.

»Wow, zwei Fremdsprachen.« Er pfiff lobend.

»Es ist nicht so schwierig, wenn du von ihnen umgeben bist«, sagte ich. Als ich auf die Uhr im Café schaute, bemerkte ich, dass ich langsam gehen sollte.

»Ich muss jetzt leider los.«

»Das ist schade. Ich habe es sehr genossen, mich mit dir zu unterhalten.«

Ich auch, wollte ich sagen, aber ich biss mir auf die Zunge, um mich davon abzuhalten. Daher überraschte mich seine nächste Frage noch mehr.

»Könnten wir uns vielleicht nochmals sehen? Dann könnte ich dich wenigstens auf einen Kaffee oder etwas Anderes einladen.«

Innerlich machte ich Freudensprünge. JA! Aber rational

konnte ich sehen, wie viele Komplikationen das mit sich bringen würde. Wie würde ich meine wahre Identität vor ihm verbergen? Würde ich immer widerstehen können, ihn umzubringen, wenn er so nahe war und ich mich so angezogen fühlte? Und was würde meine Sirenenfamilie von ihm halten? Darüber hinaus hatte ich nicht einmal ein Handy, auf welchem er mich kontaktieren konnte. Und Facebook oder ein anderes soziales Netzwerk besaß ich als Nathalie auch nicht.

»Das wäre schön. Aber um ehrlich zu sein, habe ich im Moment einige Komplikationen in meinem Leben und ich bin mir nicht sicher, ob ich dich wiedersehen kann.« Ich dachte, dass ich diese Situation gut geregelt hatte und war zufrieden mit mir.

»Oh, Okay. Ich spreche aber nicht von etwas Ernstem, falls du dir Sorgen um deinen Freund machst. Einfach einen Kaffee genießen in der Gegenwart einer hübschen Frau.« Er lächelte.

»Ich sagte nicht, dass ein Freund das Problem wäre. Ich muss mir nur über einige Dinge Gedanken machen. Wie wär's, wenn du einfach in einer Woche wieder zur selben Zeit am selben Ort bist und ich schaue, ob ich es auch hierherschaffe?«

»Wenn das das Beste ist, was ich kriegen kann, nehme ich es.« Für einen Moment breitete sich leichte Enttäuschung auf seinem Gesicht aus.

»Okay. Dann vielleicht bis nächste Woche.« Ich nickte ihm zu und ging schnurstracks aus dem Café, bevor ich meine Meinung nochmals änderte. Ich musste nächsten Mittwoch von der Universität fernbleiben. Erst als ich meine Freunde sah, überkam es mich, dass ich nicht einmal seinen Namen wusste. Wahrscheinlich war es besser so.

»Dich kann man nicht eine Minute alleine lassen, ohne dass du einen Collegefreund findest«, begrüßte mich Phe.

»Ich bin nicht auf der Suche nach einem Freund. Er stellte mir nur einige Fragen für ein Projekt.« Mein Bauch war trotzdem voll mit Schmetterlingen und ich wäre am liebsten zu dem hübschen Fremden zurückgeschwebt. »Aber ich mag wirklich, dass das Unigelände hier gleich am Wasser ist. Hier würde es mir auch gefallen.«

»Ja, ja es gibt bestimmt noch einen weiteren Grund für dieses plötzliche Interesse«, machte sie sich lustig über mich. »Zuerst Kyle und nun er, du bist wie ein Männer-magnet!«

»Das ist alles neu für mich. Aber es ist egal. Ich werde ihn nicht wiedersehen und Kyle muss zuerst erwachsen werden, bevor er mein Interesse wecken könnte.«

»Dann wirst du für immer warten müssen«, sagte Sam. »Aber weise Entscheidung, dass du dein Gehirn nicht kaputtmachen willst, indem du zu lange zu nahe bei Kyle bleibst.«

»Okay, ich habe es kapiert, du magst ihn nicht. Wie ist es bei deinem zweiten Gespräch gegangen?«, fragte ich Phe, um das Thema zu wechseln.

»Frag nicht«, stöhnte sie, »es war sehr kurz. Ich glaube nicht, dass sie mich mochten. Diese Interviews sind nervtötend. Ich bin jetzt schon am Ende und muss nochmal an eines gehen.«

»Lieber du als ich.« Joe legte einen Arm um ihre Schulter.

»Übrigens, habe ich einen Akzent?«, fragte ich und erntete eine Runde schallendes Lachen. »Ernsthaft!«, protestierte ich.

»Ja, manchmal klingst du ein wenig wie eine Französin«, grinste Sam.
Ich ließ meinen Kopf hängen. Und da dachte ich schon, dass mein Englisch gut sei.

»Keine Sorge, es wird schon wieder weggehen. Du warst wahrscheinlich einfach zu lange im Ausland.«
Wir brachten Phe zum New England Institute of Art und fuhren weiter zum Quincy Market, um etwas fürs Abendessen zu kaufen. Wir wählten einige Dinge aus und kehrten dann zurück, um auf unsere Künstlerin zu warten.

»Du bist ziemlich ruhig«, sagte Sam, als wir auf der Treppe vor der Uni saßen.

»Ich lasse nur nochmals den Tag in meinen Gedanken Revue passieren. Es hat Spaß gemacht«, sagte ich.

»Aha. Denkst du vielleicht an jemanden Bestimmtes aus dem Café?«

Ich beugte mich nach vorne und versteckte meinen Kopf zwischen meinen Knien. »Ich will nicht mehr über ihn nachdenken«, stöhnte ich, und der nächste Gedanke war, dass er so schöne Augen hatte.

»Du hast dich verliebt«, sang Sam säuselnd.

»Nein, habe ich nicht!« Dass ich mich von jemandem schon nach drei Sekunden so stark angezogen fühlte, konnte nur eines bedeuten: Ich brauchte ein neues Herz. Ich musste jetzt vorsichtig sein, damit ich diese Gefühle nicht verwechselte.

»Falls du hierher zurückkommst, bringe mir eine dieser Zimtschnecken, die waren lecker«, sagte Joe, der sich schon länger nicht mehr zu Wort gemeldet hatte.

Ich rollte mit den Augen. »Ist Essen immer das Einzige, woran du denkst?«

Für mich war es auch wieder an der Zeit, an Nahrung zu denken. Als Melissa und Luke an jenem Abend am Küchentisch saßen, dachte ich, dass es ein guter Zeitpunkt sei, sie zu fragen, wie ich zu meinem nächsten Herzen kommen würde.

»Wie war dein Tag?« Melissa kam mir zuvor.

»Ziemlich gut«, antwortete ich.

»Hast du den Boston Freedom Trail gemacht?«, fragte Luke.

»Nein, wir hatten besseres zu tun«.

»Okay, war nur 'ne Frage. Wie liefen die Gespräche deiner Freundin?«

»Ich weiß nicht, ich war ja nicht dabei. Wir spazierten nur auf dem Campus herum.« Ich konnte eine schlagartige Verschlechterung meiner Stimmung bemerken.

»Ich verstehe.« Luke warf Melissa einen Blick zu. »Ich schätze, sie hat keine Lust, mit uns zu sprechen.«

»Es tut mir leid.« Ich setzte mich. »Hat nichts mit euch zu tun. Es nervt mich gerade einfach alles.«

Melissa lächelte mich an. »Manche Dinge ändern sich eben nicht, ob du nun eine sterbliche Frau bist oder ein bisschen anders.«

»Ich nehme an, es ist, weil ich neues Adrenalin brauche?«

»Genau«, sagte sie.

»Und wo suche ich nach einem neuen Herzen?«

»Irgendwo in einer abgelegenen Gegend und wenn es gerade Nacht ist, wäre es noch besser«, antwortete Melissa. »Du wirst jedoch nie Probleme haben, ein neues Herz zu finden. Es ist unglaublich, wie viele Unfälle geschehen. Leute sterben jeden Tag.«

»Einmal im Monat muss ich also einfach darauf warten, bis jemand einen Autounfall hat, von einer Brücke springt, sich selbst erschießt, oder sein Leben auf sonstige tragische Weise verliert?«, stellte ich fest.

»Ja«, sagte Luke. »Und glaube mir, du wirst komische Dinge sehen. Einmal zum Beispiel, haben wir jemanden gefunden, der von einem heruntergefallenen Ast eines Kaktus aufgespießt wurde.« Luke schüttelte seinen Kopf.

»Ich werde die ersten Male mit dir kommen, aber ich denke, dass du bald alleine losziehen kannst«, schlug Melissa vor. »Und um mehr Erfahrung zu sammeln, könntest du auch mitkommen, wenn ich mit Luke 'jagen' gehe.«

»Du willst mich nicht zu nahe an ein Herz heranlassen, dass sozusagen danach schreit, aufgegessen zu werden. Ich würde das, was drumherum ist, gleich mitverschlingen.« Luke schnitt eine Grimasse.

»Ich denke, dass wir heute auf die Suche gehen sollten.« Ich schaute Melissa an. »Es ist unangenehm, wenn ich mich so gereizt fühle.«

Auf diesem wie auf den weiteren 'Jagdzügen' war es die folgende Prozedur: In der Nacht an einen abgelegenen Ort gehen, horchen und dann dorthin rennen, wo ein Herz in der Klemme steckt.

Melissa und ich streunten eine Weile durch Nordamerika, bis ich das Herz entdeckte, dass ich brauchte. Es war ein Autounfall in Colorado. Ich war ein wenig nervös, dass ich die Nadel am falschen Ort hineinstechen würde, aber als ich den Herzschlag dann klar hörte, war es, als ob ich einen siebten Sinn dafür entwickelt hatte. Alles worauf ich mich konzentrierte, war, mein Adrenalinshot zu kriegen.

»Gut gemacht, bald kannst du deine eigenen Spritzen haben und wirst mich nicht mehr als Aufpasserin brauchen«, sagte Melissa.

»Nun fühle ich mich besser, aber wie kannst du diese Szenen ertragen?«, fragte ich, als mein Verlangen gesättigt war.

»Ich weiß, es ist kein schöner Anblick. Es ist einfacher, wenn du hungrig bist«, antwortete sie und wühlte dann in der Tasche des Beifahrers.

»Was machst du?«, fragte ich.

»Den Notruf von seinem Telefon aus anrufen. Dann hat er vielleicht noch eine Überlebenschance.« Sie wählte die Nummer und ließ das Telefon dann ins Auto fallen.

»Gehen wir. Es gibt sonst nichts mehr, was wir tun können.«

KAPITEL 10

ENDLICH SAH ICH JEMANDEN auf dem Grundstück des Hauses, das bei mir Gänsehaut auslöste. Ich sah einen Mann im Schuppen verschwinden. Er war wohl in seinen frühen Sechzigern, trug eine Jeans und ein schmutziges weißes 'Super-Bowl'-T-Shirt. Seine Haare waren kurz, blond-braun und gewellt, vielleicht mit einigen grauen Strähnen dazwischen. Der Grund, warum ich dachte, dass er schon ziemlich alt sein musste, war seine vom Wetter geprägte Haut, die wie eine zu weite Lederjacke von seinen Armen hing. Bevor er in seinen Schuppen hineinging, schaute er mich kurz an. Der Moment war lange genug, um einen Blick auf eine schlimme Verbrennung zu erhaschen, welche sich von seinem rechten Ohr bis über den Hals erstreckte.

Zu Hause traf ich auf Melissa.

»Oh, hey, wie war deine Schicht heute?«, begrüßte ich sie. »Wer wohnt in diesem Haus mit dem Schuppen an der Haselnussstraße?«

»Das ist Herr Thompson. Er ist keine sehr soziale Person. Die Leute erzählen, dass er das aber einmal war, bis eines Tages seine Frau verschwand.«

»Was ist passiert?«, fragte ich.

»Ich weiß es nicht. Ich habe noch nie mit ihm gesprochen,

aber Mary von Petes Coffee Corner hat mir erzählt, dass sie wahrscheinlich mit jemand anderem durchgebrannt ist und er seitdem ein wenig gaga ist. Bleib besser von ihm fern.«

»Hm, er wirkt schon etwas seltsam, aber wer bin ich schon, um ihn zu verurteilen«, sagte ich.
Trotzdem konnte ich es nicht verhindern, dass das Bild von seinem verbrannten Hals nochmals in meiner Vorstellung erschien und mir ein kalter Schauer den Rücken herunterlief.

Der Rest der Woche, in der mich der gutaussehende Junge in Boston interviewt hatte, war die pure Qual. Ich wollte ihn wirklich wiedersehen. Ich analysierte jede Sekunde, die ich mit ihm verbracht hatte, nur um wieder zu dem gleichen Entschluss zu kommen: dass er auf keinen Fall ernstes Interesse an mir haben konnte. Warum ließ ich mir die Option, zurückzugehen, um ihn wiederzusehen? Jetzt konnte ich es nicht erwarten, bis es wieder Mittwoch war und ich wieder nach Boston gehen konnte. Ich konnte ja nicht einfach nicht gehen und ihn warten lassen, oder? Mein Instinkt sagte mir jedoch, dass dies eine sehr schlechte Idee sei und normalerweise lag ich mit meinem Bauchgefühl nicht so daneben. Ich fühlte mich in zwei Richtungen gerissen und wusste, dass ich auf Hilfe angewiesen war, um das Richtige zu tun.

»Sam, bitte plane etwas für uns für den ganzen nächsten Mittwochnachmittag. Ich brauche wirklich einen Freund, der mich ablenkt«, flehte ich.

»Da dachte ich schon, dass du tatsächlich gerne mit mir abhängst, jedoch bin ich nur dazu da, um dich von etwas Größerem abzulenken.« Er spielte die beleidigte Leber-wurst.

»Das ist nicht das, was ich meine und du weißt das. Es ist eher, dass du es wirklich fertig bringst, meine Gedanken abzulenken.« Sam gab mir das Gefühl, dass ich einen gerechtfertigten Platz an der Orleans High hatte und es war so, als ob wir schon immer Freunde gewesen seien.

»Ich nehme mal an, das ist ein Kompliment. Und was ist

der Grund, wenn ich fragen darf?«

Da ich von Sam keinerlei Anzeichen verspürte, dass er ein tieferes Interesse an mir hatte, bereitete es mir keine Probleme, mit ihm über andere Männer zu sprechen.

»Erinnerst du dich noch an diesen Typen, der mich letzte Woche interviewt hat?«, fragte ich Sam und er nickte. »Er wollte mich wiedersehen.«

»Okay. Ja, du bist hübsch, natürlich will er dich wiedersehen.« Sam stupste mich in die Seite.

»Aber er wohnt in Boston und geht aufs College.« Ich sagte das so, als ob dies zwei ausreichende Gründe dafür seien, dass ich ihn nicht wiedersehen wollte.

»Vielleicht wäre die Distanz etwas unvorteilhaft, aber stell dir vor, wie cool es wäre, einen Collegefreund zu haben.«

»Aber was könnte ein College-Junge wohl von einem Highschool-Mädchen wollen?«

»Du musst einen hervorragenden ersten Eindruck hinterlassen haben. Aber du bist auch an ihm interessiert, oder?«

»Ja schon, aber ich denke wirklich, dass es jetzt eine zu große Komplikation wäre. Daher wäre ich sehr froh, wenn du mich am Mittwoch ablenken könntest, so dass ich die Möglichkeit verpasse, ihn wiederzusehen.«

»Wie du willst. Es ist deine Entscheidung. Und falls er eine wichtige Person für dein Leben ist, werden sich eure Wege sowieso noch einmal kreuzen. Alle wichtigen Leute trifft man mindestens zweimal.« Er sagte das mit einer solchen Bestimmtheit, dass ich ihm einfach glauben musste.

Mittwoch war also geregelt und nun musste ich es nur noch durchziehen und Sam nicht in letzter Sekunde doch noch versetzen, um den anderen Jungen zu treffen. Ich dachte nämlich, dass sich meine Gedanken dann beruhigen würden und nicht jede Sekunde mit ihm beschäftigt wären. Aber anscheinend hatte ich einen Sprung in der Schallplatte und meine Gedanken befanden sich in der Endlosschleife. Zu jenem Zeitpunkt begriff ich, dass sich etwas ändern musste.

Ich hatte viel zu viel Zeit zu meiner Verfügung, vor allem in der Nacht.

Ich wollte mehr Beschäftigung, nur, was sollte ich machen? Niemand würde ein 16-jähriges Mädchen Nachtarbeit verrichten lassen. Aber ich wollte einen Job. Ein weiterer Grund war, dass ich mein eigenes Geld haben wollte. Melissa und Luke waren so nett, mir einfach alles zu geben. Nicht, dass wir viel Geld ausgaben, da wir ja nichts für Essen oder Getränke benötigten. Aber ich wollte Geld, um das Leben zu genießen und nicht total von anderen abhängig zu sein. Ich sprach Luke und Melissa darauf an.

»Was würdest du denn gerne machen?«, fragte Melissa.

»Das ist das Problem, ich habe keine Ahnung.« Ich setze eine trostlose Miene auf. »Ich könnte einen der Shops in der Stadt fragen, aber dann müsste ich immer noch die ganze Nacht mit euch Scrabble spielen. Nichts für ungut, aber …«

»Vielleicht hat eine große Supermarktkette eine Nachtschicht, wo du Regale auffüllen kannst«, schlug Melissa vor.

Ich rümpfte meine Nase. Ich meine, ich wusste nicht genau, was ich tun konnte, aber mir war klar, dass ich das nicht tun wollte.

»Ansonsten könntest du es wie Roisin machen. Hol dir einen gefälschten Ausweis und arbeite in einer Bar oder so«, sagte Luke zu meiner Überraschung. »Was? Schau mich nicht so an. Das was du jetzt bist, ist auch nur ein Foto auf einer erfundenen Plastikkarte. Daher kannst du genauso gut noch eine zweite ID machen. Zudem wärst du eigentlich schon siebzehn. Wenn man noch ein paar Jahre addiert, bist du einundzwanzig. Und in deinem Land ist man sowieso schon mit achtzehn volljährig, oder?«

»Mir gefällt diese Idee.« Ich schaute absichtlich weg von Melissa, weil ich sicher war, dass sie einen Einwand dagegen hatte.

Und da kam er auch schon. »Warum muss es eine Bar sein? Du könntest als Aushilfe in einem Krankenhaus arbeiten.«

»Muss ich dafür nicht studieren?« In Wirklichkeit konnte ich nicht in einem Krankenhaus arbeiten, weil mir – obwohl ich mich ein wenig an Unfälle gewöhnt hatte – Krankenhäuser immer noch Unbehagen bereiteten.

»Wahrscheinlich brauchst du schon eine Art Aus-bildung«, antwortete sie.

»Was auch wieder Geld kosten würde und im Augenblick würde ich einfach auch gerne etwas beisteuern können. Zudem benötige ich dringend ein Handy. Es ist komisch, die einzige Person an der Schule zu sein, die keines hat.«

»Wirklich, du musst keinen eigenen Beitrag leisten. Uns gefällt es, dass du hier bist und das Wichtigste ist, dass du dich an dein Leben als Sirene gewöhnst«, sagte Melissa.

»Ja, aber vielleicht habe ich mich schon zu sehr daran gewöhnt. Während der Nacht ist mir langweilig. Ich brauche mehr Ablenkung.«

»Ich verstehe das total. Ich denke auch, dass ich zu viel Zeit damit verbringe, auf einen Computerbildschirm zu starren«, sagte Luke.

»Und ich habe nicht einmal einen Computer«, rief ich aus.

»Ich mache mir einfach Sorgen, dass eine weitere ID zu Verwirrung führen könnte. Es ist bereits gefährlich genug, jeden Tag von neugierigen Highschool-Kindern umgeben zu sein. Wenn du nun auch noch während der Nacht arbeitest, könnte dies zu viel Aufmerksamkeit erregen«, sagte Melissa.

»Du machst dir zu viele Sorgen. Roisin würde mich sicherlich unterstützen«, sagte ich, obwohl es ein wenig gemein war, die 'Roisin ist cooler-Karte' zu spielen.

»Ja, aber sie macht sich auch nie über die Folgen Gedanken.« Ihre Augen verengten sich zu Schlitzen.

Luke legte einen Arm um ihre Schultern.

»Ich sehe es nicht so dramatisch, wenn sie in der Nacht arbeitet. Bis jetzt klappt ja alles wie am Schnürchen.«

»Mh.« Melissa nickte und atmete aus.

Am nächsten Abend überraschten mich Melissa und Luke

mit zwei Paketen. Ich öffnete das erste und zum Vorschein kam ein brandneues Smartphone.

»Oh, vielen Dank!« Ich umarmte beide.

»Es ist gar nicht mein Geburtstag und ihr schenkt mir einfach so ein Telefon?«

»Wir kamen zum Entschluss, dass du Recht hattest. Zudem wird es auch für uns einfacher sein, wenn du uns wissen lassen kannst, wann du wohin gehst«, sagte Melissa.

»Und da ist mehr.« Ich schaute das zweite Paket an.

»Ja, das wird deine Jobsuche effizienter machen«, erklärte Luke.

Falls es ist, was ich dachte, dass es sei, wären sie viel zu großzügig. Ich packte auch die rechteckige, flache Box aus und tatsächlich, es war ein Laptop.

»Nein, das ist zu viel. Lasst es mich euch zurückzahlen, wenn ich das Geld dann habe.«

»Wir haben das gerne gemacht. Nimm es als Geschenk an«, sagte Melissa.

Es ist immer etwas mühsam, bis ein neuer Computer bereit zur Nutzung ist, andererseits war es ein gutes Gefühl, wieder mit der Welt verbunden zu sein.

Natürlich war meine erste Absicht, mich bei Facebook einzuloggen und die Fotos von allen anzuschauen.

»Nicht so schnell«, sagte Luke, »du kannst nicht einfach als Serena online gehen. Erinnere dich daran, dass dieser Teil von dir tot ist.«

Meine Schultern sackten nach unten.

»Ich habe diesen Fehler auch gemacht. Es hat für viel Verwirrung gestiftet. Und selbst wenn du einen neuen Account eröffnest, ist die Versuchung zu groß, dass du dein altes Umfeld ausspionierst. Glaub mir, mir ging es nicht anders. Lass die Finger von deinen alten E-Mail-Konten und noch besser, melde dich schon gar nicht mehr bei sozialen Netzwerken an. Wir könnten diese Webseiten auf deinem Laptop blockieren«, schlug er vor.

»Ich kann schon verstehen, dass da eine gewisse Gefahr

vorhanden ist, aber ihr müsst mich nicht ständig wie ein Kind behandeln. Wenn ich meine Familie schon nicht sehen darf, lass mich hier wenigstens meine eigene Person kreieren«, sagte ich. »Ich werde nichts Dummes anstellen.«

Luke lächelte. »Das weiß ich doch. Ich bin stolz auf dich, wie gut du mit allem umgehst.«

»Danke. Gut zu wissen, dass wenigstens jemand sieht, dass mir nicht immer alles leicht fällt.«

Am besagten Mittwoch saß ich den ganzen Tag wie auf Kohlen. Ich war immer noch nicht hundert Prozent von mir überzeugt, ob ich am Sicherheitsplan festhalten würde, oder ob ich doch noch in letzter Sekunde nach Boston rennen würde. Um 14.30 Uhr zwang ich jedoch meine Füße zum Eingang der Schule zu gehen, um Sam zu treffen. Auf dem Weg traf ich auf Kyle.

»Hey, du bist nicht zum Spiel gekommen«, sagte er.

»Das ist mir auch klar«, antwortete ich.

»Es könnte immer ein nächstes Mal geben«, ermutigte er mich.

»Wer weiß, Kyle. Vielleicht, wenn Timothy mit seinen doofen Bemerkungen Phe gegenüber aufhört, denn ich möchte nicht ebenso behandelt werden, falls ich dann zu einem Spiel komme und etwas tue, was deinen Freunden nicht gefällt.«

»Er macht ja nur Spaß«, sagte Kyle, als ob es eine Entschuldigung für alles wäre.

»Es ist aber nicht witzig«, antwortete ich kurz angebunden.

»Vielleicht werde ich ein gutes Wort für sie einlegen, aber jetzt muss ich ins Training. Bis bald.« Er tippte an seine Stirn und lief davon.

Ich rollte mit den Augen. »Bis bald.« Kyle würde sowieso nie eine Chance haben, da ich mich von diesem Jungen von der Uni so stark angezogen fühlte. Jedoch ließ Phes Mobbing danach wirklich etwas nach. Dies konnte jedoch auch deshalb sein, weil alle Zwölftklässler zu sehr damit beschäftigt waren, eine Lösung für das Leben nach der Highschool zu finden. Sam wartete in der Eingangshalle mit Joe und Phe.

»Ich dachte, je mehr, desto besser. Zudem sind wir für meinen Plan auf einen Fahrer angewiesen, daher haben wir keine andere Wahl als auch Phe mitzunehmen.« Er grinste und erntete einen Schlag in seine Rippen. »Ich habe keine Ahnung, was Joe hier macht, aber es wäre unhöflich, ihn nicht mitzunehmen.« Seine Augen funkelten spitzbübisch.

Wir gingen zusammen zu Phes Auto. Da gerade die meisten Schüler nach Hause fuhren, mussten wir eine Weile in einer Schlange warten. Es war witzig, das Treiben auf dem Parkplatz zu beobachten. Alle mussten beweisen, wie cool sie waren. Die Jungs, weil jeder der Beste sein musste und somit saßen sie in ihren Wagen und lehnten sich in den Fensterrahmen, damit ihre Muskeln praller aussahen und die Mädchen hatten Angst, dass sie nicht die Schönsten waren und deswegen verbesserten sie ihr Make-up und machten ihre Frisur neu, nur, um nach Hause zu gehen.

Wir hörten 'Mumford and Sons' mit heruntergelassenen Fenstern.

»So, hast du einen genauen Plan?«, fragte ich, als wir schließlich vom Parkplatz wegfuhren.

»Haben wir einen genauen Plan?« Sam lachte prahlerisch. »Hört ihr, wie wenig Vertrauen dieses Mädchen in uns hat? Natürlich haben wir einen Plan, einen Masterplan. Du wirst wahrscheinlich überrascht sein, wie ich überhaupt solch einen Plan in so kurzer Zeit zusammenstellen konnte.«

»Okay, also wo gehen wir hin?«, fragte ich.

»Und was für eine ungeduldige, undankbare Kreatur sie ist.« Er hatte offensichtlich eine Riesenfreude daran, mich auf die Folter zu spannen.

»Falls es dich beruhigt, ich weiß auch nicht, wohin wir gehen«, sagte Joe und lehnte sich zu mir herüber. Wir saßen hinten, weil Sam unbedingt auf den Beifahrersitz gewollt hatte.

Nach einer ungefähr zwanzigminütigen Autofahrt fuhr

Phe auf eine kleinere Straße.

»Erster Halt, Nauset Leuchtturm«, rief Phe. »Ihr habt fünfzehn Minuten zu eurer freien Verfügung. Es gibt ein öffentliches WC am Anfang vom Steg und einen Geschenkladen vor dem Leuchtturm.« Sie verstellte ihre Stimme zu der einer überaus enthusiastischen Reiseleiterin.

Der rotweiße Turm war sehr malerisch, aber der Strand dahinter sogar noch idyllischer. Ich würde sicherlich im Sommer hierher zurückkehren, wenn es wieder warm genug war, um mich in die Wellen zu stürzen. Jetzt, Ende Oktober, war es schon etwas zu kalt dafür.

»Du wohnst gleich am Strand, oder?«, fragte mich Phe, als wir den Holzpfad zurückliefen.

»Ja, warum?«, sagte ich etwas zögernd.

»Ich fragte mich nur, warum wir nie zu deinem Haus gehen. Es muss dort sehr schön sein.«

»Es ist so weit weg. Und mein Vater arbeitet von zu Hause aus. Er mag es nicht so, wenn ich Leute mitbringe.« Ich verstummte allmählich. Es war so komisch, Luke ‚Vater‘ zu nennen.

»Ah, ich verstehe. Ja, aber ich habe mich auch schon gefragt, wie du jeden Tag so weit zur Schule radeln kannst.«

»Wie kannst du überhaupt wissen, ob es weit ist?«, versuchte ich sie mit einem Witz abzulenken.

»Stadtgetratsche. Ich bin an der Quelle im Honigland.«

»Du sprichst hinter meinem Rücken über mich?« Ich machte ein trauriges Welpengesicht.

»Nein, natürlich nicht. Ich höre nur zu.«

»Aber eigentlich könnt ihr schon mal zu Besuch kommen. Es ist ja nicht so, als ob wir etwas zu verstecken hätten.« Ich lachte kurz auf.

Die Jungs hatten bis jetzt noch nichts gesagt, aber offensichtlich hatten sie intensiv zugehört.

»Woohoo, eine Strandparty«, rief Sam.

»Siehst du, genau das meine ich. Ich wohne dort, es ist kein Partytempel.« Ich drehte mich zu ihm um.

»Ah, sei nicht so langweilig.« Er zwinkerte mir zu.

Wir stiegen wieder ins Auto und fuhren weiter zum äußersten Zipfel vom Cape. Auf den Straßenschildern las ich Provincetown und daher dachte ich, dass dies unsere Destination sein würde. Wir parkten den Wagen irgendwo im Stadtzentrum und begannen durch die Straßen zu wandern. Die historischen Häuser waren sehr hübsch und mir gefielen die altmodischen roten Straßenlaternen sehr gut. Für einen Mittwochnachmittag waren viele Leute unterwegs. Männer, die Hand in Hand gingen und weibliche Paare, die öffentlich ihre Zuneigung füreinander zeigten. Keine der Familien, Kinder oder älteren Leute schien dies zu stören. Ich entschied mich, dass ich diesen Ort mochte.

Nachdem wir für eine Stunde herumspaziert waren, setzten wir uns auf eine Bank am Hafen und schauten den Möwen zu. Ich hatte dutzende Regenbogenflaggen gesehen und wir hatten schon drei Flyer für Feten, die an diesem Abend stattfanden, erhalten.

»Wir sollten auf eine gehen«, sagte ich aufgeregt. »Dann hättest du deine Party.« Ich schaute zu Sam.

»Man muss einundzwanzig sein.«

»Wir würden bestimmt einen Weg finden, reinzukommen.«

Wir blickten einander an, erfreut über die Idee, aber unsicher, ob wir es schaffen würden.

Phe war die Erste, die die Stirn runzelte. »Ich kann nicht so lange bleiben. Ich habe meinen Eltern gesagt, dass wir bei einer weiteren Collegebesichtigung sind.«

»Ich auch«, sagte Sam.

»Für mich wäre es kein Problem. Meine Eltern nehmen wahrscheinlich einfach an, dass ich bei einem von euch bin«, sagte Joe. »Aber da ich eine Rückfahrt brauche, muss ich mich der Chefin anpassen.« Er sah Phe an.

»Das müssen wir alle«, sagte ich. »Aber wäre das nicht super?« Wir blickten uns alle für einen Moment an und hofften, dass jemand eine gute Idee hatte.

»Nächstes Jahr, Nathalie. Besuche uns im College und wir

können zu so vielen Partys gehen, wie du willst«, sagte Sam.

»Ich werde darauf zurückkommen.«

Bei diesem Touristenprogramm hatte ich fast den Grund von diesem Ausflug vergessen, nämlich dass ich nicht mehr an diesen Typen denken sollte. Jedoch nur fast, weil jedes Mal, wenn ich daran dachte, wo ich hätte sein können, überkam mich eine Welle von Panik. Was, wenn ich den größten Fehler meines Lebens gemacht hatte? Schließlich hatte ich nicht bei jedem Mann, der mir über den Weg lief, solche Gefühle. Es hatte überhaupt noch nie jemand solche Gefühle in mir hervorgerufen. Was, wenn das Liebe auf den ersten Blick war und ich einfach weggelaufen war, weil ich dachte, dass es nur eine Illusion war? Ich wollte mich wieder so fühlen, wie ich mich gefühlt hatte, als der Junge aus Boston mich angeschaut hatte. Es fühlte sich so an, als ob er wirklich mich gesehen hatte und mich nicht nur äußerlich angeschaut hatte. Es ist schwierig, das zu erklären. Sein Blick alleine schien meine Existenz viel realer zu machen, als ob ich zuvor nur durch das Leben schlafwandelte, bis seine Augen das Tageslicht zu mir brachten und mich aufweckten. Ich bemerkte, dass es noch mehr zu entdecken gab. Ich hoffte fest, dass Sam Recht hatte und ich noch eine weitere Chance bekommen würde, ihn zu treffen.

KAPITEL 11

ICH HIELT ONLINE Ausschau nach Jobs, aber alle Nachtarbeiten schienen etwas zwielichtig. Ich war fast schon verzweifelt genug, einen Job bei einer 24-Stunden-Servicehotline anzunehmen, als ich zum ersten Mal bei einer Radiowerbung genau hinhörte. 'Haaaaallooo Leute, die wissen, wie man eine gute Zeit hat! The Wild Rover ist Bostons beliebtester irischer Pub. In der Woche vor Halloween werden wir jeden Abend eine Liveband haben. Kommt vorbei und genießt gute Musik, Atmosphäre und ein Stück Irland im Wild Rover, 71 Fairview Street, Boston. Täglich geöffnet von mittags bis ein Uhr nachts'.

Ich hatte vorher nie auf den Text geachtet, aber nun hörte ich die Öffnungszeiten und fragte mich, ob sie eine Aushilfe für die Nachtschichten brauchen konnten. Mein einziges Problem war, dass sie wohl keine 17-Jährige für diesen Job anstellen würden. Ich benötigte einen Rat und wusste, welche Person mir helfen konnte.

Ich machte mit Roisin ab, sie am nächsten Tag nach der Schule zu treffen und da ich aufgeregt war, das erste Mal nach New York City zu gehen – dem Big Apple – versprach mir Roisin, mir all die guten Orte der Stadt zu zeigen.

Ich traf Roisin in ihrer Wohnung mitten in NYC. Sie hatte einige blaue Streifen in ihr schwarzes Haar gemischt. Anscheinend änderte sie ihre Haarfarbe fast jede Woche. Die Wohnung war winzig und das Bad existierte praktisch nicht.

»Und du hast hier mit Melissa gelebt?« Ich schaute sie
zweifelnd an.

»Es ist New York, was erwartest du? Die Mieten sind
völlig übertrieben. Trotzdem ist es die coolste Stadt auf der
Welt und jeder Cent oder jedes Geräusch in der Nacht wert.
Zudem, falls es mir hier zu eng wird, bin ich schnell an einem
anderen Ort.« Sie zwinkerte mir zu.

»Wie geht es in der Schule?«

»Gut, außer dass die Leute denken, dass wir etwas
verstecken.«

»Solange sie dich nicht jagen und auf einen Scheiterhaufen
werfen wollen, lass sie reden«, sagte sie.
Wir verließen die Wohnung und ich kam in den Genuss von
,New York by Roisin's gratis Stadtrundgang, um die besten
Plätze an einem Tag zu sehen', wie sie es nannte.
Sie zeigte mir alle wichtigen Gebäude, den Central Park und
am Schluss verlangsamten wir das Tempo und spazierten über
die High Line.

»So, was denkst du?«, fragte sie mich.

»Es ist beeindruckend; die Lichter, die Geräusche, die
Architektur und wie alles so gut funktioniert mit so vielen
Leuten auf so engem Raum. Aber ich schätze, dass normale
Leute Monate benötigen, um all die Orte zu besichtigen, die
wir heute gesehen haben.« Ich wollte auch zurückkehren und
die einzelnen Plätze noch genauer anschauen.

»Ja, ich nehme an, dass das der Grund ist, warum nie
andere Leute auf meiner Tour sind. Sie können einfach nicht
mit mir mithalten.« Sie seufzte theatralisch. »Und auch für
dich war das nur eine Häppchenplatte. Ich wollte sozusagen,
dass du alles beschnuppern konntest, um dir dann mehr von
dem zu holen, was dir am besten gefiel.«

»Die New York Vorspeise-Platte. Es ist schwierig, etwas
über etwas Anderes zu halten. Alles war köstlich«, lächelte ich.

»Du musst einfach öfters zurückkommen. Aber was du
wirklich sehen musst, ist das Nachtleben«, erklärte sie.

»Das war es auch, worüber ich mit dir sprechen wollte«,

sagte ich. »Wie hast du einen Job in einem Klub bekommen, als du neu hier ankamst? Du warst ja auch noch nicht volljährig, oder?«

»Hast du schon einmal etwas von einer gefälschten ID gehört, Liebes?« Sie schaute mich amüsiert an. »Ich hatte sowieso schon eine gefälschte ID, da war es einfach, noch eine zweite zu bekommen. Nach einigen Jahren ließ ich sie dann einfach ineinander verschmelzen.«

»Und Melissa hielt dich nicht davon ab?«, fragte ich ungläubig, was ein Lachen von Roisin provozierte.

»Natürlich nicht, was hätte sie sagen sollen? Sie ist meine Schwester und war glücklich, dass sie gratis Eintritte bekam.« Roisin zwinkerte. »Warum fragst du überhaupt? Möchtest du auch in einem Club arbeiten?«

»Nein, sondern in einem Pub«, sagte ich. »Es ist ein Irish Pub in Boston.«

»Das ist gut, weil es weit genug weg von Cape Cod ist, um mit einem anderen Alter aufzukreuzen.«

»Du sagst also, dass ich einfach eine weitere falsche Identität annehmen könnte und dann einundzwanzig wäre?«

»Ja, du wirst deinen Ausweis ja nicht benutzen, um übermäßig Alkohol zu trinken. Melissa führt sich vielleicht auf wie eine Mutter und heißt nicht alles gut, was du machst, aber sie weiß, dass du deinen eigenen Weg einschlagen musst und würde sich nicht zwischen dich und etwas, das dich glücklich macht, stellen.«

Meine Augen leuchteten auf. »Super, wo erhalte ich einen neuen Ausweis?«

Da Roisin schon so lange in New Yorks Nachtleben tätig war, konnte sie mittlerweile die seriösen Fälscher von den Möchtegerns unterscheiden. Zwei Stunden später hatte ich meinen zweiten gefälschten Ausweis in der Hand.

»Gut, wann hast du morgen Schule?«, fragte sie mich, als wir zurück auf eine belebtere Straße gingen.

»7.30 Uhr, warum?«

»Weil wir nun versuchen, ob dieses Ding funktioniert und

du morgen vielleicht direkt in die Schule musst.« Sie lachte. »Ich werde Melissa anrufen, und sie fragen, ob sie auch kommen möchte, damit sie sich nicht ausgeschlossen fühlt.«
Ich verzog mein Gesicht.

»Sie kann es dir nicht verbieten, ich habe genau dasselbe gemacht.«

Wir kehrten zurück ins Appartement, um uns ein wenig aufzufrischen.

Melissa gesellte sich direkt nach der Arbeit zu uns.

»Du weißt, dass ich es nicht befürworte, wenn du so viele Identitäten jonglieren musst, aber schlussendlich bevorzuge ich es, wenn ich weiß, was du tust, anstatt dass du mich anlügst und es dann hinter meinem Rücken machst«, sagte sie.

»Lass sie doch ihre eigenen Erfahrungen machen«, winkte Roisin ab. »Bis jetzt hat sie ja nur bewiesen, wie gut sie mit allem umgeht.«

»Das ist wahr.« Melissa sah mich an. »Aber, wenn sie mein Kind wäre, würde ich sie offensichtlich nicht ermutigen, in ein Pub zu gehen, bevor sie das richtige Alter dazu hat.«

Offensichtlich bin ich nicht dein Kind. Ich sagte dies nicht laut, da ich längst begriffen hatte, dass ich für Melissa das Kind war, welches sie nie haben konnte und dieser Kommentar sie verletzt hätte. »Wenigstens kannst du mich beaufsichtigen«, sagte ich stattdessen.
Unser erster Halt war eine gemütliche Bar mit einer riesigen Auswahl an Bieren.

»Ich komme gerne hierher, um Männer zu beobachten«, sagte Roisin. »Schaut dem Meister zu, wie's gemacht wird.«
Sie ließ mich und Melissa an einem Tisch zurück und ging zur Bar, um etwas zu bestellen. So wie sie zur Bar schlenderte und dann gegen die Theke lehnte, zog sie bald alle männlichen Blicke an, sogar die derjenigen, die mit ihrer Freundin hier waren. Sie kam mit drei Bieren in ihren Händen und einem riesigen Strahlen auf ihrem Gesicht zurück.

»Schaut jetzt nicht hin, aber entweder wird der hübsche Typ mit der Yankees Mütze rechts hinter mir, oder der mit dem roten T-Shirt neben ihm, oder der Große, der neben mir stand, als ich bestellt habe und dessen Mund wahrscheinlich immer noch offen steht, sich trauen, mich anzusprechen, bevor wir gehen.«

Ich schaute zur Bar und dann schnell wieder weg, weil tatsächlich dieser Mann in unsere Richtung schaute, als wäre gerade ein dreiköpfiges Einhorn an ihm vorbeispaziert. Ich konnte mir ein Kichern nicht verkneifen.

Wir sprachen über die Schule und ihre Jobs und wie ich mich an mein Leben hier gewöhnte und unterdessen wanderten unsere Biere in Servietten. Plötzlich stand der Typ im roten T-Shirt neben uns. Das Shirt klebte ziemlich eng an seinem Körper, so dass man erkennen konnte, dass er viele Muskeln hatte. Seine hellbraunen Haare waren leicht verstrubbelt, als ob sie jemand geistesabwesend durchgewuschelt hätte. Das verlieh ihm eine neckische Jugend.

»Hallo Ladies, ich wollte euch nicht stören, aber ich habe bemerkt, dass eure Getränke halb leer sind und da es noch so viele Biere zu probieren gibt, wollte ich euch fragen, ob ich euch noch eine Runde bringen kann.« Er hatte seine Hände in den Hosentaschen und nahm sie dann wieder heraus, da er nicht sicher war, was er mit ihnen tun sollte.

»Übrigens, ich heiße Mat.« Obwohl er zu allen sprach, war es klar, dass er eigentlich nur Roisin beachtete.

»Mat, das ist sehr nett von dir«, sagte Roisin. »Vielleicht können du und deine Freunde uns mit der nächsten Wahl helfen, wenn wir mit unseren Getränken fertig sind. Warum setzt ihr euch nicht zu uns?«

Für einen Moment geschah gar nichts. Er dachte wahrscheinlich, dass er es falsch verstanden hatte. »Großartig, ich werde es ihnen sagen.« Er drehte sich um und hüpfte innerlich zu seinen Freunden. Jetzt war ich an der Reihe, Roisin mit offenem Mund anzustarren.

»Jahrelange Übung, Kid«, lachte sie.
Und ehe ich mich versah, saßen vier Männer mit uns am

Tisch. Irgendwann tauschten Roisin und Mat ihre Nummern aus und wir zogen weiter zum Club, in welchem sie arbeitete.

»Wirst du ihn wiedersehen?«, fragte ich.

»Hallo? Hast du seine Muskeln gesehen? Lass mich einen Moment überlegen – natürlich werde ich!«

»Das ist ganz normal für sie«, sagte Melissa.

»Ich verdiene es auch, Spaß zu haben. Ich glaube einfach nicht, dass wir für lange Beziehungen gemacht sind. Was du und Luke habt, ist halbwegs unmöglich und wer möchte schon mit jemandem zusammen sein, der plötzlich siebzig wird, wenn ich immer noch dreissig bin. Das ist ziemlich eklig«, rief Roisin aus.

Wiederum rollte ich mit meinen Augen, was für eine aufgeweckte Person Roisin war; sie konnte jede Situation so darstellen, dass es am Ende positiv aussieht. Den Rest der Nacht zogen wir von Club zu Club und tanzten, als wären wir in den Zaubertrank von Obelix gefallen.

Am nächsten Tag nach der Schule machte ich mich also direkt auf den Weg nach Boston, mit meiner neuen, gefälschten ID in der Tasche. Ich rannte auf dem Landweg dorthin. Ein wenig war ich schon dazu verlockt, das Areal der UMass nach diesem Jungen zu durchsuchen, aber ich zwang mich, direkt zum Wild Rover zu gehen. Ich nahm an, dass es dann noch ruhig sein würde und es eine gute Gelegenheit gäbe, mit dem Besitzer zu sprechen.

Die hölzerne Fassade vom Pub war in einem glänzenden Schwarz gestrichen. Der Name vom Pub stand in goldener, antiker Schrift über die ganze Länge und darunter ein großes ‚Slainte‘. Es hingen Blumentöpfe auf beiden Seiten, welche das Ende des Holzes und der Anfang von Blockhäusern mit den Nachbarläden markierten. Natürlich gab es nun keine Blumen in den weißen Töpfen, weil es zu kalt war, aber es muss hübsch aussehen im Sommer. Durch das dicke Flaschenbodenglas konnte ich erkennen, dass im Innern jetzt schon etwas los war.

Als ich eintrat, lauschte ich den Klängen von Dudelsäcken

und Geigen. Die Tische waren mit Männern besetzt, die ihr Feierabendbier tranken. Es war aber immer noch einfach genug, sich zwischen den Tischen hindurchzubewegen. Ich bemerkte all die verschiedenen Schilder an den Wänden. Es gab praktisch keinen Fleck, der nicht mit irgendeinem Spruch bedeckt war. Dieser, zum Beispiel, stand hinter der Bar: Ein Fremder ist nur ein Freund, den man noch nicht kennt.

Ich ging zur Bar und setzte mich auf einen der Stühle. Für eine Weile schaute ich dem Mann an der Bar zu, wie er Biergläser abtrocknete. Er war groß und schlank. Das schwarze Pub-Shirt hing lose an ihm herunter über seiner schwarzen Jeans. Ich schätzte sein Alter um die vierzig, auf dem Kopf hatte er eine Glatze und an den Seiten kurze, rote Haare. Er hatte einen schwarzen Ring oben an seinem rechten Ohr, einen kleinen Metallring durch seine linke Augenbraue und eine kurze, runde Nase. Er erinnerte mich sehr an einen Kobold.

Von Tisch zu Tisch eilte ein Mädchen mit blondgefärbten Haaren, welche sie zu einem lockeren Pferdeschwanz zusammengebunden hatte. Der Mann hinter der Bar beobachtete das Mädchen und sein Blick fiel dann zurück auf mich. Da ich schon einige Minuten dasaß und das Mädchen immer noch nicht zurückgekommen war, kam der Kobold auf mich zu und warf das Geschirrtuch lässig über seine Schulter.

»Hey, was kann ich dir bringen?«

»Habt ihr Cider?«

»Ja, Magners.«

»Okay, dann hätte ich gerne ein kleines Glas.«

Er wollte sich schon an die Arbeit machen, daher sprang ich schnell ein: »Ich wollte Sie noch etwas Anderes fragen.«
Er widmete mir wieder seine Aufmerksamkeit.

»Ich studiere Psychologie am Boston College.« Wenn ich ihm erzählt hätte, dass ich auf Cape Cod wohne, wäre es zu weit weg gewesen, um hier einige Schichten zu erhalten. »Und nun bin ich auf der Suche nach einem Nebenjob und in einem irischen Pub zu arbeiten, erscheint mir viel unterhaltsamer als im Supermarkt Einkaufstüten zu verpacken«, schloss ich ab.

»Tut es das?«, fragte er.

»Zudem bin ich eine Nachteule und würde gerne am Abend arbeiten.«

Er studierte mich für einen Moment, was mich etwas verunsicherte. Um das zu überspielen, schenkte ich ihm ein großes Lächeln und fragte scheu: »Gibt es hier eine freie Stelle, die ich besetzen könnte?«

»Wie heißt du?«

Ich zögerte einen Augenblick. Serena war immer noch so präsent in meinem Kopf, obwohl ich mich durch die Schule etwas an meinen neuen Namen gewöhnt hatte.

»Nathalie. Nathalie Belkin.« Ich hielt ihm meine Hand hin und er schüttelte sie.

»Schön dich kennenzulernen, Nathalie. Ich bin Jimmy und es ist wohl dein Glückstag heute, weil Shannon, eines unserer Mädchen für alles, schwanger ist. Extrem schwanger.« Ich verpasste fast den dicken Bauch, den er mit seinen Armen formte, um zu zeigen, wie schwanger sie schon war. »Sie muss etwas reduzieren und wenn das Baby erst einmal da ist, wird sie für eine Weile gar nicht kommen. Zudem wäre es wohl ein Fehler, zu so einem hübschen Mädchen wie dir, nein zu sagen.« Er lächelte und lehnte sich über die Theke. »Nun zu der wichtigsten Frage.« Er warf mir einen verheißungsvollen Blick zu und machte eine Pause, um die Spannung zu steigern. »Kannst du ein Guinness zapfen?«

Oh je, warum, funktionierte es anders als bei einem normalen Bier?

Als Jimmy meine Grimasse sah, fragte er mich, ob ich wenigstens einmal ein Guinness getrunken hatte. Wenigstens dies konnte ich bejahen. »Und ich habe auch eine ungefähre Ahnung, wie man eines macht. Könnte ich es einfach versuchen?«

»Nicht so schnell! Ich möchte nicht, dass du einen Tropfen meines kostbaren Guinness verschwendest. Ein Guinness herauszulassen ist eine Kunst!«

In diesem Moment stellte sich das blonde Mädchen neben ihn hin und schüttelte den Zeigefinger. »Jimmy, Jimmy, ich reiße mir hier den Arsch auf, während du mit den Gästen flirtest. Solltest du nicht ein Vorbild sein?«

»Das ist ein Privileg des Bosses, Paula. Außerdem ist das hier ein Geschäftsgespräch. Dieses Mädchen hat nach einem Job gefragt. Jedenfalls muss sie nun zuerst noch den Test bestehen.«

Paula musterte mich von oben nach unten. Sie hatte fünf Millimeter von jedem Mundwinkel entfernt einen kleinen Ring durch ihre Oberlippe gepierct und funkelnde, braune Augen. Ich hoffte, dass Piercings nicht obligatorisch waren, damit man hier arbeiten durfte.

Sie entschied sich dazu, mich zu mögen, weil sich ein großes Lächeln über ihr Gesicht ausbreitete.

»Oh toll, ein Neuling. Heute wäre auch eine gute Gelegenheit zu starten, es wird was los sein. Da möchte ich zusehen.« Sie kam auf meine Seite der Bar und setzte sich auf einen Hocker, von wo aus sie den Zapfhahn im Blickfeld hatte, und legte ihren Kopf auf ihre aufgestützten Arme.

»Schau zu und lerne«, sagte Jimmy.

Er erklärte mir, wie die unterschiedlich geformten Gläser genannt werden und welche wir für welches Getränk benutzen. Dann kam es zum Abfüllen eines Guinness. Es war nicht ganz so einfach, dass man den Bierhahn öffnen musste und die schwarze Flüssigkeit mit einem Glas auffängt, aber es war möglich, es zu lernen. Nachdem die Demonstration vorüber gewesen war, wurde ich hinter die Bar eingeladen und nun war ich an der Reihe, das mir Gezeigte zu kopieren.

»So weit, so gut«, sagte Jimmy, als ich das Bier vor ihn und Paula hinstellte. »Jetzt können wir sehen, wie du dich um die Gäste kümmerst und die Bar sauber hältst und falls du dich dabei nicht als komplett nutzlos entpuppst, kannst du lernen, wie man Bilder in den Schaum vom Guinness zeichnet«, Jimmy zwinkerte mir zu. »Hast du heute Abend Zeit für einen Probelauf?«

»Cool, ja sicher!«, sagte ich, ungläubig, dass es so schnell geklappt hatte.

»Dann hole ich dir ein T-Shirt.« Jimmy verschwand durch eine Türe hinter der Bar.

»Ich mache mich wieder an die Arbeit. Wir sprechen uns später«, sagte Paula.

Ich nickte.

Jimmy tauchte wieder auf und händigte mir ein schwarzes Bündel. »Hier, Shirt und Schürze. Ich werde dir dann erklären, wo alles ist. Aber als Erstes trinken wir auf den Neuanfang.«

Er hob das Guinness und so erhob ich meines. »Slainte!«, sagte er und stieß sein Glas gegen meines.

»Slainte.«

Da er mich genau anschaute, traute ich mich nicht, es auszuspucken, oder in meinem Mund zu behalten und daher schluckte ich schlussendlich einen ziemlich großen Schluck. Guinness ist auch noch so füllend! Da löste sich der halbe Donut in Luft auf, den ich diesen Monat essen wollte. Ich musste meine Techniken verbessern, wie ich in der Öffentlichkeit nicht trinken und nicht essen durfte.

Dann zeigte mir Jimmy, wo die Kisten mit den Cidern und anderen Getränken waren und erklärte mir, wie man das Fass auswechselte, die Preise, dass man die Gläser nicht mit Seife spülte, weil das den Bierschaum negativ beeinflussen würde, sondern dass man sie einfach mit brühendem Wasser in der Waschmaschine abwusch und noch viel Weiteres. Keine Chance, dass ich mir all das merken konnte. Die Küche war ein winziger Ort und ich lernte, dass Josh, der Koch, sein Revier gegenüber allen Eindringlingen verteidigte.

Eine halbe Stunde später traf Shannon ein. Sie war wirklich schwanger! Ich war überrascht, wie sie sich so schnell mit diesem dicken Bauch bewegen konnte. Oder überhaupt bewegen konnte.

Ich war ziemlich nervös, als die ersten Leute etwas über mich bestellten, aber bald hatte ich keine andere Wahl, weil alle beschäftigt waren. Der Pub platzte aus allen Nähten! Ich öffnete Flaschen, füllte Gläser, rannte von Tisch zu Tisch, nahm die leeren Gläser mit und brachte neue. Zwischendurch wischte ich noch die Oberfläche eines Tisches und dachte, dass dies eine strengere Übung war als ein Boot Camp. Die ganze Zeit hoffte ich, dass ich Jimmy nicht enttäuschte. Ich hatte nicht erwartet, dass sie mir einfach eine Chance geben würden und nun wollte ich mein Bestes geben, um zu beweisen, dass sie die richtige Entscheidung getroffen hatten.

Um 1.10 Uhr warfen wir den letzten Gast raus, aber alle waren noch damit beschäftigt, Tische zu putzen und Stühle auf die Tische zu stellen. Shannon zählte das Geld und Paula wischte den Boden. So ein gut eingespieltes Team. Ich wusste gar nicht, welche Arbeit ich noch tun sollte.

Shannon schaute auf. »Hier, du kannst das Inventar zählen. Da ist ein Blatt mit den Zahlen von gestern.« Sie nickte zu ihrer Rechten.

Ich nahm das Blatt und ging in den großen und kühlen Lagerraum. Es war eine Wohltat, nach der großen Hitze im Pub. Ich zählte die Flaschen und hoffte, dass ich die Namensabkürzungen korrekt gedeutet hatte.

Nach einer Weile kam Jimmy auch in den Lagerraum.

»Heute werde ich auch noch zählen, um zu sehen, ob wir dieselben Zahlen bekommen.«

Er zählte die Dinge, mit dem Unterschied, dass er viel schneller war als ich, aber glücklicherweise erreichte er die gleiche Zahl.

»Gut, ich mag dich«, war sein Kommentar.

Dann lief er zurück zur Bar und setzte sich zu den anderen. Die Hocker sahen so einladend aus. Ich war total erschöpft. Wie konnte das sein? Ich war über den Atlantik gerannt, aber sechs Stunden in einem Pub zu arbeiten, ließ mich nach einem weichen Bett wünschen. Ich sah wohl aus, wie ich mich fühlte.

»Keine Bange, du wirst dich daran gewöhnen. Es sieht immer wie schwierige Arbeit aus am Anfang, aber es wird viel einfacher, wenn du etwas geübter bist«, sagte Paula.

»Du hast dich gut gehalten für deine erste Nacht. Es war ziemlich viel los heute«, sagte Shannon.

»Und vielleicht kannst du zu Hause lernen, wie man mehr als zwei Teller zur gleichen Zeit trägt«, fügte Josh hinzu.

»Das ist seine Art zu sagen, dass er dich auch in Zukunft seine Gerichte austragen lassen wird«, kommentierte Paula.

»Über deine Schichten müssen wir uns noch unterhalten«, sagte Jimmy und fügte dann hinzu, »aber ich bin ziemlich beeindruckt, wie schnell du dich durch die Menge schlängelst. Du bist wie ein fliegender Speedy Gonzalez.«

Wenn da etwas ist, worin ich nun gut bin, ist es rennen.

»Cool, darauf müssen wir anstoßen!«, rief Paula und stellte einige Gläser auf den Tisch.

Wir blieben alle noch für einen Drink und dieses Mal war es einfacher, nicht wirklich zu trinken, weil die anderen durch weitere Personen abgelenkt wurden. Stück um Stück spuckte ich das Bier in ein Tuch, welches ich in meinem Ärmel versteckt hatte. Ich war mir sicher, dass es bald durch den Stoff von meinem Pulli tropfen würde, aber da er schwarz war, würde man es hoffentlich nicht so schnell bemerken. Ich entschuldigte mich, um schnell auf die Toilette zu gehen, um das Tuch auszuwringen, aber bevor ich ging, nahm ich noch einen großen Schluck, welchen ich ins Waschbecken spuckte. Ja, es ist nicht wirklich hübsch, wenn man als Sirene unentdeckt bleiben will.

Wir verließen das Pub schlussendlich kurz nach 2 Uhr. Um nach Hause zu kommen, nahm ich die Wasserroute. Ich hoffte einfach, dass ich die Richtung richtig berechnet hatte und nicht am Cape vorbeirennen würde.

»Und, hast du den Job bekommen?«, fragte mich Luke.

»Ja ich kann nächsten Donnerstag anfangen«, lächelte ich.

Dann musste ich mich tatsächlich hinsetzen und meine Füße hochlagern. Mein Kopf war ein reines Durch-einander, von all den Bestellungen, die ich entgegen-genommen hatte, und den vielen Kopfrechnungen. Hut ab vor den Leuten, die in Bars oder Restaurants arbeiteten.

KAPITEL 12

WÄHREND DER KALTEN Monate war Cape Cod wie verwaist. Trotzdem kamen immer noch Rauchschwaden aus Herrn Thompsons Kamin. Er lebte auch das ganze Jahr über hier. Verglichen mit uns war er ein richtiger Einsiedler. Ich hatte ihn noch nie in der Stadt gesehen und es gab auch noch keine Anzeichen, dass irgendjemand bei ihm zu Besuch war. Manchmal wunderte ich mich, ob er auch etwas zu verstecken hatte. Was, wenn er einer dieser widerlichen Typen war, die den ganzen Tag mit Mädchen chatteten?

Ich weiß auch nicht, warum ich so viel darüber nachdachte, aber es war ja sonst nicht so viel los.

Eines Abends, als ich von Sam nach Hause kam, bemerkte ich ein rotes Auto vor Herr Thompsons Haus – Lichter an, Fahrertür offen, genau wie die Haustüre. Das war die größte Aufregung, die je vor diesem Haus stattgefunden hatte. Das Haus neben dem Schuppen sah sowieso so heruntergekommen aus, ich konnte mir gar nicht vorstellen, dass da noch jemand darin leben konnte. Darum hielt ich an. Es musste etwas passiert sein. Ein Überfall ergab keinen Sinn, da jeder Dieb meilenweit sehen konnte, dass in diesem Haus nichts zu holen war. Und die hätten wahrscheinlich auch nicht einfach das Auto so stehen gelassen, dass es alle sehen konnten. Nichtsdestotrotz näherte ich mich langsam dem Eingang. Ich klopfte an den Türrahmen, aber es antwortete niemand.

»Hallo?«, rief ich. Es antwortete immer noch niemand, aber ich hörte Geräusche, als ob jemand mit jemandem am Boden kämpfte. Was, wenn es ein Kampf war und Herr Thompson Hilfe brauchte? Ich griff nach dem Regenschirm, der neben dem Eingang stand. Er konnte im Notfall als Waffe eingesetzt werden. Ich schlich auf Zehenspitzen auf die Geräusche zu, weil ich versuchen wollte, unbemerkt zu bleiben, wobei ich ständig das Gefühl hatte, dass hinter jedem Schatten ein Monster hervorspringen könnte. Als ich um die Ecke schaute, sah ich Herrn Thompson in der Mitte von einem Chaos von Büchern, welche im Zimmer verstreut waren. Er griff gerade nach einem weiteren auf dem Regal, schaute es schnell an und warf es dann auf den Boden. Die ganze Zeit über murmelte er etwas vor sich hin. Er bemerkte gar nicht, dass ich im Türrahmen stand. Ich fühlte mich ziemlich dämlich mit dem Schirm in der Hand und lehnte ihn an die Außenwand von dem Raum, der wahrscheinlich ein Wohnzimmer war. Das Sofa war mit Plastik abgedeckt, auf welchem sich eine Staubschicht angesammelt hatte und ich konnte nur dort den Holzboden erkennen, wo Bücher gelandet und dann weggerutscht waren. Dieser Raum war schon seit langem nicht mehr bewohnt. Als ich überlegte, was ich tun sollte, flog ein weiteres Buch zu Boden. Ich räusperte mich, um mich bemerkbar zu machen. Für einen Moment umklammerte Herr Thompson das Buch, welches er gerade in den Händen hielt und drehte sich dann um zu mir. Ein sehr unbehagliches Gefühl breitete sich in mir aus, als ich seine Verletzung plötzlich aus der Nähe sah. Es war ein großer Fetzen tote Haut, welche sich von seinem rechten Ohr aus über den Hals verbreitete. Aber dann bemerkte ich auch das faltige Gesicht mit einigen Schweißperlen, welche unter den weißen Haaren hervorrollten und seine wässerigen Augen, welche mit einer Prise Verrücktheit gefüllt waren. Er starrte mich vorwurfsvoll an, schlussfolgerte, dass ich keine Bedrohung war, und begann wieder vor sich hinzumurmeln.

»Sie erinnerte sich. Ich muss ...« Er drehte sich wieder um und machte weiter mit seinem Wutanfall. »Nein, nein, nein, nein!« Ein weiteres Buch landete auf dem Boden.

»Kann ich Ihnen helfen, etwas zu finden?«, bot ich an, da ich nun glaubte, dass er nicht bösartig, sondern wirklich einfach verzweifelt war.

»Dickens«, sagte er mit krächzender Stimme.

»Charles Dickens?« Aufgrund der Bücher kam mir sofort der Autor in den Sinn.

»Ja, sie erinnerte sich. Oliver Twist. Ich muss es bringen.« Er machte sich nicht mehr die Mühe, sich umzudrehen.

»Sie suchen Oliver Twist von Charles Dickens?« Vorsichtig näherte ich mich den Regalen und versuchte dabei, nicht auf die Bücher zu treten. Ich deutete sein Schweigen als Ja und begann, am anderen Ende des Regals zu suchen. Herr Thompson beachtete mich nicht wirklich. Anstatt die Bücher auf den Boden zu werfen, las ich die Beschriftungen auf den Buchrücken, bis ich einen blauen Lederband entdeckte, auf welchem in antiker Silberschrift Oliver Twist von Charles Dickens stand.

»Hier ist es.« Ich nahm es heraus und gab es Herrn Thompson. Für einen Augenblick starrte er es intensiv an und dann riss er es aus meinen Händen mit einer energischen Bewegung.

»Danke«, sagte er mit zitternder Stimme. Seine graublauen Augen sahen so feucht aus, als ob er zu weinen anfangen würde, falls sie sich noch mehr mit Flüssigkeit füllten. Danach marschierte er aus dem Zimmer, eine Autotür knallte, ein Motor startete und ich stand verlassen in seinem Haus. Ich eilte zum Küchenfenster, um nachzuschauen, ob er immer noch irgendwo zu sehen war, aber nein, er war verschwunden. Ich schüttelte perplex meinen Kopf darüber, dass ich mich plötzlich alleine im Haus von jemandem befand, der ein wenig verrückt war. Mir fiel Melissas Warnung wieder ein, mich von ihm fernzuhalten, aber es würde sicherlich niemandem schaden, wenn ich hier etwas aufräumte und vielleicht würde ich noch einen Hinweis finden, warum er so komisch war. Ich rief Melissa auf meinem neuen Handy an und ließ sie wissen, dass ich erst später zurück sein würde. Danach lud ich die Bücher zurück ins Regal. Als ich damit fertig war, ging ich in die Küche, um etwas zu finden, womit ich den Staub wegputzen konnte. Die Küche war auch nur spärlich eingerichtet, aber im Vergleich zum Wohnzimmer sauber. Ich fand einen Besen und nahm den Lappen vom Wasserhahn, befeuchtete ihn und brachte ihn mit ins Wohnzimmer. Ich trug den Dreck nach draußen, brachte die Dinge dorthin zurück, wo sie hingehörten und schaute mich nochmals im nun freundlicheren Wohnzimmer um. In diesem Moment kam Herr Thompson zurück. Als er sah, dass ich noch hier war, starrte er mich wütend an.

»Was machst du noch hier?«, wollte er wissen. Seine Augen wanderten an mir vorbei durch den Raum und verengten sich. »Warum musstest du alles anfassen? Lass einem alten Mann doch einfach seinen Frieden.«
Ich wusste nicht, was ich antworten sollte.

»Raus hier!«, schrie er.

So wie er es sagte, musste er es nicht wiederholen; ich eilte an ihm vorbei und verließ das Haus. Dabei wollte ich ihm ja nur helfen. Zu Hause erzählte ich Melissa und Luke nicht von meinem Treffen.

KAPITEL 13

D A WIR IN DER SCHWEIZ Thanksgiving nicht feiern, wusste ich nicht wirklich, was von diesem Tag zu erwarten war. Von dem was meine Freunde in der Schule erzählt hatten, wusste ich, dass es einen Truthahn und viel weiteres Essen beinhaltete. Nun war jedoch nichts davon wirklich interessant für uns. Daher besuchte uns Roisin einfach für einen Spieltag und unser Haus blieb nahrungsfrei. Wir spielten Rummy, Yatzy und ich brachte ihnen das Schweizer Kartenspiel Jassen bei. Ich fragte mich auch, warum Cathy nicht da war. Schließlich gehörte sie auch zur Familie und stand zumindest Roisin und Melissa nahe.

Am Nachmittag machten wir einen langen Spaziergang am Strand. Der Himmel war eine Mischung aus Grau und Schwarz und das schwere Gewicht der Wolken kündigte starken Regen an. Dieser wilde Himmel verschmolz perfekt mit den grauen Wellen, die vom Wind hin- und hergeworfen wurden. Es war schön, Zeuge dieser Seite des Ozeans zu werden und nicht immer nur den ruhigen Strand mit dem kristallklaren Wasser zu sehen.

Als Roisin und ich etwas vor Luke und Melissa durch den Sand schlenderten, fragte ich Roisin, ob sie Cathy letztens gesehen hatte.

»Nicht, seit du sie das letzte Mal gesehen hast. Warum?«

»Ich finde es nur ein wenig komisch, dass sie da war, als ich meine ersten Schritte gemacht habe, sie dabei merklich gegen meine Existenz war und dann komplett verschwunden ist.«

Roisin wurde für einen Moment ruhig und ihre Augen schweiften in die Ferne. Als sie wieder sprach, wählte sie ihre Worte vorsichtig. »Sie ist nicht ganz auf der gleichen Wellenlänge mit Luke.«

»Was soll man an Luke nicht mögen?« Ich zog eine Augenbraue nach oben.

»Es ist nicht etwas an ihm, dass sie nicht mag, sondern mehr die Idee, dass Luke einer von uns ist, was sie schwierig zu akzeptieren findet. Aber wir sind eine Familie und ich bin sicher, dass sie sich irgendwann dazu durchringen kann. Es wird nur vielleicht einige Jahrzehnte dauern.« Sie rollte mit den Augen und sprach weiter: »Bevor Cathy nach New York kam, lebte sie in der Nähe von Vancouver mit einer anderen Gruppe und studierte Medizin. Zudem liebte sie einen Menschenmann. Es lief großartig, sie waren sehr glücklich. Er war sehr sportlich und konnte mit ihrer Energie mithalten, bis er eines Tages, während eines Basketballspiels, einfach zusammenklappte. Plötzlicher Herzstillstand. Es gab nichts, was man hätte machen können. Medizinische Hilfe war zu weit weg und Defibrillatoren hingen noch nicht in jedem öffentlichen Gebäude. Das Einzige, was sie wusste, das ihn retten würde, war eine Nadel in sein Herz zu jagen.« Roisin presste ihre Lippen aufeinander.

»Er überlebte es nicht?«, fragte ich.

»Doch, er überlebte es. Aber als er aufwachte, riss er sich los und haute ab, um jagen zu gehen. Er brachte die erste Person um, die ihm zufällig über den Weg lief. Vergrub einfach seine Zähne in dessen Brust, nachdem er Cathy weggeschubst hatte. Er hätte noch mehr angegriffen, wenn ihn andere aus der Gruppe in Vancouver nicht aufgehalten hätten. Und mit aufhalten meine ich, dass sie ihn umgebracht haben. Schnitten ihm den Kopf ab und verbrannten dann die Stücke.«

»Oh Gott«, schluckte ich.

»Und all das mit einer heulenden Cathy neben ihnen. Ihr Schmerz musste unvorstellbar groß gewesen sein. Die meisten Sirenen hätten sich umgebracht, denke ich. Der Grund, warum es Cathy nicht tat, war wahrscheinlich ihre Sturheit«, sagte Roisin und atmete schwer. »Für eine Weile war sie unruhig und zog von Ort zu Ort, bis sie in New York landete. Diese Stadt scheint heilende Kräfte zu haben. Sie versuchte, wieder einen routinierten Alltag zu führen und spezialisierte sich auf Herzoperationen. Wir sind ihr einige Male in der Stadt begegnet. Man spürt einfach die Anwesenheit einer anderen Sirene in einer Menschen-menge. Aber sie ist trotzdem lieber alleine.«

Mir lief es kalt den Rücken herunter. Dies erklärte Einiges. Ich war bis jetzt noch nicht wirklich mit unserer brutalen Seite in Kontakt gekommen und ich hoffte, dass ich auch weiterhin nur in Geschichten davon zu hören bekommen würde.

»Aber warum war sie in der Höhle, wenn ihr nichts miteinander zu tun habt?« Ich musste nochmals nachhaken. Es ergab einfach keinen Sinn.

»Du stellst zu viele Fragen, Mädchen«, sagte Roisin. »Aber um sie zu beantworten, wir waren auf einem Festival und es ist die Verpflichtung einer Sirene, sich am Anfang um eine Neue zu kümmern.«

Roisin zu nerven war das letzte, was ich wollte und daher wechselte ich das Thema und fragte sie, wann sie begonnen hatte, ihre Haare zu färben. Ich hatte einige Male darüber nachgedacht, für eine Weile blond zu werden.

»Vor einigen Jahren.« Sie machte einen Schmollmund. »Ich hätte merken müssen, dass ich nach meiner Umwandlung, als meine Haare noch lang waren, nie zum Friseur gehen musste. Erstens sahen sie immer gut aus und zweitens wuchsen sie nicht mehr. Aber ich wollte eine Veränderung und daher schnitt ich sie ab. Und rate mal, was passiert ist. Meine Haare wuchsen nie mehr. Oder so langsam, dass es mir bis jetzt noch nicht aufgefallen ist.«

»Ehm, gut, dass du das erwähnst, bevor ich mir die Haare geschnitten habe.« Ich konnte es nicht fassen, dass sie mich nicht gewarnt hatten.

»Oops, sorry.« Sie zuckte entschuldigend mit ihren Schultern. »Ich schätze, dass es Dinge gibt, die einfach so normal geworden sind für uns, dass wir vergessen, sie zu erwähnen. Und es ist nicht so, dass wir dich nicht gewarnt hätten, wenn du zu uns gekommen wärst und gesagt hättest, dass du dir die Haare schneiden möchtest.«

In diesem Moment begannen die ersten Regentropfen zu fallen und wir eilten zurück zur Hütte. Als wir ankamen, waren wir komplett durchnässt. Wir zogen trockene Kleider an. Roisin konnte etwas von Melissa ausleihen.

»Wer ist bereit für ein weiteres Spiel?«, fragte Melissa.

»Nein, du hast heute definitiv schon genug gewonnen«, beklagte sich Roisin, »du hast noch nie verloren.«

»Du hast auch schon gewonnen.«

»Nur, weil ich mit dir im Team war beim Jassen.«

»Anfängerglück«, sagte ich.

Wir machten es uns vor dem Fernseher gemütlich. Zur Wahl standen The Notebook, Jumanji oder CSI. Luke hatte keine faire Chance gegen drei Frauen und so wurde unsere Wahl beschlossen. Wir schauten The Notebook, während der Regen gegen die Scheiben prasselte.

Da es die ganze Nacht regnete, machten wir einen Fernsehmarathon. Am nächsten Tag jedoch entschieden die anderen, dass ich die Verrücktheit vom Black Friday erleben musste. Zuerst war ich ein bisschen nervös, wegen all der Leute, aber das musste ich nicht, da ich ja meinen letzten Energieshot erst vor ein paar Tagen gehabt hatte.

»Du kommst nicht mit, Luke?«, fragte ich.

»Erstens mochte ich Shopping schon als Mensch nicht und zweitens ist für mich um Menschen herum zu sein eine wahre Qual. Wenn du also nicht willst, dass ich von den

Orbitern entdeckt werde, weil ich ein oder zwei Menschen töte, bleibe ich besser zu Hause.«

»Du gewöhnst dich wirklich nicht an die Herzschläge?«

»Es ist, als ob jemand an der Wandtafel kratzt. Ich möchte das Geräusch einfach ersticken.«

»Ich schätze, ich werde also nicht so bald eine große Party schmeißen.«

Der Winter erreichte langsam aber sicher Cape Cod. Die Tage wechselten von kalt zu eiskalt, was zuallererst meine Illusion zerstörte, dass ich an einem schönen Strand das ganze Jahr über in meinem Bikini herumspazieren könnte. Was ich sicherlich nicht glauben konnte, geschah am sechsten Dezember. Es war das erste Mal in diesem Jahr, dass Schneeflocken in dicken Wattebäuschen vom Himmel fielen. Natürlich hatte ich in der Schweiz schon jedes Jahr Schnee gesehen, seit ich mich erinnern konnte. Nichtsdestotrotz hatte ich mir hier irgendwie vorgestellt, dass wir Weihnachten bei einer Grillparty unter Palmen verbringen würden, anstatt vor einem Kamin. Dann erinnerte ich mich an den Äquator, und dass ich immer noch in der nördlichen Hemisphäre war.

Ich hatte den ersten richtigen Schneefall im Jahr schon immer geliebt, aber zu sehen, wie die Pflanzen auf den Sanddünen und danach der Sand selbst von den weißen Flocken bedeckt wurde, war wirklich speziell.

Bei diesem Wetter hörte ich auf, mit dem Fahrrad zu fahren und rannte stattdessen überall hin.

Ich genoss es, unter anderen Menschen zu sein, wann immer ich in der Schule oder bei der Arbeit war. Nicht, dass Melissa und Luke langweilig waren, aber wir lebten wirklich wie Einsiedler und nun im Winter wurde das nicht besser. Das Cape wirkte extrem verlassen.

Weihnachten rückte näher und meine Gedanken wanderten öfters zu meiner Familie. Wir feierten immer mit der ganzen Familie, den Cousinen und den Großeltern. Das Haus war mit einer wundervollen Atmosphäre gefüllt. Ich fragte mich, ob sie dieses Jahr auch ein glückliches Lächeln auf ihren Gesichtern hatten, das sich im Kerzenlicht widerspiegelte. Es würde mein erstes Weihnachten weg von zu Hause werden und im Moment vermisste ich meine Familie scheußlich. Daher tat ich etwas Ungesundes und eröffnete ein Facebook-Konto. Ich tippte die Namen meiner Eltern ein und starrte ihre Profilbilder an, damit ich sie durch mentale Kraft irgendwie zum Leben erwecken konnte, als ob wir in einer Videokonversation wären. Aber natürlich geschah nichts. Ich tat dasselbe mit meiner Schwester, deren Profil weniger privat war. Das Erste, was ich sah, war ein Bild von ihr und mir, wie wir im Zoo auf einem Kamel ritten. Ich hatte die Wirkung unterschätzt, die ein Bild einer gemeinsamen Erinnerung auf mich haben würde. Ich atmete scharf ein und hielt den Atem an, damit ich nicht zu weinen anfing. Ich vermisse dich Schwesterherz <3 Ich hoffe, dir geht es gut, wo immer du auch bist! Das war zu viel. Tränen strömten mir nur so übers Gesicht. Sie fehlte mir auch! Ich wollte ihr sofort schreiben, aber ich wusste, dass ich das nicht konnte. Ich war jetzt anders. Weder die gleiche Person noch der gleiche Körper, den sie kannten. Ich glaubte den Sirenen, wenn sie sagten, dass es das Beste sei, wenn ich für sie tot bliebe.

Zurück in der Schule, nach den Feiertagen, war Phe die erste, die mein silbernes Armband bemerkte, welches mir Luke und Melissa geschenkt hatten.

»Ich verstehe das Fahrrad, aber was ist mit der Schokolade? Ich sehe dich nie etwas Süßes essen.«

»Ich mag europäische Schokolade. Schweizer und Belgische«, schwärmte ich, »nicht diesen importierten Kram, den wir hier kriegen.«

»Sorry, wenn amerikanische Schokolade nicht gut genug für dich ist«, spottete Sam.

»Andererseits können Europäer keine richtigen Donuts machen. Die schmeckten immer wie Plastik.« Was stimmte, mich aber nun nicht mehr wirklich interessierte.

KAPITEL 14

DAS LEBEN GING WEITER und ein Gefühl der Normalität breitete sich in mir aus. Ich ging in die Schule und zur Arbeit, ich nahm Fahrstunden, verbrachte Zeit mit meinen Freunden und holte mir meine monatlichen Energieshots. Manchmal erweiterte ich meinen Joggingradius und floh in den südlichen Teil der USA, um von einem milderen Winterklima zu profitieren.

Eines nachts, nach der letzten Schicht, wollte ich noch nicht direkt nach Hause gehen, daher wanderte ich einfach planlos durch die Stadt. Die meisten Straßen waren wie leergefegt, da es bereits die frühen Morgenstunden waren. Daher war ich überrascht, als ich plötzlich aus einer Seitengasse einen aufgeregten Herzschlag vernahm. Als ich näherkam, begriff ich, dass jemand mit einem Auto gegen eine Straßenlampe gefahren war. Die Motorhaube war ziemlich eingedrückt und Rauch stieg auf. Ich näherte mich der Fahrerseite, um zu sehen, ob die Person verletzt war und sah, dass ein Typ dasaß. Und das war alles was er machte. Dasitzen und das Steuerrad anstarren, seine Hände immer noch auf dem Rad. Wahrscheinlich stand er unter Schock.

»Hey, alles in Ordnung?« Ich klopfte an die Scheibe. Keine Reaktion – darum öffnete ich die Tür, was überraschenderweise ganz einfach war.

»Alles in Ordnung?«, fragte ich nochmals. Als ich ihn

genauer anschaute, blieb mein Herz einen Moment stehen (oder es wäre stehengeblieben) und ich war für einige Sekunden wie versteinert. Es war der Junge von der Uni, mit seinen dunklen, kurzen Locken und den langen Wimpern, für die Frauen töten würden. Gerade als ich es geschafft hatte, ihn zu vergessen, tauchte er wieder auf. Seine Lippen waren prall und halb geöffnet und für einen Moment fühlte ich das Verlangen, ihn zu küssen. Das war ziemlich verwirrend. Ich schüttelte den Kopf und versuchte, mehr von dieser Szene zu erfassen. Ich bemerkte, dass der ganze Bereich unten eingedrückt war und eines seiner Beine dort eingeklemmt war. Blut floss in großen Strömen herab.

»Oh Gott, wir müssen einen Krankenwagen rufen«, sagte ich. Immer noch keine Reaktion von seiner Seite. Ich fragte mich, wie lange er schon hier gesessen hatte. Ich nahm mein Handy und wählte 911. Dann, plötzlich, erwachte er aus seiner Trance. Er starrte sein Bein an und begann plötzlich wie wild daran zu reißen. Das einzige, was dies bewirkte, war, dass er die kaputten Autoteile noch weiter ins Fleisch rammte.

»Ich muss hier raus!«, schrie er immer wieder.

»Okay, okay, beruhige dich.« Ich berührte seine Schulter. Für einen Moment schaute er mich an, als ob er erst jetzt bemerkte, dass jemand da war. Er starrte mich mit seinen glänzenden Augen für einen Augenblick länger als normal an, was mich etwas unbehaglich machte. Jedoch zeigte er kein Anzeichen des Wiedererkennens, weil er eine Sekunde später wieder an seinem Bein zu ziehen anfing.

»Warte, ich helfe dir«, insistierte ich. Ich hatte Bedenken, dass er sein Bein sonst amputieren lassen müsste.

Und dann passierte das wirklich peinlichste Missgeschick in meinem Leben. Ich meine, mit meiner ungeschickten Art hatte ich mich schon in viele peinliche Situationen gebracht, aber dies schaffte es definitiv an die Spitze der Liste. Um näher an sein Bein und seinen Fuß zu kommen, bückte ich mich und ertastete einen Weg durchs Autowrack. Ich versuchte, das Metall wegzudrücken, was jedoch nicht möglich war. Dann wollte ich meinen Arm zurückziehen, aber zu meinem Entsetzen blieb ich auch stecken. Ich konnte mich nicht mehr bewegen, weil ich spürte, wie sich die scharfen Kanten mit jeder Bewegung mehr in meine Haut schnitten. Au, das tat weh. Es tat weh und ich sah, wie das Metall tief in meinen Arm schnitt. Vielleicht hätte ich auf diesen Moment vorbereitet sein sollen, aber für einen Augenblick war ich ziemlich irritiert, weil da kein Blut war. Es wäre nicht so schlimm gewesen, wenn es dieser Typ nicht auch bemerkt hätte. Aber aus all den Momenten, in denen er vorher aufpassen hätte können, wählte er ausgerechnet diesen. Seine Augen verengten sich zu Schlitzen, weil er einen besseren Blick erhaschen wollte, daher verdeckte ich den Arm mit meinem anderen. Nun war da auch etwas Blut an meiner Haut, aber das kam definitiv von seinem Bein. Zum Glück kam dann der Krankenwagen und sie fanden mich heruntergebückt mit meinem Arm im Beinraum vom Auto eines Jungen. Ich war froh, dass ich wenigstens anständige Arbeitskleider anhatte. Ich wollte hier keinen falschen Eindruck erwecken. Als sie sich die Situation angeschaut hatten, riefen sie natürlich auch die Feuerwehr. Einer der Nothelfer bewegte sich so gut es ging um mich herum, um wenigstens schon mal sein Bein zu desinfizieren. Ich erklärte ihm, was passiert war, da der Junge wieder in seinen Schockzustand gefallen war. Dann kam ein kleines Feuerwehrauto und einige Minuten später hatten sie das Metall so zurückgebogen, dass ich meinen Arm herausziehen konnte und kurz darauf waren auch die Beine des Jungen befreit. Ich versuchte, meinen Arm vor den Nothelfern zu verstecken, indem ich ihn in mein Shirt wickelte. Natürlich wollten sie ihn sich ansehen.

»Wir müssen auch Ihren Arm desinfizieren, junge Dame.« Einer der Nothelfer trat einen Schritt näher.

»Nein, schon gut. Ich habe schon alles abgeputzt.« Ich wich einen Schritt zurück.

Er schaute mich einen Moment ungläubig an. Dann

atmete er tief ein und versuchte eine andere Taktik. »Keine Sorge, ich werde dir nicht wehtun. Es wird nachher weniger schmerzen. Nur abzuwischen rettet dich nicht vor Krankheiten.«

Mich besser zu fühlen, wäre schön, denn mein Arm fühlte sich an, als ob er Feuer gefangen hätte, aber ich musste schnell mit einer besseren Ausrede kommen, wenn ich hier herauskommen wollte, ohne meine wahre Identität bekannt zu geben.

»Meine Familie und ich sind nur auf Urlaubsreise aus Schweden.« Ich versuchte einen Akzent hineinzubringen. »Es wäre zu teuer, hier behandelt zu werden. Aber mein Vater ist Arzt. Er wird wissen, was zu tun ist. Darum gehe ich nun zurück ins Hotel.« Ich wich zurück und fing langsam an zu laufen.

»Hey!«, rief er mir nach. »Du lügst uns besser nicht an, wenn dir deine Zukunft wichtig ist!«

Ich bog um eine Ecke und rannte dann so schnell es ging nach Hause, auch wenn dies bedeutete, dass ich schon wieder von diesem Typen davonrannte. Ich konnte es nicht erwarten, Sam zu erzählen, dass sich unsere Wege erneut gekreuzt hatten.

Mein Arm schmerzte wirklich. Ich wäre gerne in ein Krankenhaus gegangen, aber das wäre keine schlaue Idee gewesen. Sehr erniedrigt, dass ich nicht unzerstörbar war, kam ich zu Hause an. Bevor ich eintrat, untersuchte ich meinen Arm im Licht der Eingangslampe. Ich konnte in meinen Wunden herumstochern und die Haut auseinanderziehen, aber da waren keine Flüssigkeiten. Es war ekelhaft. Wie ein toter Arm, von welchem ich immer noch Schmerzen spürte und der noch an meinen Körper geheftet war. Mir blieb keine andere Wahl als Melissa und Luke um Hilfe zu bitten.

Luke war zu Hause und schaute eine Krimiserie am Fernseher.

»Hallo, Luke!« Ich lief ins Wohnzimmer.

»Hey, Kleines«, sagte er, ohne die Augen vom Bildschirm

zu nehmen. »Wie war die Arbeit?«

»Gut. Es dauerte nur eine halbe Stunde, bis ich Steve überzeugen konnte, zu gehen.« Steve war ein geschiedener Mann Anfang fünfzig, der etwas zu viel Zeit in der Bar in einem irischen Pub verbrachte. »Das Problem ist, was nach der Arbeit geschah.«

Luke drehte seinen Kopf zu mir, die Sorge stand nur so in seinem Gesicht geschrieben. »Warum, was ist passiert?« Sein Blick wanderte zu meinem Arm, den ich mit meiner gesunden Hand hielt, als ob er gelähmt wäre. »Himmel, wie hast du das denn gemacht?« Er war sofort neben mir und schaute es sich genauer an. »Faszinierend.« Er hob die Haut nach oben und warf einen Blick in die Wunde hinein. »Faszinierend«, wiederholte er.

»Au, das tut weh!«, beschwerte ich mich.

»Oh, tut mir leid. Es schmerzt, hm?« Er dachte angestrengt nach und seine Augenbrauen zogen sich zusammen. »Ich habe das noch nie gesehen, aber da ist tatsächlich kein Blut!«, sagte er aufgeregt.

»Bravo, gut beobachtet«, spottete ich.

Er ignorierte mich. »Ich habe nur darüber gelesen. Ich kann Bänder und Gefäße sehen. Es ist wie eine Puppe, an welcher Chirurgen für Operationen trainieren.«

»Nur, dass ich nicht aus Plastik bestehe.«

»Das ist nicht gut, Nathalie«, sagte er nun wieder ernst. »Ich habe noch nie eine Sirene mit einer Verletzung gesehen. Weißt du warum?« Er wartete nicht auf meine Antwort. »Weil wir sehr exakt sind. Wir würden nie aus Versehen in unseren Finger schneiden, wenn wir Essen zubereiten, weil wir wissen, dass jegliche unkontrollierte Bewegung mit dem Tod enden könnte. Daher werden wir nur verletzt, wenn wir es extra versuchen. Mit Selbstmord als Ziel.« Er schüttelte seinen Kopf. »Wie hast du das also geschafft?«

Ich erzählte ihm die Geschichte. Zuerst wanderte ein Mundwinkel nach oben, dann der andere und dann explodierte er vor Lachen.

»Du bliebst stecken? Das ist wahnsinnig komisch«, sagte er und versuchte sich zu beruhigen. »Oder es wäre komisch, wenn die Lage nicht so ernst wäre.«

»Und warum ist sie das?«, fragte ich. »Da du auf alles eine Antwort hast, wirst du sicherlich auch das beantworten können.«

»Ich befürchte nicht«, sagte er ernst. »Da sich dein Körper ja nicht verändert, wird es wortwörtlich ewig dauern, bis er heilt. Zumindest habe ich das einmal gelesen, als eine Frau ihre Hüfte gebrochen hatte, bei einem Autounfall in Indien. Es wäre besser für sie gewesen, wenn sie gestorben wäre. Sie konnte in kein normales Krankenhaus gehen und niemand von uns konnte eine solche Operation durchführen. Sie war für den Rest ihres Lebens an den Rollstuhl gebunden.«

»Oh mein Gott, ich kann nicht für den Rest meines Lebens einen aufgeschlitzten Arm haben!«, rief ich aus und bewegte meine Finger. Zumindest hatte ich noch die ganze Bewegungsfreiheit.

Luke sprach weiter. »Das war vor achtzig Jahren. Es muss noch ähnliche Geschichten mit gebrochenen Armen und Beinen geben. Ich werde mich mal in der Bibliothek umsehen. Ich bin mir sicher, dass die Technologie nun schon weiter ist und man ganze Knochen ersetzen könnte, falls sie gebrochen sind. Das einzige Problem ist, wie wir die Wunde zum Heilen bringen.«

»Ich glaube nicht, dass etwas gebrochen ist. Mein Arm wurde einfach stark zerquetscht.«

»Melissa soll sich das einmal anschauen. Sie ist Krankenschwester und sollte wissen, was zu tun ist.« Er schaute auf seine Uhr. »Noch eine Stunde, bis ihre Nachtschicht fertig ist. Legen wir in der Zwischenzeit etwas Eis darauf.« Er ging in die Küche, um eine Tüte und Eiswürfel zu holen. Und all das nur, weil ich jemandem helfen wollte, dachte ich. Was für eine Art Karma ist das?

Als Melissa nach Hause kam, erklärte ich ihr die ganze Sache noch einmal.

»Oh nein! Das sieht nicht gut aus.« Wenigstens lachte sie mich nicht auch noch aus. Sie war sehr einfühlsam. »Leider weiß ich in diesem Fall auch nicht wirklich, was wir tun sollten. Ich kümmere mich vor allem um Kinder und die heilen ziemlich schnell, wenn sie die richtige Behandlung bekommen.« Einer ihrer Mundwinkel wanderte nach unten. »Kannst du deine Hand so bewegen?« Sie kippte ihre Hand auf und ab. Ich wiederholte, was sie tat und biss vor Schmerz meine Zähne zusammen.

»Ich bin mir ziemlich sicher, dass es die Bänder sind, aber es wäre wahrscheinlich besser, wenn wir eine zweite Meinung von Cathy holen.«

Großartig, dieser Tag wurde ja immer besser.

»Nein, warum Cathy? Sie mag mich sowieso schon nicht und nun bekommt sie die Bestätigung, dass ich eine Versagerin bin.« Ich runzelte meine Stirn.

»Erstens, du bist keine Versagerin, du wolltest ja nur jemandem helfen«, versuchte mich Luke zu trösten, »und zweitens, sie mag dich nicht nicht. Eigentlich solltet ihr zwei mehr Zeit zusammen verbringen. Sie ist einfach sehr vorsichtig, wem sie ihr Vertrauen schenkt und hält sich die meisten Leute vom Leib.«

Mehr Zeit mit Cathy? Ähm, nein danke. Ich erinnerte mich an die kalte Aura, die sie umgab, als ich sie das erste Mal gesehen hatte. Sie war angsteinflößend und leistete eine gute Arbeit darin, selbst nicht allzu vertrauenswürdig zu wirken.

»Bis jetzt war Cathy immer zur Stelle, wenn sie gebraucht wurde und ich weiß, dass sie uns hier auch helfen wird«, sagte Melissa.

Dann musste ich meinen Arm auf den Tisch legen und als sie die Handykamera endlich richtig fokussieren konnten, schickte Luke ein Foto von der Wunde an Cathy.

»So, was bedeuten angerissene Bänder?«, fragte ich.

»Normalerweise wäre das nicht so dramatisch. Deine Hand muss einfach ruhig gestellt werden und du musst für fünf bis sechs Wochen eine Schiene tragen, bis sie wieder zusammenwachsen. Weil du jedoch etwas speziell bist, nehme ich an, dass es bei dir mindestens fünfmal so lange dauert, bis du geheilt bist. Darum musst du extra vorsichtig sein und wirst wohl Schmerzen verspüren«, sagte sie.

»Und all das, weil ich jemandem helfen wollte«, murmelte ich aufs Neue.

»Zusätzlich zu den Schmerzen musst du damit leben können, dass du die erste tollpatschige Person in unserer Familie bist.« Luke boxte mich freundschaftlich in den Arm. Es hätte mich aufmuntern sollen, aber ich brummelte einfach ein wenig vor mich hin.

»Sieh es mal so – du bist besonders. Etwas Einzigartiges in einer Familie, die sonst die gleichen Voraussetzungen hat«, lachte er.

»Ein Hoch auf mich!« Ich schüttelte meine gesunde Hand in der Luft. In diesem Moment meldete sich Melissas Handy mit einer Antwort von Cathy.

»Ja, sieht aus, als ob die Bänder angerissen sind. Ich komme vorbei und schaue es mir noch genauer an. Bis gleich!« Melissa blickte Luke erstaunt an.

»Sie kommt hierher«, sagte Luke überrascht.

»Das ist das erste Mal, dass sie bei uns zu Hause zu Besuch kommt«, drehte sich Melissa zu mir, »vielleicht begreifst du jetzt, wie speziell das alles ist.«

»Wie kann es sein, dass ihr über die Jahrhunderte noch fast nicht herausgefunden habt, was in uns drinsteckt?«

»Wie schon gesagt, ich habe einige Dinge gelesen. Aber diese Texte sind selten, denn, wenn wir wählen zu überleben, ist unser Überlebensinstinkt sehr stark ausgebildet. Ich schätze, nicht viele Leute hatten die Idee, sich selbst aufzuschneiden, um zu sehen, was zum Vorschein kommt.«

»Einmal machte ich aus Neugierde eine Röntgenaufnahme von mir, aber die sah nicht anders aus als von einem Menschen.« Melissa zuckte ihre Schultern.

Es klopfte an der Tür und Melissa begrüßte Cathy.

»Hallo Cathy, lange Zeit nicht gesehen.« Luke nickte ihr

zu, als sie die Stube betraten.

»Hallo Luke, schön dich wiederzusehen«, sagte Cathy emotionslos, ihre Augen schon auf mich gerichtet.

»Nathalie, ich hörte, dass du dich hier gut eingelebt hast?«, wandte sie sich dann an mich.

»Bis jetzt ja, nur das hätte ich wohl besser vermieden.« Ich zeigte auf meinen Unterarm.

»Das ist interessant.« Sie eilte zu mir hin. »Kann ich es mir ansehen?«

Da ich mich nichts Anderes traute, hielt ich ihr meinen Arm entgegen.

»Es ist unglaublich. Als ob wir aus Marshmallow bestehen würden. Es gibt keine Flüssigkeiten und trotzdem sind alle Gefäße vorhanden.« Sie schaute auf. »Ja, definitiv die Bänder. Du solltest das jedoch zunähen lassen, damit kein Schmutz hineingelangt.«

»Ich werde das machen. Dann schaue ich gerade noch im Krankenhaus nach, ob ich eine Schiene für dich finden kann«, meldete sich Melissa.

»Eine ungeschickte Sirene. Es gibt nichts, das es nicht gibt.« Cathy schüttelte ihren Kopf. Vielleicht war da ein kurzes Lächeln auf ihrem Gesicht, aber als ich wieder hinschaute, war es dasselbe, plastische Schönheitsgesicht wie immer. »Oder vielleicht habt ihr die Falsche erwischt›«, sagte sie schnell zu Melissa, die mit einem bösen Blick antwortete.

»Was ist die Falsche?«, fragte ich Melissa.

»Cathy, du gehst jetzt besser«, sagte Melissa mit zusammengepressten Zähnen. Ich hatte sie noch nie so böse gesehen. Luke baute sich neben Melissa auf, um seine Präsenz zu zeigen.

Cathy zuckte mit den Schultern und mit einem ›Viel Glück‹ verschwand sie.

»Worum ging es hier?«, wollte ich wissen und umfasste dabei mit der gesunden Hand mein Handgelenk, als ob die Haut so wieder zusammen getackert sein würde.

Melissa schnaubte und sprach dann mit ruhigerer Stimme

weiter. »Sie sagte, dass du vielleicht nicht die richtige Aura hattest und es nicht verdienst, eine Sirene zu sein. Was natürlich Schwachsinn ist.« Sie nickten mich ermutigend an.

»Und nun lass uns deinen Arm wieder zusammen-nähen«, sagte Melissa. Sie kehrte zurück ins Krankenhaus und packte 'aus Versehen' Nadeln, Faden und einige Reinigungsmaterialien in ihre Tasche. Sie brachte sogar drei Armschienen, die ich anprobieren konnte. Nachdem sie meine Haut wieder zusammengeflickt hatte, reichte sie mir eine blaue Schiene. Es sah ein wenig aus, wie ein Handschutz, den man beim Inlineskaten tragen würde.
Ich schlüpfte hinein, zog die Klettverschlüsse zu und versuchte, meine Finger zu öffnen und zu schließen.

»Fühlt sich okay an. Was denkst du?«

Melissa warf einen genaueren Blick darauf. »Ja, sieht gut aus. Nun musst du einfach geduldig sein.«

»Ich fühle mich trotzdem wie die größte Versagerin unter den Sirenen, die es je gab.«

»Nein, bist du nicht«, sagte Melissa bestimmt. »Es ist eher ein Pluspunkt.« Sie lächelte. »Du sorgst dich so sehr um Leute, dass du ihnen zu nahe trittst. Normalerweise sind Sirenen von Natur aus etwas kalt und distanziert, außer mit dem Mann, in welchen wir uns verlieben, aber du fandst schon am ersten Schultag Freunde und hast dich nicht für die Beliebten entschieden, bei welchen du cool sein musst, sondern du hast eine Gruppe von guten Kindern ausgewählt, mit denen du du selbst sein kannst.«

Luke hatte auch noch seinen Senf dazuzugeben. »Und nun, anstatt zu akzeptieren, dass du kein Nothelfer bist, wolltest du diesen Jungen alleine aus dem Auto holen, weil du dachtest, dass es nicht warten kann, bis mehr Hilfe kommt.«

»Er blutete so stark«, sagte ich leise.

»Das ist noch etwas; Blut sollte dich nicht abschrecken«, sagte Melissa. »Vielleicht würde es helfen, wenn du in manchen Situationen eine weniger menschliche Einstellung hättest.«

Ich stöhnte.

»Wenn man jedoch dich und mich vergleicht«, sagte Luke, »ist es klar, dass es viel einfacher für dich ist, eine Sirene zu sein.«

»Was soll ich sagen, du bist ein Mann«, lächelte ich.

In der Schule verlangten Phe, Sam und Joe natürlich zu wissen, was geschehen ist.

»Okay, ich werde es euch sagen, aber ihr müsst versprechen, nicht zu lachen. Es ist leicht peinlich«, sagte ich und meine Freunde nickten und schauten mich erwartungsvoll an.

»Okay, wir gingen also auf dieses Familienfest in Boston und irgendwann war ich so vollgefressen, dass ich spazieren gehen musste.« Sie nickten zustimmend, da sie das Gefühl, einen zu vollen Bauch zu haben, auch kannten. «Ich wanderte ziellos umher und plötzlich hörte ich einen lauten Knall. Ich ging um eine Hausecke, um zu sehen, wovon das Geräusch kam und sah, dass jemand gegen eine Straßenlampe gefahren war. Rauch stieg aus der Motorhaube auf, welche total gegen die Lampe gestoßen worden war, wie eine gefaltete Handorgel.« Ich war mir nicht mehr ganz sicher, ob da wirklich Rauch war, aber so stellte ich es mir vor, wenn ich die Szene nochmals in meinem Kopf abspielte. Und ich hatte viel daran gedacht, aber eher wegen der Person, die im Auto gesessen hatte.

»Sonst war niemand zu sehen und daher rief ich die Ambulanz und schaute dann nach, ob jemand verletzt war. Ein Mann saß im Auto und bewegte sich nicht. Er saß einfach da und wartete, worauf auch immer. Sein Bein blutete stark, weil es vom Auto aufgespießt worden war und daher kniete ich mich nieder und versuchte es zu befreien. Dann verfing sich leider auch mein Arm und ich musste auf die Retter warten, damit sie auch mich befreien konnten.« Ich lachte beschämt.

»Es klingt schon ein bisschen wie ein Comicbild«, grinste Sam.

»Und was ist nun los mit deinem Arm?« Phe gab sich Mühe, mitfühlend zu klingen.

»Angerissene Bänder. Es ist einfach nervig, weil es so lange dauern wird, bis es geheilt ist, aber wenigstens schmerzt es nicht mehr so.«

»Seht ihr, darum sollten wir uns nur um unseren eigenen Dreck kümmern und nicht um den anderer Leute«, sagte Joe. »Gutes Karma ist von gestern.«

»Ich wusste, dass du das sagen würdest«, rief Phe aus.

»Hat sich dieser Typ seitdem bei dir gemeldet?«, unterbrach Sam sie.

»Nein, ich wüsste nicht wie. Ich habe keine Adresse hinterlassen. Mir war das zu peinlich und ich wollte einfach nur weg von diesem Ort.« Was stimmte.

»Ja, aber wer weiß, wie lange er ohne dich dagesessen hätte. Er hatte Glück, dass du vorbeikamst«, sagte Phe.

»Ich schätze schon. Es gibt da etwas, das ich euch noch nicht gesagt habe.« Endlich konnte ich jemandem davon erzählen.

»Was kommt denn da noch?« Phe zog eine Augenbraue nach oben.

»Der Junge, der den Unfall hatte, war der Gleiche, der mich in Boston interviewt hatte.«

»Das ist ein komischer Zufall«, stellte sie fest.

»Bist du sicher?«, fragte Sam. »Das liegt Monate zurück.«

»Glaube mir, er war es.« Ich seufzte. Wie konnte ich so jemand Attraktiven wie ihn vergessen?

»In diesem Fall war das ein klares Zeichen, dass du ihn nochmals hättest treffen sollen«, sagte Phe aufgeregt.

»Ich wünschte, es wäre unter anderen Umständen gewesen. Wie können wir uns nach diesem Treffen je wieder in die Augen schauen? Zudem bin ich einfach abgehauen. Sogar wenn er mich erreichen wollte oder ich ihn, gibt es keine Hinweise, wie wir das anstellen sollten.«

»Es wäre auch noch so einfach gewesen. Er hätte sich für dein tollkühnes Verhalten bedanken müssen und sich für deinen Arm entschuldigen, du akzeptierst sein Angebot und schwuppdiwupp, hast du einen Collegefreund. Aber nein, du bist davongelaufen, ohne eine Sekunde an deine Zukunft zu denken«, schimpfte Phe.

»Es geschah so schnell, ich konnte gar nicht nachdenken«, sagte ich zu meiner Verteidigung.

Im Pub durchlief ich nochmals dieselbe Prozedur. Alle wollten wissen, warum ich die Schiene um meine Hand hatte. Ich ließ jedoch aus, dass ich diesen Jungen vorher schon einmal getroffen hatte.

Nur einen gesunden Arm zu haben, um Teller und Gläser zu tragen, war ziemlich mühsam. Gerade als ich bei den Aufgaben schneller geworden war, kam dieser Rückschlag. Ehrlich gesagt hatte ich das nicht erwartet, da mir alles andere so leicht in den Schoss gefallen war. Vielleicht war es gut, dass ich ein wenig auf den Boden zurückgeholt wurde.

KAPITEL 15

KLEINE BLUMEN, DIE AUS der Erde sprossen, kündigten den Frühling an. Sam und Joe machten einen Wettbewerb daraus, so zu tun, als wäre es schon Sommer und zogen nur noch kurze Sachen an, obwohl es noch eiskalt war. Es dauerte jedoch nur drei Tage, bis Joe erkältet war und es Sams Mutter Sam auch verbot.

Wenigstens war das Eis weg und ich konnte wieder Fahrrad fahren.

Eines schönen Frühlingstages fuhr ich mit dem Fahrrad nach Hause. Als Herr Thompsons Haus größer wurde, weil ich mich näherte, sah ich, dass er beim Briefkasten am Anfang der Einfahrt stand. Er winkte mir zu.

»Hallo, Mädchen!«, rief er.

In meiner Verwirrung winkte ich zurück. Ich hatte ihn nicht wirklich als eine winkende Person eingeschätzt. Er winkte immer noch und zeigte, dass ich näher kommen soll. Ich wurde langsamer und hielt kurz vor ihm an.

»Ich glaube, das letzte Mal, als wir uns begegneten, habe ich mich dir nicht richtig vorgestellt. Du hast mich zu einer schlechten Zeit erwischt.« Er kratzte sich hinter seinem linken Ohr. »Es tut mir leid, dass ich so unfreundlich zu dir war, ich weiß, dass du nur helfen wolltest.«

»Oh, ähm, schon okay.« Auf diese Freundlichkeit war ich nicht gefasst gewesen. Mit der Verbrennung sah er wirklich eher aus wie der Bösewicht in einem Film.

»Ich bin übrigens Rey.« Er streckte seine Hand aus.

Ich schüttelte sie. »Ich bin Nathalie.«

»Schön, dich richtig kennenzulernen, Nathalie. Ich weiß nicht wirklich, was die Leute heutzutage gerne trinken, aber würdest du auf eine Tasse Kaffee hereinkommen? Oder eine Limonade?«, fragte er. Ich zögerte einen Moment, aber ich beschloss dann, dass ich mich sowieso schneller bewegen könnte, falls er mich irgendwo einsperren oder angreifen wollte.

»Eine Limonade klingt gut.«
Wir verschwanden in Herr Thompsons Haus, welches dieses Mal viel sauberer und heller aussah. Die Tür zum Wohnzimmer war jedoch verschlossen. Er ging in die Küche und begann, im Kühlschrank zu wühlen.

»Ist 7Up in Ordnung?«

»Perfekt.« Ich wunderte mich immer noch, warum er plötzlich so nett war. Dann kam er zurück mit zwei Gläsern dieses sprudelnden Getränks und stellte sie auf den Tisch. Wir setzten uns auf zwei Holzstühle an den kleinen Küchentisch.

»Du lebst mit den Belkins im Haus am Ozean?«

»Ja.« Ich fragte mich, wie viel ich ihm sagen sollte. »Sie sind meine Eltern, aber ich bin ein paar Jahre in Deutschland zur Schule gegangen.«

»Soso.« Er zog eine Augenbraue nach oben.

»Um, ja, aber die meiste Zeit verbrachte ich mit anderen Austauschschülern ... «

Er starrte mich durchdringend an und ich wusste, dass er mir die Lüge nicht abkaufte. Ich schürzte die Lippen. Glücklicherweise ließ er es durchgehen und nickte.

»Ich erinnere mich zwar nicht daran, ein Kind in eurem Haus gesehen zu haben, aber andererseits genießen deine Eltern ja auch die Ruhe, genau wie ich. Aber manchmal vermisst sogar ein Einsiedler wie ich jemanden, mit dem man sprechen kann. Du glaubst mir vielleicht nicht, aber ich war ziemlich gesellig, als ich jünger war. Dann verpasst dir das Leben einen Schlag ins Gesicht, wortwörtlich in meinem Fall«, er zeigte auf seine verbrannte Haut, »und plötzlich ist man nicht mehr so beliebt.« Er seufzte.

»Was ist passiert, wenn ich fragen darf?« Meine Augen wanderten zu seinem Hals.

»Nur ein Arbeitsunfall. Ich hatte mich für einen Moment nicht konzentriert. Das ist der Preis dafür.« Er nahm einen Schluck 7Up und studierte das Glas. »Es gab eine Zeit, da trank ich das mit Martini. Schmeckte ziemlich lecker. Dann mischte ich alles mit Alkohol. Was auch für eine Weile gut ging, bis ich die Grenze nicht mehr spürte. Aber weil ja niemand hier war, um mir zu sagen, dass ich aufhören sollte, trank ich einfach weiter.« Er zog das ‚weiter‘ in die Länge. »Bis ich jeden Tag mit Kopfschmerzen aufwachte. Irgendwann erkannte ich, dass das auch nichts ändern würde. Vor allem ließen sie mich so meine Frau nicht besuchen. Daher hörte ich auf.« Er schnaubte. »Oh, es war nicht einfach, aber ich schaffte es und um es auszugleichen, fing ich an zu rauchen.« Er lachte krächzend und griff nach einer Packung Zigaretten auf dem Fenstersims. »Rauchst du?« Er öffnete das Fenster.

»Nein«, antwortete ich.

»Gut, fang nicht damit an. Es ist eine schlechte Angewohnheit.« Er zündete die Zigarette an, nahm einen langen Zug und ließ den Rauch dann wieder aus seinem Mund durch das Fenster hinausströmen. »Zumindest ist das besser, als keine Kontrolle über sich selbst zu haben. Ich bemerkte es zuerst nicht, als ich trank, aber alles war verzerrt und falsch proportioniert. Ich hoffe, es stört dich nicht.« Er zeigte auf die Zigarette.

»Nein, es ist Ihr Haus.« Was war mit diesem Mann geschehen? Er war das komplette Gegenteil vom letzten Mal. Überschäumend gesprächig und man konnte ihn fast gut gelaunt nennen. Um das Schweigen zu durchbrechen, fragte ich ihn, was er den Winter hindurch gemacht hatte.

»Ein wenig gearbeitet. Ich schaffte es, einige Stücke über das Internet zu verkaufen. Das vereinfacht meine Welt enorm.«

Entschuldigung, das Internet? Ich hätte nie von ihm erwartet, dass er überhaupt wusste, dass es existierte.

»Ich und Evelyn reisten oft. An die Westküste, Europa, Barcelona, Norwegen und sogar China. Aber sie war diejenige, die immer die Welt sehen wollte. Ich wäre hier genauso glücklich gewesen.«

»Evelyn war Ihre Frau?«

Ich hatte es mir vielleicht nur eingebildet, aber für einen Sekundenbruchteil sah es aus, als ob ein dunkler Schatten über Reys Gesicht gekrochen sei. »Mhh?«

»Evelyn, war sie Ihre Frau?«, wiederholte ich.

Sein Gesicht war wieder normal.

»Ja, ist sie immer noch. Sie lebt einfach im Moment nicht hier.«

Erneutes Schweigen.

»Was arbeiten Sie?«, fragte ich.

Diese Frage zauberte ihm kurz ein Lächeln ins Gesicht. Ich konnte klare Fältchen um seine Augen herum erkennen, als ob die Haut einmal gewohnt gewesen war, oft zu lachen, aber nun würde der Befehl vom Gehirn oft auf dem Weg zu den Muskeln verloren gehen.

»Ich bin ein Glasbläser. Ich mache hauptsächlich Kunstobjekte. Spezielle Vasen oder Kronleuchter. Leute mit schönen Häusern scheinen sie zu mögen. Es gibt sogar eine Lampe von mir im Rockefeller Center.«

Überraschung: Er war ein Künstler. Darauf hätte ich bestimmt nicht gewettet.

»Wow, ich wusste nicht, dass Sie so einen interessanten Job haben.«

Er zwinkerte. »Ich schätze, du weißt praktisch nichts von mir. Aber das ist gut. Das bedeutet, du hast das Getuschel in der Stadt noch nicht richtig beachtet. Darum bin ich lieber alleine. Ich kann dieses Getratsche nicht ausstehen.«

Das ist wahrscheinlich etwas, das alle kleinen Orte auf der Welt gemeinsam haben. Ich mag keine Orte, wo Leute hinter dem Rücken anderer sprechen, ob es nun bei der Arbeit oder am Wohnort ist.

»Ja, ich bin kein Fan von Tratsch. Es kann viel Schaden anrichten.« Ich erinnerte mich an traurige Liebesgeschichtchen im Gymnasium.

»Gut zu hören. Es ist schön, endlich mit jemand Normalem eine anständige Unterhaltung zu haben.«

»Normal ist ein sehr relativer Begriff«, lachte ich.

»Das ist wahr, aber auf alle Fälle ist es gut, einmal nicht mit jemandem zu sprechen, mit dem ich streiten, oder wo ich mich rechtfertigen oder erklären muss. Aber allen einfach aus dem Weg zu gehen, kann ziemlich einsam werden.«

»Ich weiß, was Sie meinen.«

Er nickte, als ob wir vom Selben gesprochen hätten, aber wahrscheinlich dachten wir in ganz andere Richtungen.

»Ich könnte dir einige meiner Arbeiten zeigen, wenn du möchtest. Sie sind in meinem Schuppen«, schlug er vor.

»Ja, gerne. Sie haben mich neugierig gemacht.«

Ich folgte ihm in den Schuppen und war erstaunt, wie viele Dinge in diese Hütte passten, und gleichzeitig überrascht, wie ordentlich alles arrangiert war. Werkzeug und Stäbe hingen an der Wand, es gab einen stabilen Tisch, einige Schränke und sogar ein Bett mit einem Nachttisch und Büchern darauf. Rey bemerkte, wie mein Blick einen Moment daran hängen blieb.

»Das Haus fühlt sich zu groß und unheimlich an für eine Person. Ich bevorzuge es, inmitten von meinem Werkzeug und meiner Arbeit zu sein.« Er zuckte mit den Schultern.
Im Hintergrund waren zwei große Öfen, oder wenigstens dachte ich, dass es welche waren. Rey führte mich zum Regal, auf welchem verschiedenfarbige und verschieden geformte Glasstücke lagen. Er griff nach etwa fünf davon und platzierte sie auf einer Decke auf dem Tisch.

»Alles was ich mache, besteht aus einzelnen Teilen, die ineinander passen. Ein bisschen wie ein dreidimensionales

Puzzle.« Er nahm eine dunkelgrüne Scherbe, welche aussah wie eine große Schüssel mit geschwungenem Rand – wie die Krempe von einem Sommerhut. Dann legte er das violette und das orange Stück auf das Grüne, bis sie sich ineinander verhakten und steckte dann noch zwei weitere Teile darauf. Jetzt sah es wie eine Blüte aus.

»Jetzt kannst du Wasser hineinfüllen und Blumen in die Seitenfächer und die große Rundung in der Mitte stellen«, erklärte er mit einem stolzen Schimmer in den Augen.

Ich konnte mir vorstellen, dass es sehr schön aussehen würde. Diese Vase war unglaublich.

»Und natürlich kannst du alle Ränder anfassen. Sie sind abgerundet und fein, so dass du dich nicht schneidest.« Er genoss es sichtlich, mir von seiner Arbeit zu erzählen, denn er schaute mich kurz an, wie um herauszufinden, was ich dachte, und fuhr dabei mit den Fingern über den Glasrand.

»Es gefällt mir. Es ist wirklich cool.«

»Es ist nichts, was man bei IKEA findet«, nickte er, »das Feuer ist jetzt nicht heiß genug, aber falls es dich interessiert, kannst du mal vorbeikommen, wenn ich am Arbeiten bin und ich kann dir zeigen, wie es funktioniert.«

»Ja, das wäre toll!« Alles was die Stunden meiner Tage füllte, war willkommen.

»Ich meine, du musst nicht kommen, aber es wäre schön.« Er spielte mit seinen Händen.

»Nein, es wäre super, das zu sehen«, sagte ich. Ich ließ meinen Blick nochmals umherwandern. Ich bemerkte, dass die Lampe, welche den Raum beleuchtete, auch eines seiner Stücke sein musste. Sie bestand aus vielen dünnen Glasschläuchen, welche ineinander verschlungen waren, wie ein Wollknäuel. Die Schläuche endeten in blütenartigen Köpfen, in welchen sich die Glühbirnen befanden.

»Die Lampe gefällt mir auch.«

Rey studierte sie für einen Moment. »Ja, es war mein erstes Geschenk an Evelyn. Calla waren ihre Lieblingsblumen. Wir haben sie all die Jahre behalten. Jetzt habe ich sie zurück in den Schuppen getan, weil ich hier die meiste Zeit verbringe.«

Ich nickte und täuschte vor, zu verstehen, wovon er sprach. Ich wusste immer noch nicht, was mit Evelyn passiert war. Vielleicht war sie gestorben oder sie waren geschieden und er wollte es nicht akzeptieren, weil er den Ring immer noch trug. Er erwischte mich dabei, wie ich den Ring anschaute, und begann, ihn um den Finger zu drehen. Ich hoffte auf eine Erklärung, denn im Grunde ging es mich ja nichts an und es war fehl am Platz, ihn zu fragen.

»Ich nehme an, dass ich jetzt zurück zu meinem Fahrrad gehe?«, fragte ich, als er stumm blieb.

»Ich würde dich zum Abendessen einladen, aber ich bin wirklich nicht auf einen Gast vorbereitet. Aber vielleicht ein anderes Mal. Es war schön, mit dir zu sprechen, Nathalie.« Nun wanderten seine Mundwinkel leicht nach oben, aber es wurde dann eher ein Nicken als ein Lächeln.

»Gleichfalls, Rey. Ich werde bald wieder vorbei-kommen.«

»Okay, fahr vorsichtig!«

Und so begann die Geschichte von meiner Freundschaft mit Rey. Ein alter Mann war nicht gerade das, was ich mir als einen meiner engsten Vertrauten vorgestellt hatte, aber andererseits ist Alter ja auch relativ, oder?

KAPITEL 16

DIE TAGE WURDEN WÄRMER und mit jedem Grad kamen mehr Leute zurück aufs Cape. Wenn der Himmel blau war und die Sonne über dem Ozean strahlte, kamen Familien scheinbar mit all ihren Besitztümern und breiteten ihre Wolldecken, Stühle und Sonnenschirme am Strand aus. Die Eltern lasen Bücher und Zeitungen oder grillten und ihre Kinder bauten Sandburgen oder ließen Drachen steigen. Sie sahen aus wie geschäftige Ameisen oder als ob ein Zirkus aus seiner Winterpause zurückgekehrt wäre.

Ich hielt mein Versprechen und besuchte Rey. Das erste Mal zeigte er mir, wie Glasblasen funktioniert. Ich fand es sehr beruhigend, ihm zuzuschauen und begann daher, ihn regelmäßig zu besuchen. Manchmal saß ich einfach bei ihm im Schuppen auf einer Bank und schaute ihm zu, wie er arbeitete, ohne dass wir ein Wort wechselten. Bei anderen Gelegenheiten vertieften wir uns in eine politische Debatte.

»Du denkst ernsthaft, dass keine Frau Präsidentin sein sollte?«, fragte ich überrascht, nachdem Rey diese Aussage gemacht hatte. Ich stand von der Bank auf, starrte aber immer noch nur seinen Rücken an, weil er auf dem Tisch mit einer Vase beschäftigt war.

»Ja, die lenken nur von den wichtigen Dingen ab«, sagte er sachlich.

»Was? Es gibt viele gute Anführerinnen und wenn es noch mehr Frauen gäbe, die etwas zu sagen hätten, würde es bestimmt weniger Kriege geben«, widersprach ich ihm.

»Nein, denn Frauen sind zu emotional. Dies würde nur zu Problemen führen.«

»Hey, du sprichst hier mit einer Frau. Wie kannst du solche Dinge sagen, ohne ein einziges aussagekräftiges Argument zu haben?«

Ich hörte, wie er schnell durch seine Nase ausatmete, was seine Art zu lachen war. »Weil es so viel mehr Spaß macht. Ich scherze ja nur.« Er drehte sich kurz zu mir um. »Zumindest sind manche Frauen viel zu leichtgläubig.«
Ich schürzte meine Lippen.

»Aber um die Wahrheit zu sagen, ich denke, wir brauchen unbedingt mehr Präsidentinnen. Vor allem im Angesicht von Terror und Kriegen.« Er schaute mich bedeutungsvoll an und sagte dann: »Da du noch stehst, könntest du dies bitte in das Waschbecken legen, damit es einweichen kann?« Er zeigte auf eine Metallschale, die mit Kohle bedeckt war.

Ich trug sie zum Waschbecken, welches schon mit Wasser gefüllt war, und erstarrte einen Moment. Ich konnte klar das Gesicht des hübschen Jungen vom Auto und der Universität auf der Wasseroberfläche sehen.

»Was zum …?« Ich blinzelte, aber das Gesicht war immer noch dort. Als ob ich das Hologramm von seinem Kopf anschauen würde.

»Was ist los?«, fragte Rey.

»Ähm, nichts.« Ich ließ die Platte ins Wasser sinken. Das zerstörte das Gesicht und es war von neuem wieder nur dreckiges Wasser. Ich schüttelte meinen Kopf. Dann bemerkte ich, dass Rey mich beobachtete.

»Du könntest hier drin auch eine Frau gebrauchen. Ich glaube nicht, dass diese Schale dort drin sauber wird«, versuchte ich als Ablenkung zu sagen.
Er wandte sich wieder von mir ab und legte die große Zange ziemlich laut auf die Werkbank. Seine Schultern sahen sehr

verkrampft aus.

Ich blieb wie angewurzelt stehen. »Sorry, habe ich etwas Falsches gesagt?«

»Entschuldige, wunder Punkt.« Er seufzte.

»Was, der Dreck?«

»Nein, meine Frau«, antwortete er.

»Was ist geschehen?«, fragte ich vorsichtig.

Er drehte sich wieder zu mir, lehnte mit dem Rücken gegen den Tisch und starrte zu Boden.

»Meine Frau ist in einer psychiatrischen Klinik«, sagte er grimmig. Dann erzählte er in einem wärmeren Ton weiter. »Als Evelyne und ich noch jung waren, konnte ich nicht anders, als mich in diese Frau zu verlieben. Sie hatte so viel Energie, war so positiv und glücklich, und Mann, war sie schön.« Für einen Moment schwelgte er in Erinnerungen. »Und sie war auch noch schlau. Sie liebte es, zu lesen und sie konnte riesige Bücher in nur einem Abend zu Ende lesen. Sie war mein persönliches Lexikon und wusste zu jedem Thema, zu dem ich sie befragte, eine Antwort. All das sieht nicht danach aus, als ob mit ihr etwas nicht stimmt, oder?« Ich nickte, aber er sprach schon weiter. »Ich dachte das sowieso nie. Aber manchmal, nicht oft, hatte sie einen schlechten Tag. Und dann war sie wirklich schlimm. Sie fiel komplett in einen mentalen Abgrund und sperrte alles Gute aus. Eines Abends, während des Essens mit ihrer Familie, besprachen wir ein heikles Thema. Ich weiß nicht einmal mehr, was es war, und sie flippte etwas zu sehr aus. Sie bekamen Angst und riefen das Krankenhaus an. Dort wurde sie für bipolar erklärt und sie wollten ihr sehr starke Medikamente geben. Sie und ich waren dagegen, weil es ihren Charakter verändern würde, und in all den Jahren war es kein Problem gewesen, mit dieser Krankheit zu leben, die sie hatte. Aber die Ärzte sahen es anders. Sie dachten, dass sie gefährlich sein könnte.« Er schnaubte. »Was sie wirklich nicht war. Ich lebte mit ihr. Ich verbrachte jeden Tag mit ihr und nie hatte ich Anlass dazu, Angst vor ihr zu haben. Sie war so eine gutmütige Person.

Aber wir hatten keine Macht gegen die Ärzte. Sie musste medizinische Versorgung akzeptieren und musste sogar einige Tage in der Klinik bleiben, um zu sehen, wie sie darauf reagierte. Ich besuchte sie jeden Tag. Ich kann dir sagen, es ist ein beängstigender Ort. Um all diese Leute herum zu sein, die tatsächliche Probleme haben, die ständig mit sich selbst reden oder schon versucht haben, sich umzubringen. Evelyne gefiel es dort auch nicht. Aber was konnten wir tun, außer den Ärzten zu vertrauen, dass sie schon wussten, was das Richtige war?« Er schaute mich verzweifelt an. »Wie auch immer, nach einigen Tagen in der Klinik hatte sie genug. Sie war es nicht gewohnt, wie eine Gefangene behandelt zu werden und nicht selbst entscheiden zu können, wann sie aß oder kochte und sie wollte tun können, was immer sie wollte. Sie wurde wütend und die Schwestern gaben ihr ein Beruhigungsmittel. Aber etwas mit der Medizin, die sie ihr gaben und dem Drogencocktail, den sie schon zu sich genommen hatte, ergab eine falsche Reaktion.« Er schluckte leer. »Sie war nie mehr die Gleiche danach. Es war, als sei sie plötzlich in eine alte Frau verwandelt worden. Sie bewegte sich sehr langsam und dachte auch in diesem Tempo nach und vergaß ständig Dinge. Manchmal sogar mich.« Er umklammerte die Tischkante so stark, dass seine Knöchel weiß anliefen. Dann schloss er die Augen, um sich zu beruhigen.

»Das tut mir leid«, presste ich hervor.

»Ihre Familie fühlte sich dann verantwortlich, aber anstatt etwas zu tun, drückten sie sich vor jeglicher Verantwortung. Ich wollte das Institut anklagen, aber das hätte ihre Lebendigkeit auch nicht zurückgebracht. Zudem hatte ich damals nicht genug Geld und ich hätte sowieso verloren, weil sie anscheinend alles nach Protokoll gemacht haben und Fehler passieren. Der Fall wurde nicht einmal publik gemacht.«

»Das ist schrecklich.«

»Ja. Und ich liebe sie immer noch. Ich besuche sie, wann immer ich kann, aber ich würde so viel geben, um ihr früheres

Selbst zurückzuhaben. Das Schlimmste ist, dass – weil ich der Einzige bin, der immer noch da ist, den sie kennt – sie mir die Schuld gibt, dass ich ihr nicht helfe.«

»Ich wünschte, ich könnte etwas tun.«

»Ich weiß, du würdest, wenn du könntest.« Wir standen für einen Moment schweigend da.

»Krankenhäuser sollten einem helfen und es nicht schlimmer machen«, sagte ich.

»Normalerweise tun sie das ja auch. Wie sie gesagt haben, sogar dort passieren Unfälle.« Er nahm die Zange wieder in die Hand. »Wie auch immer, es hat gutgetan, einmal mit jemandem darüber zu sprechen. Falls du auch einmal jemandem zum Reden brauchst, bin ich hier. Deine Gegenwart ist hier sehr willkommen.«

Ich lächelte zurück. Seine Körpersprache sagte mir, dass es für heute Zeit zum Gehen war.

»Danke, ich werde wiederkommen.« Als ich sein Haus verließ und noch den ganzen Abend über waren meine Gedanken mit dem Bild beschäftigt, welches ich auf dem Wasser gesehen hatte. Hatten mir meine Gedanken etwas vorgemacht? Aber ich hatte es so klar erkannt, sogar noch nach kurzem Wegschauen. Ein Psychiater wäre nun praktisch gewesen.

Ich war beschäftigt mit den Abschlussprüfungen in der Schule, aber da ich genügend Zeit hatte in der Nacht zum Lernen, konnte ich immer noch die meisten Nachmittage mit Sam, Phe und Joe verbringen, die alle entspannt waren, da sie von Colleges akzeptiert worden waren.

Wie anders wäre dieses Jahr wohl gewesen, wenn er es nicht gewagt hätte, am ersten Tag mit mir zu sprechen? Würde ich immer noch einsam an diesen winzigen Tischen sitzen und mich aus jeglichen Angelegenheiten raushalten, nur um meine obligatorische Schulzeit schnell herumzukriegen? Kann gut sein, dass es das war, was mich das nächste Jahr wieder erwartete, wenn meine Freunde weg waren. Zu jenem

Zeitpunkt dachten wahrscheinlich alle in meinem Jahrgang, dass ich der größte Streber sei. Es war ja nicht so, dass ich für Prüfungen lernen wollte. Mir war die Schule ziemlich egal, da ein Teil von mir sich immer noch dagegen sträubte, dass ich dieses Jahr wiederholen und nun noch ein Jahr zur Schule gehen musste. Aber was soll man denn sonst zwischen drei und sechs Uhr morgens machen, wenn man nicht schlafen kann? Ich kann jetzt jegliche Integralrechnung lösen, wohingegen Mathe vorher ein Mysterium war. Manches ist es immer noch, aber solange die Tage ihre vierundzwanzig Stunden behielten, würde ich vielleicht auch noch hinter diese Geheimnisse kommen. Mit diesen Voraussetzungen bestand ich die Jahres-schlussprüfungen locker und als ich Jacksons Abschlussrede zuhörte, erinnerte ich mich daran, dass ich nächstes Jahr ein paar falsche Antworten schreiben müsste, damit ich nicht als Sprecher enden würde. Als meine Freunde ihre Diplome erhielten und ihre Hüte in die Luft warfen, fühlte ich mich nichtsdestotrotz etwas niedergeschlagen. Ich hätte auch gerne mit ihnen auf der Bühne gestanden. Ich war zu Joes Party eingeladen, aber es war ihr Fest und ich fühlte mich wie das Kind, das da war, weil man keinen Babysitter gefunden hatte. Daher wollte ich schon ziemlich früh nach Hause gehen.

»Oh, komm schon.« Phe legte einen Arm um meine Schultern. »Der Spaß hat gerade erst begonnen.«

»Sie hat Recht«, stimmte ihr Sam zu. »Diese Party ist da, um das Ende des Jahres zu feiern und da du auch ein so großer Teil dieses Jahr warst, gibt es keinen Grund, warum du so früh gehen solltest.«

»Du bist so süß, Sam.« Ich lächelte.

»Du hast gutaussehend und schlau vergessen, aber ich werde es dir verzeihen.« Er setzte mir seinen Sonnenhut auf.

»Ich werde dich vermissen, Sam.« Ich seufzte. Ich meinte es im Ernst. Falls es einen wahrlich guten Menschen auf der Erde gab, war es mein unschuldiger Sam, der keiner Fliege etwas zu Leide tun würde.

»Jetzt werde nicht jetzt schon so sentimental«, mischte sich Joe ein, »sonst beginnt er vielleicht zu weinen und das wäre dann peinlich. Zudem liegt der Abschlussball immer noch vor uns und es ist nicht so, als ob wir uns nie wiedersehen würden. Du musst ja auch College-Touren machen und dann bist du ganz schnell auch bei uns.«

Daher ging ich dann doch nicht sofort nach Hause und versuchte, ihre Errungenschaften mit ihnen zu feiern. Als die Party vorbei war, traf es mich erneut, wie verschieden mein Leben nun war von dem, was es einmal gewesen war. Alle gingen nach Hause, um zu schlafen und ich wartete, bis es spät genug war, damit ich irgendwo einen Unfall finden konnte, um meinen monatlichen Shot zu holen.

Dann hatten wir nur noch Ballkleider im Kopf. Phes Mutter begleitete uns nach NYC, wo wir einen ganzen Tag damit verbrachten, in und aus raschelnden Seidenstoffen zu steigen. Phe entschied sich schlussendlich für ein langes, trägerloses Kleid, welches grün und blau schimmerte, je nachdem, wie das Licht fiel. Dieses Kleid verwandelte sie in eine wunderschöne Meerjungfrau. Ich wählte ein Kleid in einem weichen Gelbton, bei welchem Tüll von der Hüfte über den Rock fiel. Der obere Teil war eng, aber er hatte Streifen mit Rüschen, welche sich um meinen Oberkörper schlangen und als Triangel hinter meinem Nacken endeten. Der Rücken war etwas offen, so dass meine Schultern exponiert waren. Als ich mich in der Umkleidekabine um mich selbst drehte, fühlte ich mich wie eine Disneyprinzessin. Für einen Moment bedauerte ich es ein wenig, dass mich kein Traumprinz zum Ball begleitete. Aber ich hatte keinen Grund, mich zu beschweren. Ich wusste, dass Sam der perfekte Gentleman als mein Begleiter sein würde.

Vor dem Abschlussball lud ich sie endlich in unser bescheidenes Heim ein, um schöne Fotos am Strand zu machen. Sie sahen alle umwerfend aus, als sie aus Phes Auto stiegen. Und als Sam in seinem schwarzen Anzug, mit der gelben Krawatte, die zu meinem Kleid passte, die Einfahrt hochkam, dachte ich nur, was für eine gute Partie ich mir da geschnappt hatte.

»Schaut euch diesen Ort an. Meine Familie würde zwar nicht hineinpassen, aber es ist so schön hier«, rief Phe.

»Ja, endlich können wir beruhigt sein, dass du nicht unter einer Brücke schläfst und einfach vorspielst, dass du ein Zuhause hast«, sagte Sam.

»Das war ein weiteres Gerücht«, grinste Joe.

»Ugh, wie es scheint, bin ich so bekannt. Und ihr lasst mich einfach alleine mit diesen Leuten.« Ich zog eine Schnute.

»Keine Bange, die andern warten nur, bis sie an der Reihe sind, um auch mit dir befreundet zu sein.« Sam nickte. »Du siehst übrigens sehr schön aus.« Er lächelte.
Und ich konnte das Kompliment einmal ohne zu zögern annehmen und ihm auch das Gleiche zurückgeben, ohne zu lügen.

Wir machten ungefähr eine Million Bilder und ich wusste, dass ich mindestens eines davon auf meinem Pult aufstellen würde, für die guten Erinnerungen.

Der Abschlussball selbst war auch super. Wir tanzten viel und Phe und Joe genossen offensichtlich die langsamen Paartänze. Es wäre die perfekte Party gewesen, wenn es nicht diesen Zwischenfall mit mir und einem Glas nicht-alkoholischem Prosecco gegeben hätte. Ich hatte ein volles Glas in meiner Hand, damit ich mit den anderen anstoßen konnte und gerade als ich es an meine Lippen führte, um vorzugeben, einen Schluck zu nehmen, sah ich SEIN Gesicht in meinem Glas. Das war nicht alles, es bewegte sich sogar und lächelte! Ich riss mein Glas etwas zu energetisch nach unten, sodass leider etwas davon auf das Kleid von Cindy spritzte, die vor mir stand. Als sie schrie, schaute ich schnell nochmals in mein Glas, aber das Gesicht war verschwunden. Was war das? Aber ich hatte keine Zeit, darüber nachzudenken, da mir eine sehr wütende Cindy gegenüberstand.

»Es tut mir so leid, Cindy!«, versuchte ich mich zu

entschuldigen und stellte mein halbvolles Glas auf den Tisch. »Ich bin gestolpert.«

»Verdammt, Nathalie, ich habe dieses Kleid erst seit einer Stunde an und schon ist es ruiniert.«

»Ich glaube nicht, dass es einen schlimmen Flecken auf dem roten Stoff hinterlassen wird, aber du solltest es wahrscheinlich sofort mit Wasser auswaschen. Soll ich dir helfen?«, bot ich ihr an.

Sie schaute mich böse an. »Nein, du hast schon genug getan. Wenigstens haben wir schon Fotos gemacht. Das wird ewig dauern, bis es trocknet.« Sie schaute ihren Begleiter an. »Mike, ich bin im Bad.«

»Es tut mir wirklich leid«, rief ich ihr zerknirscht nach.

»Ganz ruhig, Nathalie«, stieß mich Sam an.

»Ich habe es nicht mit Absicht gemacht.« Ich presste meine Handballen gegen meine Schläfen. »Ich sollte einfach nach Hause gehen.«

»Und mich mit den zwei Turteltauben alleine lassen? Bestimmt nicht!« Er zog mich zurück auf die Tanzfläche. Als ich Cindy dann auch wieder tanzen sah, verbesserte sich auch meine Laune wieder.

Die ganze Gesellschaft war immer noch da, als sie den Saal schließen wollten und ein Großteil der Leute ging dann zu der Afterparty. Um 3 Uhr morgens hingen Phe und Joe schon eine ganze Weile auf den Stühlen herum. Sie sahen ziemlich müde aus und Sams Augen zeigten, dass sie lieber für eine Weile geschlossen als geöffnet wären.

»Meine Füße tun soooooo weh«, beschwerte sich Phe. »Ich muss ein Dutzend Blasen haben.« Sie hatte ihre Füße auf Joes Oberschenkeln gelegt. »Wie kannst du immer noch stehen?«

Ich hob mein Kleid ein wenig und zeigte ihr meine Ballerinas. Da Sam etwas kleiner war als ich, wollte ich den Höhenunterschied nicht noch durch Absätze vergrößern.

»Okay, das erklärt die Füße. Aber du bist immer noch wie ein voll aufgeladenes Handy. Ich wünschte, ich hätte so viel Energie.«

»Leute, das ist der Abschlussball! Ich möchte keine Sekunde verpassen«, sagte ich und versuchte aufgeregt zu klingen.

»Und ich hatte dich gar nicht als das mädchenhafte Mädchen eingeschätzt«, gähnte Sam.

»Ich habe meine Momente«, schmollte ich.

»Wer ist dafür, dass wir nach Hause gehen und einen Film auf einem sehr einladenden Sofa schauen?«, schlug Joe vor. Zwei müde Arme erhoben sich in die Luft.

»Okay, ich bin auch dabei«, sagte ich.

Da ich am wachsten war, kutschierte ich die anderen zu Joes Haus. Phe und Joe kuschelten sich auf der Rückbank aneinander und nachher lagen sie alle vor dem Fernseher wie Zombies. Sogar Final Destination konnte sie nicht wach halten und schon bald waren sie eingeschlafen. Phe lehnte sich gegen Joe und manchmal, wenn jemand schrie, öffnete sie kurz ein Auge. Als die Sonne aufging, entschied ich, dass dies ein ausreichender Grund war, sie zu wecken. Sie stöhnten, aber sie zogen ihre Jacken an und wir machten uns auf den Weg zum Spielplatz in der Nähe. Wir erklommen den Turm der Rutschbahn und ließen unsere Füße baumeln, als wir in angenehmer Stille dem Sonnenaufgang zuschauten. Joe war derjenige, der das Schweigen unterbrach.

»Es war ein gutes Jahr.«

»Ja, war es«, sagte Phe.

»Ganz meine Meinung«, fügte Sam hinzu.

Sie sprühten nur so vor Energie.

»Für mich auch. Ich bin froh, dass ich euch kennengelernt habe«, sagte ich.

Sam legte seine Armen um Phes und meine Schultern.

»Wir sterben nicht. Wir werden in Kontakt bleiben.«

»Ja, werden wir«, stimmte Phe zu.

»Dem pflichte ich bei«, sagte Joe.

»Wie wär's mit Frühstück?«, fragte ich.

»Klingt himmlisch. Und dann Schlaf.« Alle nickten.

KAPITEL 17

ALS DAS SCHULJAHR DANN wirklich vorbei war, hatte ich wieder mehr Zeit für mich während des Tages. Manchmal traf ich Sam oder die anderen am Strand, aber dann fuhren sie einer nach dem anderen mit ihren Familien in den Urlaub. Ich dachte viel über das Gesicht dieses Jungen nach, aber ich hatte seit dem Abschlussball nichts mehr halluziniert. Ich fragte mich, ob ich an die UMass zurückkehren und ihn suchen sollte. Wenn er immer noch so oft in meinen Gedanken war, musste das etwas bedeuten. Die Arbeit im Pub kam als willkommene Ablenkung. Daher war ich erst recht überrascht, oder besser geschockt, als dieser gutaussehende Junge aus dem Auto plötzlich an der Bar des Irish Pubs saß. Ich sah ihn auf Krücken hereinhumpeln, ein Fuß in einem dicken Verband. Er hatte mich noch nicht entdeckt, da er diagonal zum Fenster vom Gang zwischen der Küche und der Bar saß, von wo aus ich ihn anschaute. Er hatte mir seinen Rücken halb zugekehrt, sodass ich ihn ein wenig analysieren konnte. Seine lockere Art würde ihm sofort zur Hauptrolle in einem Film verhelfen. Ohne das Blut konnte ich mir vorstellen, dass Frauen sich reihenweise in ihn verliebten. Die kleinen Härchen auf meinen Armen richteten sich wieder auf, jedoch nicht auf eine ‚Ich würde dich gerne kennenlernen'-Art, denn genauer gesagt finde ich unvorsichtig Auto zu fahren so ziemlich das Letzte, was ich auf die Pro-Liste für einen potenziellen Freund setzen würde. Warum wollte ich dann nach diesem Treffen trotzdem wissen, wie es sich anfühlte, meine Hände in seinen lockigen Haaren zu vergraben und seine Haut auf meiner zu spüren? Für einen Moment konnte ich mich nicht bewegen und wartete, bis die Elektrizitätswelle, welche durch mich hindurch rauschte, verebbte. In diesem Augenblick tippte mir Paula auf die Schulter.

»Was schauen wir an?« Sie stellte sich hinter mir auf die Zehenspitzen, um besser sehen zu können.

Wegen der Gedanken, die ich gerade hatte, schämte ich mich zu sehr, um mich umzudrehen. Gut, dass Menschen keine Gedanken lesen können, aber trotzdem fühlte ich mich, als ob ich auf frischer Tat ertappt wurde.

»Siehst du diesen Typen dort drüben? Mit dem grünen Shirt«, sagte ich und zeigte in seine Richtung. »Er ist der Junge, der den Autounfall hatte.«

Paula schaute auch durch das Bullauge.

»Du hast gar nicht erwähnt, dass er gut aussieht, oder sogar noch in unserem Alter ist. Ich hatte mir einen verfickten alten Knacker vorgestellt.« Sie neigte ihren Kopf zur Seite. »Hm, er war gestern schon hier. Ich erinnere mich, wegen der Krücken. Er ist ein heißer Feger!« Sie zog das letzte Wort in die Länge.

»Hast du mit ihm gesprochen?«, fragte ich sie.

»Nein, er hatte nur Pommes bestellt. Hinterließ aber ein nettes Trinkgeld.«

»Was denkst du, was macht er hier?« Ich schaute sie an.

Sie lachte, »was denkst du denn, Sherlock?« Paulas Augen funkelten. »Übrigens, hast du einen Sonnenbrand? Dein Gesicht ist rot.« Sie lachte wiederum. »Normalerweise bist du so beherrscht, es ist fast schon beängstigend. Wenn ich dich nicht besser kennen würde, würde ich sagen, dass du ihn magst«, neckte mich Paula.

»Ich wundere mich einfach, warum er hier ist und wie er diesen Ort gefunden hat. Ich habe keine Kontaktinformationen hinterlassen.« Ich versuchte, ihre Bemerkung zu überspringen.

»Ich schätze, um das herauszufinden, musst du deinen dünnen Arsch dort hinbewegen. Vielleicht ist er ein guter Typ und möchte sich einfach bedanken.«

Als ich mich immer noch nicht bewegte, stieß sie mich in die Bar hinaus. »Komm schon, ich werde ihn bestimmt nicht bedienen.«

Ich hatte keine andere Wahl, als zu ihm zu gehen. Und sowieso, warum sollte ich die Unsichere sein? Er war derjenige, der sich im Auto eingequetscht hatte. Ich strich meine Schürze glatt, zog meinen Pferdeschwanz straffer und ging ins Restaurant hinaus. Er bemerkte mich sofort und fixierte seine Augen den ganzen Weg bis zu seinem Tisch auf mich. Das löste wiederum ein angenehmes Kribbeln in mir aus. Es war als ob er versuchte, mich zu deuten.

»Hi«, atmete ich aus, »würdest du gerne etwas bestellen?«

»Ähm«, er räusperte sich, »entschuldige, ähm, ja, aber eigentlich würde ich auch gerne mit dir sprechen. Oder dir danken, für das, was du getan hast«, fügte er schnell hinzu.

»Wie hast du mich gefunden?«, war das Einzige, was mir in jenem Moment einfiel.

»Du hast ein Oberteil von hier getragen. Meine Sinne waren zwar nicht alle beisammen, aber irgendwie erinnerte ich mich immer noch daran. Und wie gutaussehend du bist.« Er schluckte.

Hatte er gerade mit mir geflirtet?

»Das Oberteil war meine einzige Chance. Ich musste dich finden. Ich bin schon mehrere Male hierhergekommen und heute ist endlich mein Glückstag.« Er lächelte. Er hatte einen kleinen Spalt zwischen seinen oberen Schneidezähnen. Irgendwo hatte ich gelesen, dass solche Leute mehr Glück hatten als andere. Offensichtlich traf es auf ihn nicht zu. Aber der Spalt verstärkte nur den Charme seines Lächelns. Ich konnte nicht anders als das Lächeln zu erwidern.

»Wie viele Male wärst du noch hierhergekommen, bis du geglaubt hättest, dass ich doch nicht hier bin?« Ich stützte eine Hand auf meine Hüfte.

»Wahrscheinlich, bis sich das Menü wiederholt hätte.«

»Oh, das könnte man fast schon hartnäckig nennen.«

»Ich würde mich einfach gerne erklären. Ich will nicht, dass du einen falschen Eindruck von mir behältst. Ich hatte eine sehr schlechte Nacht und sah diese Katze zu spät und fuhr direkt gegen einen Pfosten, als ich das Lenkrad herumriss. Normalerweise passe ich besser auf. Und ich wollte mich bedanken.« Er kratzte sich am Hinterkopf und biss sich auf die Unterlippe. »Aber nun sehe ich, dass du meinetwegen eine Schiene anhast, was mir ein noch schlechteres Gewissen bereitet.«

Automatisch berührte ich mein linkes Handgelenk. »Oh, es ist okay.«

»Trotzdem, ich fühle mich schlecht. Ich würde gerne wenigstens einen Versuch starten, um es wieder-gutzumachen und mich zu bedanken.« Nachdem er ungefähr zwei Sekunden gezögert hatte, fragte er: »Kann ich dich zu einem Abendessen einladen?«

Ich hätte vor Aufregung loshüpfen können. »Klar, warum nicht?« Ich versuchte, beiläufig zu klingen und befestigte eine Haarsträhne, die mir ins Gesicht gefallen war, hinter meinem Ohr.

Er entspannte sich sichtlich bei dieser Antwort. Seine Schultern sanken nach unten, als ob er bis jetzt den Atem angehalten hatte und endlich ausatmen konnte.

»Gut. Da bin ich froh. Ich konnte es wirklich nicht so belassen.« Dann schaute er mir direkt in die Augen. Seine Augen hatten ein dunkles Schokoladenbraun und aufs Neue war ich verblüfft über seine langen Wimpern. Vielleicht hatte er südamerikanische Wurzeln.

Er schob seinen Stuhl zurück und stand auf, dabei versuchte er auf einem Fuß die Balance zu halten. »Ich bin übrigens Alex.« Er streckte seine Hand aus.

»Ich bin Nathalie.« Als sich unsere Hände berührten, fühlte ich wieder dieses Kribbeln in meinem Körper. Ich hätte ihn beinahe näher zu mir gezogen, um ihn zu küssen. Schockiert über diese Gedanken schaute ich herunter auf unsere Hände. Ein guter, kräftiger Händedruck. Nichts Spezielles. Ich schluckte und nach einem weiteren Augenblick ließ ich los. Falls Alex irgendetwas von meiner Verwirrung mitbekommen hatte, ließ er sich das nicht anmerken.

»Schön, endlich deinen Namen zu kennen, Nathalie, und wirklich, es tut mir leid wegen deiner Hand.« Bis jetzt hatte er noch nicht erwähnt, dass ich nie in das Café auf dem Campus zurückgekehrt bin.

»Ist schon okay«, schaffte ich zu sagen. »Es tut mir leid wegen deines Beins. Wie geht's damit?«

»Nichts, was nicht heilen wird. Zweimal gebrochenes Schienbein und viele Schnitte, welche genäht werden mussten. Der Arzt sagte, dass ich es in ungefähr fünf Wochen wieder voll belasten kann.« Er zuckte mit den Schultern. »Ich schätze, es hätte schlimmer sein können.« Dann lächelte er. »Aber jetzt gerade habe ich keine Beschwerden, denn ich bin hier und spreche mit dir.«

Ich fühlte, dass ich errötete. »Ich sollte mich wahrscheinlich wieder um die Arbeit kümmern«, sagte ich, um es zu überspielen. »Möchtest du immer noch etwas bestellen?« Ich nahm sogar meinen Notizblock und Schreiber hervor.

»Nur eine Cola, bitte. Und vielleicht deine Nummer, sodass ich dich wegen des Abendessens kontaktieren kann?« Er biss sich wieder auf seine Unterlippe.
Ich schrieb meine Nummer auf einen Bierdeckel.

»Nur damit du es weißt, normalerweise mache ich das nicht mit meinen Gästen.« Ich überreichte ihm die Nummer.

»Nur damit du es weißt, ich baue normalerweise keine Autounfälle, nur damit ich die schöne Frau, die mich gerettet hat, verfolgen kann.« Er nahm den Bierdeckel und schaute ihn an. »Danke, Nathalie.«

Ich mochte es, wie er meinen Namen sagte.

»Deine Cola wird sofort hier sein.«

»Wow, ihr zwei wart ja ziemlich in ein Gespräch vertieft«, bemerkte Paula, als ich kam, um das Getränk zu holen. »Ich hätte die verdammte Bar anzünden können und es wäre dir egal gewesen.«

»Öhm, entschuldige, dass ich dich fünf Minuten lang ignoriert habe«, kicherte ich. Normalerweise kicherte ich nie. Darüber hinaus hatte das Kichern nichts mit dem zu tun, was Paula gesagt hatte.

»Egal, erzähl mir, was passiert ist. Muss ich dir auch alles aus der Nase ziehen? Jeeeesus!« Sie warf ihre Hände in die Luft.

»Eine Sekunde«, sagte ich und verschwand zu seinem Tisch mit einem Glas Cola in der Hand.

»Bitteschön.« Ich platzierte die Cola vor ihm auf dem Tisch und zögerte einen Moment. »$3.50, bitte«. Ich lächelte entschuldigend. Ich fühlte mich etwas komisch, nach dem Geld zu fragen, nun, da wir diese persönliche Verbindung hatten. Es war viel einfacher bei den anderen Männern, die hoffentlich wussten, dass ich nur meinen Job tat, wenn ich freundlich war und vielleicht etwas mit ihnen flirtete.
Er hielt mir eine $5 Note entgegen, aber zog sie dann zurück.

»Nein, warte einen Moment. Das wollte ich schon immer einmal machen.« Er nahm einen Kugelschreiber hervor und schrieb seinen Namen und seine Nummer neben Abraham Lincolns Mund. »Nun hast du auch meine Nummer«, lächelte er. »Keine Sorge, ich werde dich anrufen, aber seit ich das in einem Film gesehen habe, wollte ich es auch tun.«

Lächelnd schüttelte ich meinen Kopf und ging zurück an die Bar.

Paula starrte mich mit offenem Mund an.

»Ist wirklich gerade geschehen, was ich denke, dass passiert ist?« Sie riss die Note aus meiner Hand.

»Alex«, las sie. »Unfassbar. Oder sollte ich 'Halleluja' rufen?« Sie schrie beinahe und setzte sich auf die Theke.

»Was?« Ich sah sie mit großen Augen an.

»Ich hätte einfach nicht gedacht, dass dieser Tag wirklich kommt, an welchem du mit einem Typen flirtest. Und nun kommt dieser hübsche Halbkrüppel vorbei und du flirtest nicht nur mit ihm, sondern ihr tauscht sogar noch eure Nummern aus.« Sie klopfte mir auf die Schulter. »Gut gemacht, Nat.«

»Wie meinst du das? Ich flirte doch mit den Kunden«, flüsterte ich vehement. Ich wollte mich nicht umdrehen und Alex nochmals anschauen.

»Klar, natürlich tust du das.« Sie rollte mit ihren Augen. »Du bist wie eine schöne Eisprinzessin auf ihrer krassen Kristallerbse. Du lässt niemanden an dich heran. Aber dieses ganze Distanzding funktioniert für dich. Mit deiner umfassenden Schönheit bringst du die Männer mit jedem Lächeln, das du ihnen offerierst, zum Schmelzen. Ich dachte, es wäre einfach dein Spiel, um in ihnen den Jägerinstinkt zu erwecken. Aber du hast das nicht einmal bemerkt, oder?«

»Ich will ja gar nicht distanziert sein«, sagte ich mürrisch.

»Ah, keine Bange. Du weißt schon, dass ich dich wirklich sehr mag. Aber es ist an der Zeit, dass du dich auch wie ein normaler Mensch benimmst. Wie lange warst du nun schon Single? Du sprichst nie über Männer«, rief sie aus.

»Vielleicht will ich einfach nicht verletzt werden.«

»Meine hübsche Prinzessin, so jemandem wie dir wird nicht weh getan. Falls du das auch noch nicht bemerkt hast, jeder Mann würde töten, um mit dir zusammen zu sein.«

Vielleicht mit meinem Körper, aber nicht wirklich mit mir als Person, dachte ich. Ich wollte mich umdrehen, um zu sehen, was Alex tat, aber ich traute mich nicht. Also räumte ich ein wenig auf, bis ich bemerkte, wie Paulas Augen sich auf etwas hinter mir richteten. Sie setzte ein zuckersüßes Lächeln auf und nickte.

»Dein Freund verabschiedet sich«, sagte sie durch das Lächeln hindurch.

»Er ist nicht mein Freund«, zischte ich und drehte mich

um. Wir benahmen uns wie Teenager. Alex winkte mir zu und lächelte und ich winkte zurück, als er, so grazil wie Hinken nur sein konnte, aus dem Pub hinkte.

Ich wechselte die $5-Note mit einer aus meinem Portemonnaie aus und legte die von Alex behutsam zu meinen anderen Noten. Als ich nach Hause kam, nahm ich sie wieder heraus und schaute sie nochmals an. Alex. Der Gedanke zauberte nochmals ein Lächeln auf mein Gesicht. Ich schüttelte den Kopf über mich selbst und heftete die Note neben meinem Bett an die Wand. Dann klingelte mein Telefon. Er war es! Ich war plötzlich sehr nervös. Noch zwei Klingeltöne vergingen. Ich atmete tief ein und nahm ab.

»Hallo?«

»Hey, ich bin's, Alex.«

»Ich habe nicht erwartet, dass du noch wach bist«, lächelte ich.

»Oh, ich bin eine Nachteule. Ich hoffe, es ist auch für dich nicht zu spät. Ich habe die Öffnungszeiten vom Wild Rover nachgeschaut und habe versucht zu schätzen, wann du etwa fertig bist.«

»Da hast du aber gut nachgeforscht.« Ich saß auf meinem Bett. Ich habe noch nie darauf geschlafen, aber es war sehr bequem, um eine Mauer von Kissen gegen die Wand zu bauen und mich dann mit einer Decke und meinem Laptop dagegenzukuscheln. Viel angenehmer als ein Bürostuhl.

»Ich wollte einfach die Chance nicht verpassen, nochmals mit dir sprechen zu können und dir zu sagen, dass ich es im Ernst meinte mit dem Abendessen. Nicht, dass du denkst, es waren nur leere Floskeln.«

»Das hatte ich nicht angenommen, da du schon einen so großen Aufwand betrieben hast, um mich zu finden.«

»Es hat sich total gelohnt.«

Stille. Ich mochte den Klang seiner Stimme. Sie war tief, aber warm. Wie die Stimme, die ins Radioprogramm vom Sonntagmorgen passen würde. Die Stimme, welche bewirkt, dass man entspannt und glücklich ist, wenn man den ersten

Kaffee nach einer zu kurzen Nacht trinkt, weil man zu viel getanzt hat.

»Es tut mir leid, dass ich nicht ins Café zurückgekommen bin. Aber es war so viel los, weißt du«, erklärte ich.

»Ja, mach dir nichts draus«, sagte er, ohne dass er die Gründe erahnen konnte, welche mich von der Rückkehr abgehalten haben.

»Wie kam deine Umfrage heraus?«, fragte ich, um die Konversation zu verlängern.

»Gut. Es bestätigte aber hauptsächlich, was die Statistiken schon erzählten.«

»Was genau studierst du?«

»Bio und ich steure klar auf Genetik zu. Und du verbringst deine ganze Freizeit in einem Irish Pub«, stellte er fest.

»Nein«, lachte ich, »ich brauche auch ein Leben außerhalb von diesem Loch. Wie sehr ich es dort auch mag, ich würde wahrscheinlich verrückt werden, wenn ich jeden Tag zehn Stunden dort sein müsste.« Ich wollte ihm nicht zu viel erzählen, aber ich wollte ihn auch nicht anlügen. »Und während der restlichen Zeit, wenn ich nicht an der Uni bin, befinde ich mich ein wenig auf einem Selbstentdeckungstrip. Ich arbeite hier und da an einigen Projekten.«

»Ein wenig wie ich. Ich arbeite auch an einem Projekt«, sagte er. »Es ist zwar für die Schule, aber wenn ich etwas Nützliches herausfinde, werde ich sogar finanzielle Hilfe für mein zukünftiges Studium erhalten. Aber ich möchte dich nun nicht damit langweilen. Wie ist das nun mit diesem Abendessen?«, fragte er stattdessen. »Magst du die italienische Küche?«

Wir machten auf den folgenden Mittwoch ab. Nach dem Telefongespräch saß ich einfach eine Weile auf dem Bett und starrte die gegenüberliegende Wand an. Ich stellte fest, dass ich mir gerade selbst ein Ei gelegt hatte, einem Abendessen zuzustimmen. Warum hatte ich nicht gefragt, ob wir einfach etwas trinken gehen könnten? Meine Strategien, wie man essen vortäuschen konnte, waren immer noch nicht allzu ausgereift. Ich würde bis dahin noch üben müssen. Wenigstens musste ich mir keine Sorgen darüber machen, dass er mich zu Hause abholen würde. Da sein Auto ein Totalschaden war, hatte er entschuldigend vorgeschlagen, dass wir uns an der Metrostation treffen könnten. Ja, ausnahmsweise, scherzte ich.

Eine Stimme in meinem Kopf sagte mir, dass es ein zu großer Zufall war, dass gerade er den Unfall gehabt hatte. Hatte ich ihm gegenüber unmerklich mit meinen Kräften eine Anziehung hervorgerufen? Nichtsdestotrotz wusste ich nach heute stärker denn je, dass ich ihn wiedersehen wollte. Irgendwie schien er viel ruhiger zu sein und die Situation besser unter Kontrolle zu haben als ich. Ich wollte mehr über diesen Alex wissen. Vor allem wollte ich wieder dieses Gefühl haben, das ich hatte, als ich ihm nahe war. Es ist schwierig, Anziehung zu beschreiben oder zu erklären, warum sie da ist. Aber es war definitiv die stärkste Anziehung, die ich jemals irgendjemandem gegenüber verspürt hatte.

KAPITEL 18

DIE TAGE VOR MEINEM 'DATE' mit Alex waren die pure Qual. Ich wünschte, dass ich die Zeiger der Uhr vorwärts drehen könnte, dass es schon Mittwoch wäre, aber leider verfügen wir nicht über diese Macht. Um mich etwas abzulenken, dachte ich, dass es eine gute Idee wäre, in die geschäftigste Stadt der Welt zu gehen und Roisin in NYC einen Besuch abzustatten.

Ich lief den ganzen Weg zu ihrer Wohnung, über einen großen Umweg, auf welchem ich vom Wolkenkratzeranschauen Muskelkater im Nacken bekam und sich meine Nase am Geruch von Wiese und BBQ im Central Park erfreute. In Harlem wunderte ich mich, wie kurz die Kleider der Frauen eigentlich noch werden konnten. Es war, als ob ich plötzlich in einem anderen Land gelandet wäre. Schlussendlich ging ich zurück in die Stadtmitte und rannte in den vierzehnten Stock von Roisins Gebäude. Roisin empfing mich mit einer innigen Umarmung. Ihre Haare waren zu kleinen Knöpfen verdreht, welche über ihren ganzen Kopf verteilt waren. Sie wollte mir die Dachterrasse zeigen. Daher erklommen wir noch vier Stockwerke und zwängten uns durch eine schmale Tür hinaus auf das Betondach. Wenn man in der Schweiz auf einem so hohen Dach stehen würde, hätte man einen schönen Ausblick auf die ganze Stadt, mit ein paar grünen Feldern und Seen oder Bergen im Hintergrund. In NYC bedeutete es, dass man eine großartige Sicht auf die winzigen gelben Taxis und einige anderen Gebäude hatte, aber man war immer noch von zig anderen Wolkenkratzern umgeben, welche noch höher waren und im Sonnenlicht glänzten. Es war eine atemberaubende 360°-Ansicht!

»Du musst das in der Nacht sehen! Ich finde die Stadt noch schöner, wenn die Millionen von Lichtern gegen die Dunkelheit um die Wette blinken«, sagte Roisin.

Jemand hatte einen Pavillon auf der Terrasse aufgestellt, unter welchem sich ein Sofa befand. Wir setzten uns und ich ließ meinen Blick nochmals etwas herumschweifen. Wie bei den meisten großartigen Landschaften entdeckte ich mehr und mehr, je länger ich schaute. Manchmal das, was am nächsten ist, erst zuletzt. Ich bemerkte, dass es viele Töpfe mit Pflanzen auf der Dachterrasse gab und jemand den Sicherheitszaun mit einer elektrischen Lichterkette dekoriert hatte. Es war wie ein romantischer Garten, ein guter Ort für ein Picknick an einem Abend oder eine Party.

»So, wie geht's dir sonst so?« Roisin lehnte sich auf der Couch zurück und streckte ihre Arme auf der Rückenlehne aus.

»Gut, gut.« Ich wägte ab, ob ich ihr von Alex erzählen sollte. Falls es eine Person gab, die sich mit Jungs auskannte, war es Roisin.

»Der Typ, der im Auto stecken geblieben war, tauchte im Pub auf, um sich bei mir zu bedanken, und lud mich zum Abendessen ein.«

»Du hast ein Date.« Roisin klatschte aufgeregt ihre Hände zusammen.

»Ich glaube nicht, dass es ein Date ist. Es ist nur ein Abendessen.«

»Schätzchen, es ist nie nur ein Abendessen. Er ist ein Typ und du bist du. Warte, wie sieht er aus?«
Ich fühlte, wie ich rot wurde. Wie ist das überhaupt möglich,

wenn man kein Blut in den Adern hat?

»Ziemlich gut, wie ein Football-Spieler.« Das ließ vor meinem inneren Auge ein Bild von ihm im Pub aufflammen, welches bewirkte, dass ich irgendwo mit ihm alleine sein wollte. Ich schluckte.

»Oh gut. Dann ist es definitiv ein Date. Was wirst du anziehen? Denn es ist wichtig.« Sie hielt inne und schaute mich genauer an. »Nathalie, magst du diesen Jungen?«

»Warum?« Ich schluckte erneut.

»Du siehst aus, als ob du Fieber hättest«, sagte Roisin sichtlich amüsiert.

Ich dachte, es sei das Beste, es ihr zu erzählen, da ich mich selbst etwas vor mir und diesen plötzlichen Hitzewallungen wegen eines Jungen fürchtete.

»Es ist etwas komisch. Ich kenne diesen Jungen gar nicht, aber als ich ihn vor ein paar Tagen sah, gab es diesen Moment, in dem …«, ich schweifte ab, um nach einer geeigneten Erklärung zu suchen, aber erfolglos, » … in dem ich ihn einfach küssen wollte. Fast hätte ich das auch getan«, schnaubte ich. Roisin lachte und klatschte erneut los.

»Super! Weißt du, was das heißt?« Sie schaute mich an.
Ich zog meine Augenbrauen nach oben, während ich auf ihre Antwort wartete.

»Du wachst auf. Deine Gefühle sind nicht mehr auf Eis gelegt.« Sie fuhr fort: »Keine Panik, das ist ganz normal. Früher benutzten wir unseren Sexappeal, um unsere 'Opfer' anzulocken. Um überzeugend zu sein, mussten wir ausdrücken, was wir zu offerieren hatten. Und das ist wirklich guter Sex.« Roisin zog das 'wirklich' in die Länge. Als ob ich den Unterschied kennen würde.

»Und glaube mir, er ist wirklich gut, weil unsere Sinne so scharf sind, fühlen wir viel intensiver. Physisch und psychisch.« Sie legte eine weitere dramatische Sprechpause ein und schaute mich bedeutungsvoll an. »Daher ist es auch viel schwieriger für uns, in Kontrolle zu bleiben. Der Versuchung zu widerstehen. Du kannst nicht einfach auf ihn heraufspringen.«

Ich konnte mir vorstellen, dass ich genau das tun würde, wenn diese emotionalen Schübe so weitergingen. Das erste Mal in meinem Leben verspürte ich eine richtige Lust, Sex zu haben. Es war nicht mehr nur Neugierde. Ich wollte es wirklich.

»Du wirst wahrscheinlich auch andere Männer so anziehend finden.«

»Oh großartig«, murmelte ich. Wie sollte ich dann irgendwelche wahren Gefühle erkennen, wenn das nur unsere konstante Jagdbereitschaft ist? »Also daher kommt es, dass du …«, ich zögerte, weil ich sie nicht mit einem unschönen weiblichen Wort schmücken wollte, »dich nicht niederlässt?«

»Einerseits, ja. Ich möchte aber auch einfach nicht zu abhängig von jemandem werden. Ich habe es schon zu viele Male gesehen. Früher oder später sind wir es, die verlieren.« Roisin hatte einen traurigen Ausdruck auf ihrem Gesicht. »Denn wir sterben nicht.« Sie saß gerader auf und die Energie kam zurück in ihren Körper. »Wie auch immer, wenn du dich in der Zwischenzeit amüsierst, vergiss nicht, dass du dir, obwohl du nicht schwanger werden kannst, trotzdem eine Sexualkrankheit einfangen könntest. Mit anderen Worten: Benutzt ein Kondom.« Sie sprach darüber, als ob es die normalste Unterhaltung auf der Welt sei.

»Mensch, Roisin. Wir haben nicht einmal zu Abend gegessen. Ich plane nicht, sofort mit jemandem in die Kiste zu hüpfen.« Dieser Tag wurde mir langsam zu viel.

»Ich wollte es dir einfach sagen. Auch die selbstkontrollierte Hoheit hat vielleicht irgendwo eine Achillesferse.«

»Ich glaube, ich habe schon genug davon. Ich möchte nicht noch eine weitere.«

»Es ist nichts Negatives. Solange du sie nicht umbringst.« Sie lachte. »War nur ein Witz. Schau mich nicht so schockiert an. Werde etwas gelassener, Nat.« Sie klopfte mir auf den Rücken.

Ich zweifelte immer noch. »Aber, wenn die Anziehung so groß ist, dass er ständig in meinem Kopf herumirrt, dass ich sein Gesicht sogar in meinen Getränken und im Wasser sehe, wenn ich Geschirr spüle, gibt es irgendeinen Trick, damit ich ihn nicht verschlinge, wenn er erst direkt vor mir steht?«

»Halt, stopp.« Roisin hielt eine Hand in die Höhe. »Wie meintest du das, dass du sein Gesicht in Getränken siehst?« Ihr strenger Gesichtsausdruck ließ mich glauben, dass sie mehr dahinter vermutete.

»Auf dem Abschlussball hielt ich ein Glas zum Anstoßen und erkannte klar sein Gesicht in meinem Prosecco. Ich dachte, ich hätte Wahnvorstellungen. Und zuvor schon einmal in dreckigem Abwaschwasser.«
Ich schaffte etwas, das ich nie für möglich gehalten hätte: Roisin war für einen Moment sprachlos.

»Du hast eine Pfütze erhalten«, flüsterte sie.

»Eine Pfütze?«, fragte ich unsicher.

Sie hatte ihre Stimme wiedergewonnen. »Auf diese Art kommunizieren die Orbiter mit uns. Erinnerst du dich an die Orbiter? Sozusagen die Gesetzeshüter der über-natürlichen Welt. Sie treten nur in Kontakt, wenn man die Regeln missachtet und sie dich verschwinden lassen, oder wenn sie dir sonst eine wichtige Nachricht schicken wollen. Was sie über Wasseroberflächen machen.«

»Du sagst also, dass ich mir dies wirklich nicht eingebildet habe und seine Erscheinung etwas zu bedeuten hatte?« Diese Sache mit Alex wurde immer seltsamer.

»Genau. Die Frage ist, was bedeutet es? Um das herauszufinden, gibt es nur einen Weg. Du musst mit ihm in Kontakt bleiben. Ich möchte alle Details nach dem Abendessen.« Sie schaute mich mit großen Augen an. »Das ist so aufregend!«

»Ich bin froh, dass es wenigstens eine von uns positiv sehen kann. Warum kann nicht einmal etwas normal sein?«

»Weil normal langweilig ist?«, sagte sie und lächelte.

Ich umarmte Roisin zum Abschied und machte mich

zurück auf den Weg nach Cape Cod. Wie sehr ich die lebendige Stadt auch mochte, es war schön, an einen Ort zurückzukommen, wo man den Ozean riechen konnte. Zudem war es nicht mehr nur ein Ort. Ohne dass ich es bemerkt hatte, ist mir unser Juwel am Wasser ziemlich ans Herz gewachsen. Ich konnte den Leuten, die mit mir lebten, blind vertrauen und sie ließen mich täglich wissen, wie wichtig ich ihnen war. Entgegen meinen Erwartungen hatte ich sogar Freunde in der Schule gefunden und hatte mich jeweils auf 7.30 Uhr gefreut. Kurz gesagt; dieser Ort fühlte sich jetzt auch wie ein Zuhause an und langsam lernte ich mein neues Leben wirklich zu schätzen.

KAPITEL 19

ALEX SCHRIEB MIR ZWEIMAL in der Woche vor dem Abendessen. Es waren nur kurze Nachrichten, in welchen er fragte, wie es mir gehe und ob auf der Arbeit viel los sei. Aber jedes Mal, wenn ich seinen Namen auf dem Bildschirm sah, machte mein Herz einen Luftsprung. Es war, als ob ich immer noch lebte und tatsächlich ein Herz hätte, das normal schlagen konnte. Ich zog einen grünen Rock mit einem schwarzen Lederband um die Hüfte an, dünne schwarze Strumpfhosen und ein cremefarbenes T-Shirt mit Stickereien an den Ärmeln. Als ich mich stylte, betrieb ich einen großen Aufwand, dass ich gut aussah, ohne dass es wirkte, als ob ich mir große Mühe gegeben hätte. Ich redete mir ein, dass es mir so wichtig war, weil ich schon so lange nicht mehr ausgegangen bin. Wie gut ich doch immer noch in der Selbsttäuschung bin.

Obwohl ich zu früh an unserem Treffpunkt ankam, sah ich schon, wie Alex auf seinen Krücken wartete.

»Hey! Du bist aber früh hier«, rief ich aus.

»Ich wollte sichergehen, dass ich rechtzeitig hier bin. Ich bin nicht der Schnellste im Moment.« Er zeigte mit seinen

Augen auf seinen Fuß, dann glitten sie meinen Körper entlang nach oben und erwiderten schlussendlich meinen Blick.

»Du siehst super aus.« Er atmete tief aus, sodass sich seine Brust senkte. »Wollen wir los?« Er hielt mir einen Arm hin. Bevor ich mich einhaken konnte, nahm er die Krücke aus der anderen Hand.

»Sorry, dieses Mal musst du alleine gehen. Aber ich wollte zumindest einen Versuch darin starten, ein Gentleman zu sein.« Alex lächelte.

Er sagte 'dieses Mal', dachte ich.

Wir mussten nur wenige Häuserblocks gehen, bis wir die Trattoria Romana erreichten. Von außen sah das Restaurant aus wie ein Ferienhaus in der Toskana, mit seinem Dach aus hellgelben und hellroten Ziegelsteinen.

Ein Kellner begrüßte uns. Wir sagten ihm, dass wir gerne draußen sitzen würden und er führte uns zu einem Tisch für zwei neben dem Teich. Alex lehnte seine Krücken gegen den Tisch und zog einen Stuhl zurück, damit ich mich setzen konnte. Toby hätte sowas nie für mich gemacht. Ich wusste nicht einmal, dass solche Männer noch existierten.

Nachdem wir uns beide gesetzt hatten, ließ ich meinen Blick etwas umherschweifen.

»Bist du sicher, dass dies in Ordnung ist?« Ich machte große Augen. »Es sieht ziemlich teuer aus.«

»Erstens hast du viel für mich getan, du verdienst das alles. Zweitens sind die Preise sehr angemessen und das Essen vorzüglich. Du musst das Bruschetta probieren. Ich würde dafür sterben.«

Der Kellner reichte uns zwei Menükarten und brachte uns dann eine Karaffe, gefüllt mit Wasser und zwei Gläsern. Ich scannte durch das Menü. Alles klang sehr lecker, aber es ergab nicht wirklich Sinn, etwas auszuwählen, da ich es sowieso nicht essen würde. Da die Portionen relativ groß waren, stimmte er zu, Bruschetta als Vorspeise und danach eine Pizza Capricciosa zu teilen. Ich war immer noch etwas nervös, ob ich es schaffen würde, vor Alex nicht zu essen, aber ich hatte mit Melissa eine ganze Woche lang geübt. Natürlich wollte sie wissen, warum ich so plötzlich daran interessiert war, besser im Essen-vorspielen zu sein. Schließlich erzählte ich es ihr, aber ich vertrat meinen Standpunkt vehement, dass es nur ein einmaliger Dankesanlass sein würde. Die Pfützen behielt ich für mich, den auch wenn die Orbiter ein Mitspracherecht in der Sache mit Alex wollten, sollte es am Ende doch meine Entscheidung sein.

»Ich bin wirklich froh, dass du gekommen bist.« Alex legte seine Hände auf den Tisch. Ich fühlte, wie seine Präsenz zu mir herüberstrahlte. Seine Hände waren nur ungefähr zehn Zentimeter von meinen entfernt und den Impuls zu unterdrücken, einfach hinüberzugreifen, war fast qualvoll.

»Warum? Hattest du Angst, dass ich einen Rückzieher machen würde?«

»Das hätte sein können. Es wäre ja nicht das erste Mal gewesen.« Er runzelte die Stirn. »Und nun hattest du mehr Grund, nicht zu kommen, weil ich keinen guten zweiten Eindruck hinterlassen habe.« Er presste seine Lippen aufeinander.

»Ja, es war nicht der beste Start. Aber sind nicht alle guten Dinge drei?« Ich grinste.

Er lächelte und ich musste mich gerader hinsetzen, damit ich nicht vom Stuhl schmolz. Wenn das so mit meinen Sirenen-Endorphinen weitergehen würde, war ich mir nicht sicher, ob ich den Abend überleben würde. Oder er.

»Also, an welchem Projekt arbeitest du?«

Der Kellner brachte die Getränke und stellte sie auf den Tisch.

»Du würdest wahrscheinlich lachen, wenn ich dir sage, woran ich arbeite.« Er vermied Augenkontakt und schaute stattdessen sein Wasserglas an.

»Versuch es.«

Er seufzte. »Okay. Ich arbeite in der Genetik und nach meinem Master wollte ich in einem Labor für Anti-Aging forschen gehen. Daher habe ich in diesem Projekt versucht, das Leben von Eintagsfliegen zu verlängern.« Er richtete seine Augen weiterhin auf den Tisch.

»Muss ich mir das so vorstellen, dass du statt Mäusen Fliegen zu Hause in Käfigen hältst, an welchen du neue Gene ausprobierst, damit sie länger leben?« Ich versuchte, ein Lächeln zu unterdrücken. Die Vorstellung war etwas komisch.

»Ich habe die Fliegen zwar nicht zu Hause, aber ja, sowas in der Art.« Er schaute mich für einen Moment an und ich sah etwas in seinen Augen, wobei ich mir nicht sicher war, wie ich es interpretieren sollte. Aber dann kam das Bruscetta und dieser Blick war verschwunden. Alex legte ein Stück auf meinen Teller und nahm dann eines für sich selbst.

»Was ist mit dir? An welchen Projekten arbeitest du?« Ich war überrascht, dass er dies von unserem Telefongespräch noch nicht vergessen hatte.

»Vor allem einfach etwas Richtiges zu finden, was ich mit meinem Leben anstellen sollte.« Ich schnitt das Brot. »Ich studiere Psychologie, aber im Moment sehe ich nicht wirklich, wohin das führen soll. Vielleicht werde ich etwas Anderes studieren oder einen bedeutenderen Job finden. Ich kann mir nicht vorstellen, für den Rest meines Lebens in einem irischen Pub zu arbeiten.« Ich schaute in seine dunkelbraunen Augen und wünschte, dass ich ihm einfach die Wahrheit hätte sagen können. Dass ich immer noch gespannt auf die Zeit nach der Highschool wartete, und dass ich noch ein ganz anderes Leben am anderen Ende der Welt hatte. »Was ich meine, ist, dass du etwas mit deinen Nachforschungen verändern könntest. Ich würde gerne dasselbe über meinen Job sagen«, fuhr ich fort.

»Ich bin sicher, dass du mit Psychologie in viele Richtungen gehen kannst. Und mit deiner Arbeit im Pub förderst du Freundschaften und gibst den Leuten einen Ort zum Ausruhen nach einem harten Arbeitstag.« Er hatte immer noch ein Strahlen auf dem Gesicht. Unsere Blicke trafen sich und ich war mir sicher, dass er die Intensität dieses Moments auch fühlte, weil er zwei Sekunden später plötzlich sehr darauf konzentriert war, das letzte Stück Bruschetta auf seinem Teller zu essen.

»Was sind deine Hobbys?« Er schaute mich wieder an, was bewirkte, dass meine Nerven unter Hochspannung standen.

»Im Moment gehe ich nur joggen oder schwimmen.« Meine alten Freunde hätten bei diesem Kommentar laut losgeprustet, weil ich Laufen immer gehasst hatte. Aber ja, nun war alles anders.

Der Kellner servierte die Pizza. Sie war riesig. Ich wunderte mich, wie ich die Hälfte davon in meine Serviette bringen würde, wo schon das Bruschetta versteckt war. Ich musste wohl oder übel von der Plastiktüte in meiner Handtasche Gebrauch machen, welche ich extra zu diesem Zweck eingepackt hatte, um mehr Essen verschwinden lassen zu können. Es sah köstlich aus, aber ich war viel zu abgelenkt von der noch ansprechenderen Person, die hinter der Pizza saß. Alex servierte mir einige Pizzastücke. »Danke, das reicht«, sagte ich.

»Nein, wir machen halbe-halbe«, antwortete er.

»Ich bin mir sicher, dass du mehr Hunger hast als ich. Ich könnte das nicht alles essen.«

»Das ist doch nur eine Kinderportion«, rief er aus.
Ich zuckte mit den Schultern. »Was machst du sonst noch so?«, wechselte ich das Thema.

»Ich gehe ins Fitnessstudio, schaue Filme und treffe meine Freunde. Und schaue, dass meine Schwester keine dummen Typen nach Hause bringt. Weißt du, das Übliche.«

»Ah, du hast eine Schwester. Wie alt ist sie?«

»Ja, sie ist siebzehn. Und du?«

Ich hielt für einen Moment den Atem an. Nun musste ich meine Schwester und mein Alter verleugnen.

»Ich bin einundzwanzig. Und nein, ich habe keine Geschwister.« Ich zuckte mit den Schultern. Es tat immer noch weh, wenn ich offen verleugnen musste, dass ich irgendwo eine Schwester hatte. »Wie alt bist du?«

»Auch einundzwanzig. Aber siehst du, darum habe ich

gefragt. Du hättest genauso gut achtzehn sein können. Man kann sich heutzutage mit den Mädchen nie sicher sein.«

Ich musste langsam aufpassen, dass ich zu den richtigen Zeitpunkten das korrekte Alter verwendete. Meine momentane ID besagte, dass ich sechzehn war. Ich sagte Alex und dem Pub-Team, dass ich einundzwanzig war und als Serena wäre ich auch nur siebzehn. Wer kam da noch nach?

»Um es nochmals zu wiederholen, es tut mir also wirklich leid mit deinem Arm, aber auf eine gewisse Art bin ich froh, dass es passiert ist.« Er schaute mich mit einem Ausdruck an, mit dem mich noch nie jemand angeschaut hatte. Ich wünschte mir, dass dieses kurze Schweigen viel länger gedauert hätte, aber dann setzte er sich gerader hin. »Ich muss an dieser Stelle auch ehrlich sagen, dass ich hoffe, dass es jetzt nicht das letzte Mal ist, dass wir uns über den Weg laufen.« Er biss sich auf die Unterlippe.

»Es wäre ja unhöflich, wenn ich dich nicht über meinen Arm auf dem Laufenden halten würde.« Wir schwiegen uns wiederum kurz an und lächelten dabei, bis wir beide unsere Konzentration wieder den Pizzastücken widmeten. Mein Grund war, weil ich mich davor bewahren wollte, einfach nach seiner Hand zu greifen und wenn ich nicht total daneben lag, würde ich sagen, dass sein Grund derselbe war.

Der Abend ging noch auf die gleiche reizende Weise weiter. Schließlich schlenderten wir zusammen zurück zur U-Bahn-Station. Er lebte in der Nähe der Universität und ich benutzte Paulas Adresse als meine Richtung.

Als wir oben an der Treppe der U-Bahn-Station standen, gab es einen kurzen Moment, in welchem wir beide nicht recht wussten, was zu tun war. Schlussendlich küsste er mich aber einfach auf die Wange. Es dauerte nur eine Sekunde, aber ich schloss meine Augen, um die feine Berührung von seinen leichten Bartstoppeln voll wahrzunehmen. Dies war zu viel des Guten. Ich umklammerte fest seine Handgelenke, aber kurz bevor ich ihn zu mir hinzog, begriff ich, dass ich darauf und daran war, ihn sexuell zu attackieren. Geschockt trat ich einen Schritt zurück.

»Danke, bis bald«, murmelte ich und joggte davon. Als ich einmal um die Ecke gebogen war, lehnte ich gegen die Wand und atmete tief ein. Ich musste einen Weg finden, damit ich mich um ihn herum besser kontrollieren konnte. Denn eines war glasklar: Seine Gegenwart alleine gab mir solch ein Hoch, dass ich ihn wiedersehen musste.

KAPITEL 20

TROTZ UNSERER UNÜBLICHEN Verabschiedung planten Alex und ich ein zweites Date. Zuerst traf ich aber Roisin, um ihr vom Abend zu erzählen.

»Da kann ich dir nicht wirklich behilflich sein, da ich mich noch nie so zu einem bestimmten Typen hingezogen fühlte. Aber was ich von Cathy und Melissa gelernt habe, ist das ganz normal für eine Sirene. Und so wie ich dich kenne, bin ich mir sicher, dass nichts Schlechtes mit dir und ihm geschehen wird«, versicherte sie mir. »Zudem denke ich, dass du euch wegen der Pfützen mehr Zeit geben solltest, um zu sehen, wohin dies führt.«

Mehr Zeit mit ihm klang gut. Nichtsdestotrotz schwor ich mir, dass ich die ganze Zeit hundert Prozent konzentriert sein würde.

Alex winkte mir zu, als ich auf ihn zulief und lehnte sich dann zu mir, um mich auf die Wange zu küssen, was leider von viel zu kurzer Dauer war. Wir holten uns einen Kaffee auf dem Unigelände. Ich liebe Pappbecher, weil die es so einfach machen, vorzuspielen, dass man am Trinken ist.

Wir setzten uns im Sonnenschein auf eine Bank und einige

Jungs liefen an uns vorbei und pfiffen uns nach. »Yeah, Alex, so macht man das«, schrie einer und die anderen klatschten und jubelten.

»Ich wusste, dass es keine gute Idee war, hierherzukommen.« Alex vergrub sein Gesicht in den Händen. »Du hattest gerade die Ehre, einige meiner Freunde kennenzulernen«, sagte er, als sie außer Hörweite waren.

»Sie wirken entzückend.« Ich lachte.

»Was sagst du dazu, sollen wir zu mir gehen, wo es etwas ruhiger ist?«

»Klar, warum nicht?« Als wir aufstanden, atmete ich langsam aus. Die Aussicht darauf, mit ihm alleine zu sein, machte mich sehr nervös.

Wir gingen so schnell, wie es seine Krücken erlaubten, dorthin. Er lebte in einer Wohnung in der Nähe vom Unigelände, zusammen mit seinem Freund, seiner Schwester und einer ihrer Freundinnen. All ihre Namen standen auf einem Schild an der Tür. Rachel und Alex Thatcher, las ich und dachte, dass sein Nachname wundervoll zusammen mit meinem Vornamen klingen würde.

Alex zeigte mir die Wohnung. Alles sah sauber und aufgeräumt aus, außer dem Geschirr in der Küche, welches in einem Abtropfbecken gestapelt war wie ein Jenga-Turm. Anscheinend trockneten sie nicht gerne ab.

»Klein, aber günstig und die Atmosphäre unter uns ist super.«

»Du bist wieder mit deiner Schwester zusammen-gezogen? Ihr müsst wohl gut miteinander auskommen«, stellte ich fest.

»Ja, wir stehen uns ziemlich nahe. Vielleicht passiert das, wenn deine Mutter stirbt, wenn du noch ein Kind bist.« Er fuhr mit der Hand über die Küchentheke.

»Oh, tut mir leid.« Ich presste meine Hände auf den Mund. »Wie ist sie gestorben?«, fragte ich zögerlich.

»Sie war krank.« Er presste seine Lippen aufeinander. »Genauer gesagt hatte sie einen genetischen Defekt, welcher sie einfach oft krank machte. Am Schluss wurde sie von einer

Lungenentzündung weggepustet.«

»Wie alt warst du?«, fragte ich vorsichtig.

»Zehn. Ich war in der fünften Klasse. Darum bin ich nun ein Jahr hinterher, ich musste jene Klasse wiederholen.«

»Und deine Schwester war erst sechs.«

»Ja. Mein Vater hat sich zwar gut geschlagen, uns großzuziehen, aber ich habe trotzdem auch immer auf sie aufgepasst. Sie hat es zuerst nicht wirklich verstanden. Weißt du, da ist dieser Altersunterschied zwischen uns, weil meine Mutter wegen ihrer Krankheit praktisch steril war. Es war ein so großes Glück, dass es einmal klappte, dass es niemand für möglich gehalten hatte, dass es noch ein zweites Kind geben würde. Aber dann kam Rachel.« Sein trauriger Ausdruck wechselte in ein Lächeln, welches er sich über die Jahre antrainiert hatte. »Ich weiß nicht, warum ich dir das alles erzähle. Normalerweise jammere ich andere Leute nicht voll.«

»Oh, das ist doch nicht Jammern. Es ist schön, dass du es mir erzählst.«

»Ich schätze, ich fühle mich einfach wohl, mit dir zu sprechen.«

Ich lächelte. Wir standen in der Küche und es gab ungefähr einen halben Meter zwischen uns. Einen halben Meter zu viel.

»Studierst du darum Genetik?«, fragte ich.

»Das spielte wahrscheinlich auch eine Rolle bei meiner Entscheidung. Aber ich habe Bio und Chemie immer gern gehabt.«

»Ich hasste Chemie.« Ich lachte. »Ich hatte immer Angst, dass ich das Reagenzglas brechen würde, oder etwas unabsichtlich in Brand setzen würde. Der Theorieteil war okay.«

»Ich bin mir sicher, dass es nicht so schlimm sein konnte.«

»Ich habe es zwar überlebt, aber ich bin froh, dass ich nichts mehr damit zu tun habe. Ich wünschte einfach, dass ich auch irgendeine Leidenschaft hätte. Das würde es einfacher machen, um eine Richtung in mein Leben zu bringen.« Ich lehnte mich neben ihn an die Theke.

»Du wirst es schon herausfinden. Du kannst ja dein Leben lang noch zu studieren beginnen. Es ist nicht so, dass dein Highschool-Abschluss ablaufen würde.«

»Ich hoffe, ich werde nicht so lange brauchen.« Unsere Arme berührten sich zufällig und wir schauten beide für einen Moment auf jenen Fleck.

»Hättest du gerne ein Glas Wasser? Oder sonst etwas zum Trinken?«, bot er an.

»Nein, danke.«

»Weißt du, was manchmal hilft, eine Richtung zu finden?«, fragte er.

»Was?«

»Musik. Gehen wir in mein Zimmer, dann kann ich mein Handy auf die Dockstation stellen.«

Wir wechselten in sein Zimmer, welches er mit Brendon teilte. Es fühlte sich plötzlich sehr luxuriös an, dass ich mein eigenes Zimmer hatte.

Einige Kleider, hauptsächlich Pullis, hingen über den Bettpfosten oder waren über die Stühle geworfen. Die Pulte waren überraschend aufgeräumt. Nur ein paar Kabel, eine Tasse mit Stiften und ein Laptop auf dem linken Pult. Über dem linken Bett hingen ein Poster von einem Football-Spieler und eine akustische Gitarre. Die Gitarre wurde auf der anderen Seite gespiegelt, aber das Poster war ersetzt durch das eines Sportwagens.

»Rate, welche Seite meine ist.« Alex lehnte sich an den Türrahmen.

»Ich würde diese nehmen.« Ich drehte ihm mein Gesicht zu und zeigte auf die Seite mit dem Sportler.

»Was, wirke ich nicht wie ein Autotyp?«, witzelte er.

»Könntest du schon sein, aber das Familienfoto auf deinem Nachttisch hat dich verraten. Du hast immer noch etwas von diesem kleinen Jungen an dir.«

»Ich bin mir nicht sicher, ob ich das als Kompliment nehmen soll, dass du mich mit meinem 9-jährigen Ich vergleichst.«

Es waren die funkelnden Augen mit diesen unendlich langen Wimpern.

»Woher hast du diese Wimpern?«, fragte ich.

»Von meiner Mutter. Ihre Mutter kam aus Kolumbien und ich schätze, dass sie das an uns vererbt hat. Meine Schwester hat sie auch.«

»Du könntest für Mascara werben.«

»Sagt diejenige, die der Star auf jedem Laufsteg sein könnte.«

»Genau, ich warte immer noch darauf, dass sie mich entdecken.« Ich warf meine Haare über meine Schulter, wie eine Diva.

Alex kicherte und hinkte an mir vorbei, um die Musik anzumachen. Dann setzte er sich auf sein Bett.

»Du kannst dich auch setzen, wenn du möchtest.«

Ich zögerte. Meine Augen wanderten automatisch zu seiner Brust, von wo aus sein Herz mich zu sich rief. Ich fragte mich, wie sehr ich mich nähern dürfte, bevor ich die Kontrolle verlieren würde.

Ich setzte mich ans Fußende von seinem Bett und für einen Moment gab es eine peinliche Stille, weil wir gemeinsam auf einem Bett saßen, und auch er wahrscheinlich lieber etwas Anderes getan hätte, als nur dort zu sitzen. In meinem Körper verspürte ich erneut ein aufregendes Kribbeln aber ich konnte sehen, dass auch er nervös war.

Er stand wieder auf und setzte sich auf das Bett gegenüber von mir, was die Situation auch nicht sehr entspannte, da wir uns nun direkt anschauten.

»Wo sind eigentlich die anderen? Haben die immer noch Uni?«

»Meine Schwester und Carmen wahrscheinlich schon, da sie einen Sommerkurs machen. Brendon ist über die Ferien zu Hause.«

»Dann hast du dieses Zimmer also für dich alleine im Moment?«, fragte ich und dachte in meiner Paranoia, dass dies eine versteckte sexuelle Anspielung sein könnte. »Machst du auch einen Sommerkurs?«, fügte ich daher hinzu.

»Nein, ich arbeite nur an einem Projekt und sobald ich keine Krücken mehr benötige, werde ich wieder im Delikatessengeschäft arbeiten.« Er seufzte. »Es ist im Moment ziemlich ruhig hier. Die meisten Leute sind weg.«

»Du arbeitest in einem Deli?«, nahm ich seine Aussage nochmals auf.

»Ja, siehst du, wir sind beide im Gastrosektor tätig.«

Wir saßen noch eine Weile da und sprachen über unsere Eltern und das kommende Wochenende des 4. Julis.

Als es Zeit zum Gehen war, begleitete mich Alex zur Tür. Dann stand er zwischen mir und der geschlossenen Tür und überlegte, was er nun tun sollte. Er machte einen Schritt auf mich zu und ich traute mich nicht mehr, zu atmen. Gerade als es jedoch interessant wurde, öffnete Alex' Schwester die Tür. Sie hatte dieselben, perfekten Wimpern wie ihr Bruder. Der Blumenrock und das leuchtend gelbe T-Shirt erinnerten mich daran, dass der Sommer endlich angefangen hatte.

»Oh, hi«, sagte sie. Über die eine Schulter hatte sie den Träger einer schweren Tasche gelegt. »Ich schätze, dein Plan, sie vor mir zu verstecken, ist wegen ein paar Minuten nicht aufgegangen.« Ein breites Grinsen erschien auf ihrem Gesicht.

»Ich habe sie nicht versteckt«, sagte Alex ein wenig peinlich berührt.

»Und du hast nicht gelogen, wie hübsch sie ist.« Sie schaute mich mit großen Augen an.

»Okay, bringen wir das hinter uns. Nathalie, das ist meine Schwester Rachel, welche zu aufgeregt wird, wenn sie mich mit einem Mädchen sieht.« Alex legte einen Arm um ihre Schulter. Ein Kontakt, den ich auch gerne gehabt hätte.

»Ich bin immer noch nicht ganz überzeugt, ob er nicht doch schwul ist.« Sie biss sich auf ihre Zunge und lächelte.

»Danke dafür. Ich habe mich vor ihr schon einmal zum Idioten gemacht. Du musst mir nicht die einzige Chance ruinieren, die ich noch hätte haben können.«

»Okay, sorry. Er ist ziemlich sicher nicht schwul. Und danke, dass du den Krankenwagen für ihn gerufen hast«, sagte sie zu mir.

»Klar, das hätte doch jeder gemacht.«

»Ich bin mir sicher, dass du noch wichtige Hausaufgaben zu erledigen hast, oder?«, drängte Alex.

»Okay, ich sehe schon, ich bin hier nicht wirklich erwünscht. Sei einfach vorsichtig, Nathalie, mein Bruder kann etwas komisch sein, aber dafür sehr nett.« Sie gab ihm dabei einen freundschaftlichen Schlag auf den Rücken.

»Bis bald.« Sie winkte, als sie in ihr Zimmer ging.

»Ciao, bis bald.« Ich winkte zurück und sie schloss die Zimmertür hinter sich.

Alex trat hinaus auf den Gang zu mir und machte auch die Tür zu.

»Vielleicht wäre dich vor ihr zu verstecken gar keine so schlechte Idee gewesen.«

»Wieso? Sie war nett«, sagte ich. »So, du bringst also normalerweise keine Mädchen nach Hause?«, neckte ich ihn, um etwas über potentielle Freundinnen heraus-zufinden. Wir hatten uns diesem Thema immer noch auf keine Weise angenähert.

»Schon, aber wahrscheinlich nicht wie das hier. Eher in einer Gruppe, weißt du? Mit anderen Freunden. Aber ich bin nicht schwul, darauf kann ich schwören.«

Obwohl ich es gehofft hatte, war ich überrascht, dass ein Typ wie er Single sein konnte. Der Gedanke, dass er schwul sein könnte, war mir vorher noch nicht gekommen, aber das wäre mal wieder typisch für mich gewesen. Bei Roisin klappte das alles so einfach.

»Wie steht's mit dir? Irgendwelche heimlichen Freunde?«, fragte er, als wir zum Lift schlenderten. Das Gebäude war nur fünf Stöcke hoch und wir waren im vierten, aber ich schätze, wenn man an Krücken geht, ist man froh über jegliche Treppenstufen, die man nicht erklimmen muss.

»Nein. Und im Moment auch keine imaginären.«
»Gut zu wissen.« Er lächelte.
Der Lift kam.
»Sehen wir uns also am Sonntag?«, fragte er.
Das war mein nächster freier Tag.
»Ja, bis Sonntag.«
Dieses Mal umarmte er mich sogar und gab mir einen Kuss auf die Wange. Er roch nach einem frischen, männlichen Duschgel. Nach der Umarmung drehte er sich schnell um, winkte mir nochmals zum Abschied und verschwand in seiner Wohnung. Er überließ mich einem leeren Lift, aufs Neue komplett verwirrt.

KAPITEL 21

WEIL DER 4. JULI EIN SCHÖNER Tag war, verbrachte ich den Morgen des amerikanischen Nationalfeiertags mit Melissa und Luke am Strand, zwischen der ganzen Bevölkerung, die sich schon auf dem Sand mit ihren Picknickkörben und Campingstühlen ausgebreitet hatten. Um 11 Uhr musste ich nichtsdestotrotz los zur Arbeit, aber es war extrem ruhig, als ich im Pub ankam. Ich verbrachte die Stunden damit, Vitrinen und Glasregale zu putzen, füllte alle Kühlschränke auf, stellte mich vor das Pub, um einige Sonnenstrahlen zu genießen, las alle Sprichwörter mindestens zweimal und als ich wirklich nicht mehr wusste, was ich noch mit mir anfangen sollte, spielte ich einige Runden Hangman mit Josh. Mir waren die Abende viel lieber, wenn ich keine Zeit hatte, an etwas Anderes als an Bestellungen zu denken. Gott sei Dank kam endlich Paula.

»Wow, überarbeite dich nicht«, rief sie, als sie hereinmarschierte und ich mich gerade, gegen die Theke gelehnt, meinen Tagträumen überlassen hatte.

»Es war noch nie so ruhig hier. Ich hätte ein Nickerchen machen können und es hätte niemanden interessiert.«

»Keine Sorge, es wird mehr los sein, sobald das Feuerwerk vorbei ist.«

Die Stadt würde um 20 Uhr ein großes Feuerwerk anbieten.

Als Paula mir von ihrem Tag erzählte und mir die neuen Sportkleider zeigte, welche sie gekauft hatte, verging die Zeit plötzlich wie im Fluge. Um 19.30 Uhr schneite eine angenehme Überraschung in Form von Alex zur Tür hinein.

»Wenn man vom Teufel spricht.« Paula zwinkerte mir zu.

»Hey, was machst du denn hier?«, fragte ich. »Ich dachte, du wärst bei deinen Freunden.«

»War ich auch, sie sind am Wasser unten. Aber ich dachte, ich würde vorbeikommen, um zu sehen, ob ich dich für eine Stunde wegstehlen könnte, um die Feuerwerke zu schauen.« Er setzte ein unschuldiges Lächeln auf.

Ich konnte es nicht glauben, dass er an mich gedacht hatte. Ich schaute hinüber zu Paula. Sie wusste genau, dass ich gehen wollte.

»Geh, es ist ja nicht so, als ob in den nächsten zehn Minuten eine Fußballmannschaft hereinstürmen würde. Mach einfach schnell, womit auch immer du beschäftigt bist nach dem Feuerwerk.« Sie grinste.

»Danke! Bis später.« Ich schüttelte den Kopf, schnappte meine Jacke und trat hinaus in die angenehme Abendluft.

»Ich dachte, es wäre unfair, wenn du während der großen Show arbeiten müsstest«, versuchte Alex sein plötzliches Erscheinen zu erklären.

»In diesem Fall: Danke, dass du gekommen bist, um mich zu retten.« Ich bemerkte, wie sich Leute einfach in Seitenstraßen auf Campingstühlen hingesetzt hatten.

»Wohin gehen wir?«

»Irgendwohin, wo wir eine schöne Aussicht haben.« Alex lächelte.

Wir gingen zu der U-Bahn-Station und zwängten uns in einen völlig überfüllten Zug. Auf allen Seiten gegen irgendwelche Fremden gequetscht zu werden, war nicht das angenehmste Gefühl. Gegen den großen und köstlich riechenden Alex gepresst zu werden, machte das allerdings wieder wett.

»Keine Bange, es sind nur zwei Stationen.« Alex hatte eine Stange gefunden, an welcher er sich festhalten konnte.

Wir folgten dem Strom der Menschenmassen nach oben und kamen in der Nähe vom Hafen heraus.

»Ich dachte mir schon, dass wir nicht die Einzigen sein würden. Gut, dass Feuerwerke nicht am Boden sind.« Wir drängten uns durch die Menschenmassen, welche freundlicherweise Platz machten, um den Typen an Krücken durchzulassen. An der Hafenmauer entlang waren Betonklötze und wir fanden einen, auf dem noch niemand stand. Alex hielt mir seine Hand entgegen.

»Nach dir.« Ich ergriff sie und machte einen großen Schritt auf den Klotz hinauf. Alex folgte mir einen Moment später. Nun waren wir etwas höher als die Leute um uns herum. Zudem standen wir ziemlich nahe beieinander. Ich konnte fühlen, wie sich seine Körperwärme zu mir ausbreitete. Dies machte es schwierig, sich noch auf etwas Anderes zu konzentrieren.

»Was hast du heute so gemacht?« Ich drehte mich um, damit ich ihn anschauen konnte.

»Ich verbrachte den ganzen Tag bei einem Freund mit Grillen.« Er klopfte mit seinen Händen auf seinen Bauch.

»Klingt nach einem guten Tag.«

»Das Beste kommt aber erst jetzt.« Er schaute mich an und ich war verunsichert, ob er dies meinetwegen meinte oder wegen des Feuerwerks, das gerade begann. Um den Start zu markieren, wurden drei rote Feuerbälle in die Luft geschossen, wie das Notfallsignal auf Booten. Mehr Explosionen in allen möglichen Farben folgten und spiegelten sich auf all den nach oben gerichteten Gesichtern. Ich stand wieder mit dem Rücken zu Alex und gerade, als ich dachte, dass es nicht so angenehm für den Nacken war, die ganze Zeit so nach oben zu starren, legte Alex seine Hände auf meine Schultern, um diese zu massieren. Ich hoffte, dass er die Gänsehaut nicht bemerkte, welche seine Berührungen hervorriefen. Ich war wie erstarrt, bis ich es nicht länger aushielt und mich wieder umdrehte. Seine Hände waren noch immer auf meinen Schultern. Ich schaute in seine Augen und fand darin die Bestätigung, dass er mich auch küssen wollte.

»Ich bin mir nicht sicher, ob das eine so gute Idee ist«, sagte er und atmete schwer. Ich war verwirrt, ob ich ihn richtig verstanden hatte, da es sehr laut war und sein Satz nicht wirklich Sinn hatte.

»Was meinst du?«

»Seit ich dich das erste Mal gesehen habe, wollte ich in deiner Nähe sein. Ich versuche stark, nicht wie ein Stalker zu erscheinen. Noch nie fühlte ich mich so zu jemandem hingezogen. Ich befürchte, dass ich, wenn ich dich küssen würde, noch die letzte Kontrolle über mich selbst verlieren würde.« Als er das sagte, wanderten seine Hände zu meinem Nacken und seine Finger fuhren sanft durch meine Haare. Ich schloss meine Augen und genoss einfach nur dieses Gefühl.

»Es könnte etwas spät sein, um jetzt einen Rückzieher zu machen«, flüsterte ich.

Er zog mich langsam zu sich heran und als unsere Lippen endlich aufeinandertrafen, überstrahlten die Feuerwerke, die in mir drin losgingen, definitiv die Show am Himmel. Der Kuss war so perfekt; ich wollte, dass er nie aufhörte. Ich war froh, dass ich mich an ihm festhalten konnte, sonst wäre ich vielleicht in Ohnmacht gefallen. Wie konnte ein einfacher Kuss so anders sein? Er war Welten von dem entfernt, den Toby mir gegeben hatte.

Nach einer kurzen Ewigkeit lehnten wir uns zurück, nur um einander in die Augen zu schauen.

»Ich hätte das schon lange tun sollen«, sagte Alex und zog mich erneut für einen Kuss zu sich heran. Die Feuerwerke hörten auf, aber unser Kuss ging weiter. Danach hatten wir beide ein Strahlen im Gesicht.

»Ich bin ganz deiner Meinung. Du hättest das schon vor langer Zeit tun sollen. Aber ich sollte nun wahrscheinlich los. Ich kann Paula nicht die ganze Nacht alleine lassen.«

»Stimmt.« Er klang nicht so, als ob er mich gehen lassen wollte. »Okay, dann lass uns gehen.« Er legte einen Arm um meine Schulter.

»Du musst nicht mit mir mitkommen. Nichts gegen dich, aber ich werde wahrscheinlich schneller sein ohne dich.« Ich zeigte entschuldigend auf sein Bein.

»Wow, ein Kuss und schon rennt sie davon. Vielleicht sollte ich doch schwul werden«, witzelte er und zog mich erneut zu sich heran. Unsere Gesichter waren nur etwa zwei Zentimeter voneinander entfernt.

»Aber bevor du mich ans andere Ufer stößt, gib mir noch eine Chance.« Er küsste mich nochmals.

»Glaube mir, es wäre ein großer Verlust für die weibliche Welt.« Ich war zu sehr außer Atem, als dass meine Stimme wirklich funktionieren konnte.

»Dann sehe ich dich morgen?«, fragte er.

»Ja. Ich kann's kaum erwarten.« Ich lehnte mich zurück, um etwas Distanz zwischen uns zu bringen.

»Übrigens bin ich sehr froh, dass du mich heute entführt hast.«

»Ich auch.«

Wir lächelten beide. Ich drehte mich um und atmete als Erstes lange aus. Diese ganze Anspannung in der Luft füllte mich mit Energie. Ich verschwand in der Menge. Ich wusste, dass ich ohne die U-Bahn schneller sein würde, da nun die ganze Menschenmasse in einem Strom dorthin floss. Als ich mich sicher fühlte, dass mich niemand beobachtete, nahm ich ein schnelleres Tempo an. Es war super, an Menschengruppen vorbeizusausen oder im Slalom einen Pfad durch sie hindurch zu bahnen. Ich war so voll von Energie, dass ich etwa sechsmal um Boston herumrannte, bis ich zurück zum Irish Pub ging. Als ich da ankam, sah ich, dass Paula nicht zu viel versprochen hatte. Es war überfüllt mit Leuten. Daher flitzte Paula schon herum wie eine emsige Biene.

»Mann, endlich«, rief sie, als sie auf mich zueilte, mit zwei vollen Tabletts an leeren Gläsern und Flaschen in der Hand. »Warum sind deine Wangen so rot?«, lachte sie, aber dann kümmerte sie sich schon um den nächsten Gast an der Bar. Ich schnürte die Schürze hinter meinem Rücken zu und verbrachte dann den Rest des Abends auch damit, herumzurennen, ohne dass sich nochmals eine Gelegenheit bot, mit Paula zu sprechen oder noch länger über den Kuss mit Alex nachzudenken.

Als sich der Pub langsam leerte, waren wir mit Putzen und Geldzählen beschäftigt.

»Yup, gute Nacht«, sagte Paula, als sie ein Geldbündel in eine verschließbare Plastiktüte steckte. Ihr Gesicht hatte eine gesunde Farbe und ihr Pferdeschwanz war noch unordentlicher, als er zu Beginn des Abends gewesen war.

»Wie hielten es diese Leute nur hier drin aus? Es war wie eine Sauna. Ich war froh, wann immer ich einen Grund dazu hatte, in den Kühlraum zu gehen«, sagte ich.

»Ja, es war sehr verlockend, mich einfach dort drin zu verstecken. Aber ich dachte, dass du ohne mich keine Überlebenschance gehabt hättest. Verdammtes Kriegs-gebiet hier draußen.«

»Trotzdem, viel unterhaltsamer als das Wüstengebiet vorher. Und schau dir das Trinkgeld an.« Ich zeigte auf den fast vollen Krug auf der Theke.

»Ja, die Leute waren heute gut gelaunt. Ich würde sagen, wir haben uns ein Bier verdient.« Sie verschwand, um das Geld in den Safe zu legen.

Ich war auch immer noch übermäßig gut gelaunt. Ich schaute auf mein Handy und sah eine Mitteilung von Alex, welche nochmals eine Adrenalinwelle durch mich hindurchschickte.

'Hey Nathalie! Ich hoffe, die Arbeit läuft. Ich wünschte jedoch, dass ich dich nicht hätte gehen lassen müssen. Ich hatte unsere Zeit zusammen wirklich genossen. Unter anderen Umständen, wäre ich gerne morgen mit dir Inlineskaten oder Fahrradfahren gegangen, aber das gestaltet sich mit

Ich schrieb schnell zurück.

Ich versteckte mein Telefon wieder in meiner Hosentasche und wusch den Waschlappen noch ein letztes Mal an diesem Abend.

»Warum hast du so ein Grinsen auf dem Gesicht?« Paula kam zurück in den Raum und nahm ihre Schürze ab.

»Ich werde morgen auf Walbeobachtung gehen.«

»Könnte es mit jemand Bestimmtem sein? Komm schon, muss ich denn alles erraten?« Paula schenkte für uns beide ein Bier aus. Nur ein Kleines für mich. Mittlerweile hatte sie gemerkt, dass ich nicht so eine große Trinkerin war. Wir setzten uns und ich erzählte ihr von meinem Ausflug mit Alex. Ich ging aber nicht allzu sehr ins Detail, wie ich für ihn empfand. Es war doch etwas verrückt, schließlich hatten wir uns erst gerade kennengelernt.

»Ich bin froh, dass du eine gute Zeit hattest. Sei aber vorsichtig, am Anfang sind sie immer sehr nett und großzügig darin, Aufmerksamkeit zu verschenken.«

»Abwarten und Tee trinken.« Ich versuchte, gleichgültig zu klingen.

»Mach ein Foto, wenn du einen Wal siehst. Wir haben in der fünften Klasse so einen Ausflug gemacht, das war großartig.«

Als ich nach Hause kam, redete ich eine Weile mit Melissa und Luke.

»Du triffst ihn also wieder?«, fragte Melissa und sie tauschten einen kurzen Blick aus.

»Ja, er ist ehrlich gesagt ziemlich nett«, sagte ich beiläufig.

»Sei einfach vorsichtig, okay? Beziehungen zwischen übernatürlichen Geschöpfen und Menschen sind nicht weniger kompliziert als normale Beziehungen und du musst die ganze Zeit extrem aufmerksam sein, dass er unser kleines Geheimnis nicht herausfindet«, warnte sie mich und Luke nickte.

»Ihr seid gerade die Richtigen, um mir etwas zu sagen.« Ich rollte mit den Augen.

»Darum weiß ich ja auch, wovon ich spreche.« Melissa kicherte.

»Zudem ist es noch gar keine Beziehung.« Ich fühlte mich wie ein Teenager und sie waren die Eltern, die alles besser wussten. Ich fand, dass diese Warnung völlig unnötig war. Sie kannten ihn nicht und ich lernte ihn gerade erst kennen. Wie wär's damit, sich einfach für mich zu freuen? »Seid nicht so hypokritisch.« Ich war Roisin dankbar, dass sie ihnen offensichtlich nicht von den Pfützen erzählt hatte. Wenn sie davon wüssten, würden sie komplett ausflippen.

»Wir sagen dir nur, dass du vorsichtig sein sollst, weil wir dich gern haben«, sagte Luke. »Aber falls du dich für ihn entscheidest und ihr werdet ein Paar, kann ich dir sagen, dass er ein sehr glücklicher Mann wird. Ich spreche aus Erfahrung.« Er zwinkerte Melissa zu.

Ich ging in mein Zimmer und hörte ein wenig Musik. Ich konnte nicht anders, das Gesicht von Alex und die Erinnerung an unseren Kuss erschienen immer wieder vor meinem inneren Auge. In einer Sache lag ich falsch. Ein Kuss minderte mein Verlangen nach ihm überhaupt nicht, vor allem nicht so ein guter Kuss. Nun wollte ich noch mehr.

KAPITEL 22

ICH TRAF ALEX AM STEG für das 11-Uhr-Boot. Für einen Moment war es ein wenig komisch, weil wir uns gestern das erste Mal geküsst hatten und nun nicht sicher waren, ob wir uns mit einer Umarmung, einem kurzen Kuss auf den Mund oder einem langen Kuss begrüßen sollten. Die Unsicherheit dauerte nur einen Augenblick, bevor wir einander in die Augen schauten.

»Hey!«, sagte ich.

»Guten Morgen.« Er zwinkerte und trat einen Schritt näher. Er schloss seine Arme um meinen Körper und brachte mein Gesicht näher an seines. Als sich unsere Lippen trafen, rauschte so viel Energie durch meine Adern, dass ich NYC wahrscheinlich für einen Monat hätte Strom leihen können.

»Ja, Morgen!« Alex atmete aus. »Warst du schon einmal auf einem Walbeobachtungstrip?«, fragte er dann. Wir standen in einer Reihe, um an Bord des Boots zu kommen. Er hatte die Tickets schon online gekauft.

»Nein, ich freue mich darauf. Und du?«

»Nur einmal, als ich ein Kind war. Wir haben aber nur die Schwanzflosse von zwei Walen gesehen. Ich hatte mir vorher gedacht, dass sie vor uns aus dem Wasser springen würden.«

Wir gingen aufs Schiff und fanden einen Sitz auf dem

oberen Deck auf der Terrasse. Da es ziemlich wolkig war, standen die Chancen, von der Sonne verbrannt zu werden, zum Glück auf Null. Als sich das Boot einen Weg aus dem Hafen bahnte, hatten wir eine gute Sicht auf die Skyline von Boston. Danach lag weit und breit nur noch der Ozean vor uns und die Luft roch nach Meersalz. Da es ein wenig kühl war, verschränkte ich die Arme vor meinem Körper. Alex hatte diese Bewegung bemerkt und legte den Arm um meine Schultern, um mir von seiner Körperwärme etwas abzugeben. Auf der einen Seite war es nun viel bequemer, auf der anderen Seite konnte ich nun praktisch spüren, wie sein Herz gegen meine Haut klopfte. In meiner Vorstellung sah ich, wie das Herz seine Lebensenergie schön in jede Zelle seines Körpers pumpte. Ich saß ganz still und versuchte mich auf eine Matheaufgabe zu konzentrieren. Nichtsdestotrotz kam es zum Punkt, an dem es unerträglich wurde. Ich konnte nicht so nahe bei Alex sein, ohne ihn zu küssen oder seinen Körper zu erforschen. Ging es ihm nicht ähnlich? Ich seufzte und stand auf.

»Bewegen wir uns ein wenig.«
Wir schauten in verschiedene Richtungen ins Blaue hinaus. Im Moment waren keine Wale zu sehen, aber die Frau ließ uns wissen, dass sie zwei auf ihrem Radar entdeckt hätten.

»Ist alles in Ordnung?«, fragte Alex verunsichert.

»Ja, warum?« Ich schaute aufs Meer hinaus.

»Du scheinst mir etwas unruhig«, stellte er fest.

»Ich würde einfach gerne einen Wal sehen, das ist alles.«

»Du bist schlimmer als die Kinder.« Er nahm Bezug auf die Kleinen, welche auf dem Deck herumrannten. »Aber keine Sorge, ich habe ein gutes Gefühl für heute.«

»Warum, hast du einen siebten Sinn dafür?«

»Nein, aber die tauchen besser auf, wenn ich dich schon hierherführe.« Er trat hinter mich und legte seine Armen um meine Taille. Sein Herzklopfen war so intensiv, dass es förmlich gegen meine Schulterblätter hämmerte. Lebendig und köstlich. Ich leckte wie ferngesteuert über meine Zähne und musste mich daran erinnern, dass ich nicht physikalisch nach seinem Herzen trachtete. Wie hielten es die anderen Sirenen nur aus, so nahe bei ihren Freunden oder Ehemännern zu sein, oder überhaupt bei einem Mann? Etwas musste sich ändern, oder ich konnte kein positives Ende unseres Treffens garantieren.

Er küsste mich auf meinen Hinterkopf. Ich schloss meine Augen und ließ eine weitere Elektrizitätswelle durch mich hindurchlaufen, während ich mich auf der Reling abstützte. Ich drehte mich um, um ihn zu küssen. Als wir uns wieder trennten, sah ich in seinen Augen das gleiche Verlangen, welches ich in mir drin fühlte.

Ich musste mehr haben. Ich ließ ihn los und umklammerte das Geländer, weil ich Angst hatte, dass ich ihn sonst auseinanderreißen würde.

»Was ist los?«, fragte er.

»Die Wellen machen mich etwas schwindlig«, log ich.

»Oh, nein.« Er streichelte meinen Arm. »Willst du dich wieder setzen?«

»Nein, hier zu stehen ist schon gut. Ich brauche die frische Luft.« Ich schluckte und machte einen Schritt zur Seite und starrte auf den Ozean hinaus. Er stützte sich neben mir auf das Geländer und wir beide starrten aufs Wasser hinaus. Wir schauten schweigend den zwei Walen weit vor unserem Schiff zu.

»Ich schätze, ich werde für unser nächstes Date etwas Anderes planen«, brach er das Schweigen.

»Wahrscheinlich wäre das für uns beide angenehmer.« Ich lächelte schwach.

Zurück an Land versuchte ich auch, Distanz zu wahren. Ich brauchte zuerst eine bessere Strategie, bevor ich mich ihm wieder annähern konnte.

»Ich glaube, ich sollte nach Hause gehen und mich hinlegen«, sagte ich daher.

»Tut mir leid. Ich hoffe, dir geht's bald wieder besser.«

»Du musst dich nicht schlecht fühlen. Es überrascht mich

selbst, welchen Einfluss die Wellen auf mich haben. Aber wir küssen uns zu deiner Sicherheit heute lieber nicht mehr.« Weil ich dich sonst vielleicht umbringe. »Weil ich mich sonst vielleicht auf dich übergebe.«

Würde Ablenkung mit einem anderen Mann helfen? Ich dachte darüber nach, mich bei Kyle zu melden und suchte auf dem Handy nach seiner Nummer. Aber ich war nicht wie Roisin. Für mich wäre das Betrug. Ich wollte viel lieber das, was Melissa und Luke hatten. Also musste ich sie eventuell trotzdem um Rat bitten.

Ich stützte mich auf den Esstisch und trommelte mit den Fingern darauf.

»Was ist denn mit dir los?« Melissa schaute von ihrer Zeitung auf.

»Ich habe zu viel Energie. Ich muss mich beschäftigen.« Melissa legte ihre Zeitung auf den Küchentisch.

»Du magst diesen Alex, habe ich recht?«

Ich versuchte mit einer guten, ausweichenden Antwort herauszurücken, aber schlussendlich sackten meine Schultern nach unten, als ob ich eine Niederlage akzeptierte.

»Ja.« Ich seufzte. »Wie konntest du es nur bei Luke aushalten, als er noch menschlich war?«

»Bei mir aushalten? Sie liebte meine Gegenwart!«, rief Luke aus.

Ich hatte ihn auf dem Sofa gar nicht gesehen.

Melissa winkte ihm zu, dass er still sein sollte.

»Ich wollte dich eigentlich etwas zu einem Kleid fragen, welches in meinem Zimmer ist.«

Ich verstand den Wink mit dem Zaunpfahl, dass sie dorthin gehen wollte, um mit mir unter vier Augen zu reden. Ich hörte, wie Luke schnaubte und war mir sicher, dass er mit den Augen rollte.

Melissa und ich verschwanden in ihrem Zimmer und sie schloss die Tür hinter uns.

»Melissa, ich will Alex weiterhin sehen, aber irgendwie finde ich es viel schwieriger, ihn nicht zu töten, als alle anderen Menschen«, sagte ich verzweifelt.

»Ich weiß, was du meinst. Luke machte mich wortwörtlich verrückt. Ich musste nicht einmal bei ihm in der Nähe sein. Nur schon zu wissen, dass er existierte, bewirkte, dass ich zu ihm rennen und sein Herz herausreißen wollte«, flüsterte sie fieberhaft.

»Sein Herz herausreißen? Du wolltest ihn umbringen?«, fragte ich entrüstet.

»Ich wollte ihn nicht umbringen, aber er hatte den anziehendsten Herzschlag, den ich je gehört hatte. Es wäre der Shot meines Lebens gewesen.« Melissa war für einen Moment in Gedanken versunken. Sie sah fast traurig aus, als ob sie etwas verpasst hätte. Sehr untypisch für sie.

»Aber offensichtlich hast du ihn nicht umgebracht«, untermalte ich den Fakt.

»Ich wollte ihn ja nicht umbringen.« Sie wischte sich eine Haarsträhne aus dem Gesicht. »Trotzdem war es schwierig zu widerstehen. Es klingt schlimm, wenn ich mich selbst so reden höre.« Sie schüttelte ihren Kopf. »Es ist schwierig, diese Gefühle zu erklären. Ich ersehnte nichts mehr, als bei ihm zu sein, aber gleichzeitig war es eine Qual ihm so nahe zu sein und nur an der Oberfläche herumzuplantschen.«

»Was hast du also getan?« Ich hoffte, sie würde mir eine hilfreiche Antwort geben.

»Naja.« Sie verstummte und schaute auf den Boden. »Er ist ja trotzdem ein Mann und ich musste nicht ewig warten, bis er auch wissen wollte, was unter der Oberfläche, beziehungsweise meinen Kleidern war. Und meine Güte, war ich froh, dass ich ihn vorher noch nicht umgebracht hatte. Das hatte dann wirklich etwas vom Druck weggenommen. Wie ein großes Ventil. Und nun kann ich es immer und immer wieder genießen«, sie zwinkerte mir zu, »anstatt nur eine einmalige Möglichkeit zu haben.«

»Okay, okay.« Ich scheuchte diese Bilder aus meinem Kopf. Plötzlich wurde mir klar, dass es doch einen Nutzen für ihr Bett gab.

»Mit anderen Worten: Du schlägst mir vor, mit Alex in die Kiste zu hüpfen?«, fragte ich.

Melissa seufzte. »Es ist hart, zu glauben, dass ich so etwas vorschlagen würde, aber auch ich muss mich mit einigen Sirenenstrategien abfinden. Du musst jedoch vorsichtig damit sein. Er ist doch noch sehr jung.«

»Jung ist doch gut, oder? Das gibt ihm mehr Zeit, bis er alt wird.«

»Das schon, aber … «, sie suchte nach den richtigen Worten, »aber er könnte zu jung sein, nach etwas Festem zu suchen. Er fühlt sich vielleicht von dir angezogen, aber das bedeutet nicht, dass er sich nicht auch von anderen Mädchen angezogen fühlt.« Sie seufzte erneut. Viel Seufzen heute. »Die Sache ist die: Wenn du nur von der Lust geleitet wirst, würdest du nicht so verletzt werden, wenn es endet. Das kannst du immer sonst irgendwo finden. Nimm dir ein Beispiel an Roisin.« Melissa lachte. »Aber falls du den Wünschen deines Herzens folgst und es dann nicht so klappt, wie du es dir vorgestellt hast, wirst du diejenige sein, die viel mehr leiden wird als er. Wenn wir unser Herz erst einmal wieder für jemanden schmelzen lassen, ist es nachher extrem schwer, diese Gefühle wieder loszuwerden. Die Guten wie auch die Schlechten. Schau dir Cathy an.« Sie zeigte mit ihrer Hand auf eine unsichtbare Cathy. »Ich glaube, Roisin hat dir ihre Geschichte erzählt?«

Ich nickte. »Aber es wäre ein zu großer Zufall, wenn Alex auch einen Unfall haben und eine Umwandlung brauchen würde. Daher sollte ich mir wenigstens hierüber keine Sorgen machen müssen.«

»Ja, aber nur für den Fall, dass du dein Herz riskierst und es geht bergab – ich sag nicht, dass es das wird«, sie hielt ihre Hände beschwichtigend in die Höhe, »aber nur für die kleine Möglichkeit, bitte denke einfach nach, bevor du von einer Klippe springst.«

»Ich finde, du bist etwas zu dramatisch.«

»Vielleicht. Aber du bist wie die Tochter, die ich immer

wollte. Ist es nicht normal, dass ich dir gengenüber einen Beschützerinstinkt habe?« Sie schaute mich an, als ob sie mich umarmen wollte, aber distanziert wie wir waren, taten wir das nicht.

»Sich zu sorgen ist okay. Bevormundung nicht.«

»Hmpf. Und jetzt wollte ich dir gerade nochmals sagen, dass, egal wie gefüllt mit roten Herzchen dein Verstand sein wird, du ihm nie die Wahrheit über dich erzählen darfst. Ansonsten würden die Orbiter nicht lange mit euch fackeln.«

»Ich weiß.« Ich schluckte.

Als wir das Zimmer wieder verließen, war Luke immer noch auf dem Sofa und gab vor, nicht neugierig auf uns gewartet zu haben.

»Mensch, habt ihr da drin Pläne geschmiedet, um die Weltherrschaft an euch zu reißen?«

»Dafür benötigen wir keinen Plan, mein Lieber, wir würden es einfach tun, wenn wir wollten. Es würde jedoch so viele mühsame Dinge miteinschließen, dass ich es im Moment vorziehe, vor dem Fernseher zu sitzen und einen Film schauen.« Sie kuschelte sich neben ihm aufs Sofa.

»Klingt auch nach einem guten Plan.« Er legte einen Arm um sie.

Sie waren so süß zu zweit. Dieses Bild löste aber nur das Verlangen in mir aus, auch so eine Beziehung zu haben.

Ich ging zurück in mein Zimmer, um nochmals meine Gefühle für Alex zu analysieren. Es konnte nicht nur sexuelle Anziehung sein. Wenn das nicht Liebe war, konnte ich mir nicht vorstellen, was es sonst sein sollte. Ich würde wohl oder übel meinem Bauchgefühl folgen müssen und das sagte mir, weiterhin mit Alex zusammen zu sein oder sogar den nächsten Schritt in unserer Beziehung zu machen. Auch mit Melissas Stimme in meinem Hinterkopf, die mir sagte, dass ich vorsichtig sein sollte und so weiter. Nichts hatte sich je besser angefühlt, als in Alex' Nähe zu sein.

Und wir verbrachten weiterhin viel Zeit miteinander. Wir gingen ins Kino und aßen Eis und Popcorn – also er aß. Wir gingen ans Meer und ins Museum, wie jedes normale Paar. Die ganze Zeit über war meine einzige Entlastung, dass er früher oder später auch mit mir schlafen wollte. Jedoch trennten sich unsere Wege normalerweise, wenn er am Abend ins Bett musste. Ich bin mir sicher, dass er die sexuelle Anziehung auch fühlte. Ich sah es, in der Art, wie er mich anschaute und wie er manchmal langsam seine Hände an meinem Nacken entlangfuhr. Er sandte mir klare Signale und trotzdem machten wir immer noch nichts Anderes als Händchen zu halten und uns zu küssen. Wir waren doch nicht mehr im sechzehnten Jahrhundert, wo wir warten mussten, um Sex zu haben, bis wir verheiratet waren. Für einen Augenblick zog ich die Möglichkeit in Betracht, dass er tatsächlich so religiös war, aber dann erinnerte ich mich daran, wie er gesagt hatte, dass er nicht wirklich an einen Gott glauben konnte, weil seine Mutter so früh gestorben war. Warum in aller Welt war er dann so zögerlich? Nicht, dass ich eine Männerexpertin gewesen wäre, aber bis jetzt hatte ich in meinem ganzen Leben gelernt, dass es normalerweise der Mann war, der schneller Sex haben wollte. Warum musste gerade ich bei einem Typen landen, der anders war? Oder stimmte etwas mit uns oder ihm nicht? Langsam wurde ich wirklich frustriert.

KAPITEL 23

ES WAR NUN EINFACHER, mein Leben am Cape vor Alex geheim zu halten, weil sein Bein es ihm nun wieder erlaubte, im Delikatessengeschäft zu arbeiten. Aber es gab zwei Tage Anfang August, an welchen wir beide nicht arbeiten mussten und Alex hatte die glorreiche Idee, mit mir campen zu gehen. Das einzige Mal, an dem ich gezeltet hatte, war in unserem Garten in der Schweiz gewesen. Ich konnte sofort zurück ins Haus gehen, wenn ich wollte. Ich meine, wie komfortabel können Campingmatratzen werden? Und all die Insekten, die ins Zelt kriechen könnten! Nichtsdestotrotz sagte ich ja, als er es vorschlug, denn alles, was ich denken konnte, war: er, ich, ein Zelt und niemand sonst.

Melissa und Luke waren etwas enttäuscht, dass sie meinen ersten Geburtstag als Sirene nicht mit mir feiern konnten, aber sie verstanden, dass mir dieses Wochenende mit Alex viel bedeutete.

Da keiner von uns ein Auto hatte, mieteten wir uns eines. Wir nahmen sogar eines mit Allradantrieb, sodass wir es auch zu den abgelegenen Zeltplätzen im Nationalpark schaffen würden. Bevor wir uns ins Grüne zurückzogen, fuhren wir nach Greenfield, wo Alex aufgewachsen war, um die Campingausrüstung zu holen. Wir waren mit seinem Vater zum Mittagessen verabredet.

Sie hatten eines dieser typischen niedlichen amerikanischen Häuser, mit einer Treppe, die zu einer kleinen Terrasse führte, und einer amerikanischen Flagge, die neben dem Eingang im Wind baumelte.

Sein Vater wartete schon in der Küche.

»Hey, ich habe euch gehört, als ihr die Einfahrt hochgefahren seid.« Er umarmte seinen Sohn.

Ich wartete mit einem kleinen Abstand, unsicher, was ich tun sollte, aber dann schaute sein Vater über Alex' Schulter auf mich. Er machte einen Schritt vorwärts und streckte seine Hand aus.

»Hallo, ich bin Flavio. Wie geht's, Nathalie?« Wir schüttelten uns die Hände. »Es ist schön, dich endlich kennenzulernen.«

Sein Vater war wahrscheinlich Mitte fünfzig. Seine dunklen Haare hatten einige graue Strähnen, welche seinem Aussehen eine attraktive Reife verliehen. Er war immer noch gutaussehend. Wie einer dieser Ärzte in den Fernsehserien. Ich würde kein Problem damit haben, wenn Alex älter wird, dachte ich. Wir gingen fürs Mittagessen in ein chinesisches Restaurant.

»Ich sehe meinen Sohn ja kaum mehr und das ist sein Lieblingsrestaurant, daher dachte ich, wir sollten hierher gehen. Willst du wissen, warum es sein Liebstes ist?« Er schaute mich an.

»Paps, ich mag das Essen hier wirklich, das ist kein Grund mehr.«

»Was ist kein Grund mehr?«, fragte ich, als Alex mit den Augen rollte.

»Am Schluss kannst du in eine Schale fassen und so viele Glückskekse mitnehmen, wie du möchtest. Alex liebt Glückskekse. Er hat immer zwei Hände voll mitgenommen.« Sein Vater lachte.

»Die sind doch staubtrocken«, sagte ich.

»Man kann nie genug Glück haben, oder?« Er zeigte mir

seine Zähne.

Ich setzte mich strategisch geschickt gegenüber von ihnen hin, damit ich das Essen besser auf meiner Serviette verstecken konnte.

Wir bestellten die 'Acht Schätze'-Platte, welche zu meiner Bestürzung mit süß-sauer Suppe kam.

»Für mich keine Suppe, bitte. Ich kann keine heiße Suppe bei heißem Wetter essen«, sagte ich zur Kellnerin.

»Es wäre kein normales Essen mit dir, wenn du keine Spezialwünsche hättest.« Alex drückte meinen Arm.

»Ich weiß halt, was ich will und was nicht«, antwortete ich.

Glücklicherweise redete sein Vater gerne und die Aufmerksamkeit war nicht die ganze Zeit bei mir, als wir aßen. Sein Vater war ziemlich witzig. Alles ging gut, bis ich es wieder verbockte.

»Was machst du?«, fragte mich Alex verwirrt, sodass sein Vater aufhörte zu reden und mich auch anschaute.
Er hatte mich auf frischer Tat ertappt, als ich ein Stück frittiertes Hühnchen auf meine Oberschenkel fallen ließ. Ich lachte nervös. Alex guckte unter den Tisch und sah offensichtlich den Berg an Essen auf meinen Beinen.

»Kann ich einen Moment mit dir sprechen?«, sagte er durch zusammengepresste Zähne.

Ich nahm meine Serviette und versteckte alles darin und warf sie auf dem Weg zur Veranda in einen Abfall.

»Ich bin gespannt, wie du das erklären willst.«

»Ähm.« Ich dachte intensiv nach.

»Bist du magersüchtig oder so und das ist es, warum du immer nur so wenig isst? Das würde Sinn ergeben«, sagte er etwas hart. »Erstens wäre das so eine Nahrungsmittelverschwendung und zweitens siehst du so gut aus, dass du gut noch einige Kilos zulegen könntest und immer noch besser als alle Supermodels aussehen würdest.« Er schaute mich forschend an.

»Okay, das ist wirklich peinlich. Nein, ich bin nicht magersüchtig.« Ich boxte ihn in die Schulter. »Ich war noch nie zelten.« Ich ließ diese Worte einen Moment auf ihn wirken. »Darum dachte ich, dass ich das ganze Wochenende verhungern müsste oder nur Insekten und Beeren zu Essen bekommen würde. Daher dachte ich, ich nehme ein wenig Take-Away-Essen mit und esse es, wenn du nicht hinsiehst.«

Er starrte mich an, als hätte ihn der Blitz getroffen. »Nathalie, manchmal verhältst du dich so seltsam. Dann denke ich, dass du ein Alien von einem anderen Planeten bist und nicht nur aus einem anderen Land. Ich meine, dass du lange in einem anderen Land gelebt hast.«

»Aber werden wir Essen haben?«, fragte ich.

»Natürlich. Wir werden zu viel Essen haben. Ich habe für das ganze Wochenende ein 5-Stern-Menü geplant. Was hältst du denn von mir?« Er spielte den Beleidigten.

»Okay, vielleicht hätte ich vorher einfach fragen sollen«, schlug ich vor. »Aber jetzt weißt du, was für ein Campinganfänger ich bin.«

»Ja, ich werde dich das Zelt alleine aufstellen lassen, damit du wenigstens etwas lernst und vielleicht alleine in der Wildnis überleben würdest.«

»Großartig, die viele Arbeit, die das mit sich bringt.«

»Ich hoffe, ich kann deine Meinung ändern, und dass du die Zeit in der Natur genießen wirst.«
Wir gingen zurück ins Restaurant.

»Entschuldige, dass wir dich warten ließen«, sagte Alex zu seinem Vater.

»Kein Problem. Ich hoffe, dass ihr lösen konntet, was auch immer gelöst werden musste.«

»Ja, alles in Ordnung«, antwortete Alex.

»Nun weiß ich, warum er so viel Zeit in der Stadt verbringt«, sagte sein Vater zu mir. »Du bist ein sehr hübsches Mädchen, Nathalie. Seine Mutter war auch schön. Ich bin froh, dass guter Geschmack in der Familie liegt.« Dann seufzte er. »Ich wünschte, ich könnte mit euch campen kommen. Aber ihr Jungen sollt das alleine genießen.«

Ich war erleichtert, dass sie dann mit dem Essen fertig

waren und ich nicht noch weiter etwas vorspielen musste. Das war knapp. Und es würde die Dinge in Zukunft nicht vereinfachen, da Alex mich von nun an wahrscheinlich noch genauer beobachten würde.

Als wir das Restaurant verließen, griff ich nach einer ganzen Hand voll Glückskeksen. Wir fuhren zurück zum Haus und Alex warf alles, was erforderlich war, in den Kofferraum. Er packte Essen ein, um Hamburger, Sandwichs und Pasta zu machen und fürs Frühstück gab es Milch und Cornflakes. Ein normaler Mensch sollte einige Tage mit dieser Menge überleben können.

»Bis in zwei Tagen.« Flavio winkte uns nach, als wir zum Green Mountain National Forest fuhren.

Natürlich deutete es der Name schon an, dass es viel Grün und Wald haben würde, aber es dämmerte mir trotzdem erst da, wie viel Wald und Natur es in Nordamerika tatsächlich gab. Irgendwie hatte ich mir vor allem immer überfüllte Städte vorgestellt.

Alex fuhr. Sein Bein war perfekt verheilt. Er musste nur noch einen speziellen Stiefel anziehen, wenn er viel herumlief, aber sonst war alles wieder gut. Ich musste immer noch meine Schiene tragen, aber das störte auch nicht weiter. Es fühlte sich gut an, neben Alex im Beifahrersitz zu sitzen. Als ob wir ein Team waren, das zusammengehörte.

Wir bogen auf einen Pfad ab, der nur für Geländewagen befahrbar war. Es musste kürzlich geregnet haben, denn die Autoräder hatten tiefe Spuren in der vorher feuchten Erde hinterlassen. Nun war die Straße so uneben, dass alles in unserem Auto herumgeworfen wurde, mich eingeschlossen.

»Entspann dich. Dieses Auto ist dafür gemacht. Wir werden da durchkommen.« Alex lachte.

Trotzdem umklammerte ich den Griff neben meinem Kopf fest, sodass meine Knöchel weiß anliefen.

»Ich suche einen geeigneten Ort, wo wir unser Zelt aufschlagen könnten«, sagte er, die Augen auf den Weg gerichtet, mit einem aufgeregten Glanz darin.

»Und wie soll dieser genau aussehen?« Ähnlich wie ein Hotel, dachte ich und war erleichterter denn je, dass ich hier draußen nicht auf die Toilette gehen müsste.

»Flach, im Schatten der Bäume und nahe am Wasser«, listete er auf.

Ich suchte den Wald nach einer Ebene ab, während ich durchgeschüttelt wurde.

»Das sieht wie ein guter Platz aus.« Er zeigte zur Seite. Der Pfad führte einen Hügel hinunter. Offensichtlich waren wir nicht die ersten, die dort herunterfahren würden, aber ich fragte mich, wie in aller Welt wir es wieder zurück nach oben schaffen würden. Es war ziemlich steil.

Alex fuhr trotzdem hinunter. Ich fühlte mich wie auf einer sehr unsicheren Achterbahn. Wir schafften es hinunter auf eine Waldlichtung neben dem Fluss. Es passte zu seiner Beschreibung vom perfekten Campingplatz. Er parkte das Auto. Wir stiegen aus und schauten uns ein wenig um. Ein Reh stand auf der gegenüberliegenden Seite des Flusses und alles, was ich hörte, waren Vögel, die sangen, und das Plätschern des Wassers. Wir schienen weit und breit die einzigen Menschen zu sein.

Alex atmete tief ein.

»Manchmal vergesse ich, wie gut die Luft hier draußen riecht. Es riecht nie so rein in der Stadt.«

»Es ist schön hier«, sagte ich.

Er nickte. »Und so bist du. Mein Vater hatte Recht, du bist wunderschön.« Er zog mich in eine Umarmung und küsste mich auf die Haare, was bewirkte, dass sich die kleinen Härchen an meinem Nacken erhoben.

»Dann lass uns dir mal beibringen, wie man ein Zelt aufstellt.«

Er öffnete den Kofferraum und holte einen Camping-stuhl heraus, welchen er im Schatten eines Baumes aufstellte. Auch am späteren Nachmittag war die Sonne noch stark.

»Hättest du gerne ein Bier?« Er griff in die Kühlbox.

»Nein, danke«, lehnte ich ab.

»Dachte ich mir schon. Es gibt auch Sprite und Wasser, falls du Durst bekommst.« Er nahm sein Bier und lehnte sich im Campingstuhl zurück. Er streckte seine Beine von sich, nahm einen Schluck und seufzte.

»Das Leben ist super, weißt du?« Dann fügte er mit einem schelmischen Lächeln auf seinen Lippen hinzu: »Das Zelt ist im Kofferraum. Falls du irgendwelche Fragen hast, gebe ich dir gerne Anweisungen.«

»Du verarschst mich, oder?«

»Nein, ich will auch nicht gemein sein, aber ich finde es eine wichtige Eigenschaft für eine Frau, dass sie alleine ein Zelt aufstellen kann. Wenn ich dann weiß, dass du es kannst, werde ich dir wieder helfen.«

»Da musst du dir um mich keine Sorgen zu machen, weil das sowieso das letzte Mal sein wird, dass ich campen gehe.« Ich schnaubte. Nichtsdestotrotz stampfte ich zum Auto, um die Zelttasche zu holen. Nicht, dass ich eine Prinzessin war oder so, aber ich dachte, wenn er zelten gehen wollte, konnte er wenigstens auch die Arbeit machen. Er genoss seine Position sichtlich.

Ich ließ die Tasche zu Boden plumpsen und Alex gab mir Anweisungen, wie ich es ausrollen musste, wo die Heringe einzuschlagen waren und wie ich die Stäbe einstecken musste. Als ich dann einen Schritt zurücktrat, sah es sogar wie ein Zelt aus.

»Gut gemacht«, sagte Alex. »Du hast das viel schneller geschafft, als ich gewettet habe«, grinste er.

Das hatte ich auch. Es war weniger schwierig, als ich gedacht hatte. Ich war auch ein wenig stolz.

»Falls du es brauchst, ich habe WC-Papier auf den Beifahrersitz gelegt. Nun kannst du dich zurücklehnen und die Umgebung genießen, während ich mich um das Abendessen kümmere.« Er war bereits daran, den tragbaren Gasgrill aufzustellen.

»Oh, ein Mann, der kochen kann.« Ich klatschte in die Hände.

»Hey, ich mache immer Frühstückssandwichs im Deli, aber der richtige Test ist, wenn es um gute Burger geht. Und das werde ich jetzt herzaubern, hier inmitten der Natur.«
Ich sah, wie sich die Muskeln in seinem Arm anspannten, als er die Gasflasche hochhob. Ich hätte mich nicht weniger um Burger scheren können. Aber andererseits, diese Arme … Sie luden mich zu einer ganz anderen Geschichte ein.

Bald waren Fleisch, Zwiebeln und Paprika auf dem Grill und es begann gut zu riechen. Alex wendete alles und machte etwas Platz, um die Brothälften auch noch für einige Minuten aufzuwärmen. Dann war das Essen fertig und wir machten unsere Hamburger. Er hatte die Paprika mit Streichkäse gefüllt. Ich bin mir sicher, dass es sehr lecker gewesen wäre.

Wir aßen in den Campingstühlen und schauten den Fluss an. Ich war nun noch vorsichtiger, damit er nicht merken würde, dass ich nicht aß.

»Es ist so friedlich hier draußen«, sagte er.

»Ja, dieses Gefühl bekomme ich auch, wenn ich am Cape bin.«

»Ich kann's nicht glauben, dass wir den ganzen Sommer nicht einmal bei deinen Eltern waren. Es ist, als ob du etwas vor mir verstecken würdest.« Er zog scherzend eine Augenbraue nach oben.

»Es ist sowieso besser im Spätsommer. Das Wasser ist dann am wärmsten«.

»Dann sollten wir aber bald mal hinfahren.«

»Ja, schauen wir mal.«

Nach dem Abendessen entschuldigte ich mich schnell, um auf die Toilette zu gehen. Ich ging weg, bis ich sicher war, dass ich weit genug im Dickicht war und dann rannte ich zum Parkbesucherzentrum, wo sie richtige Mülleimer hatten. Ich verstaute mein Abendessen darin und ging dann zurück zu unserem Zelt.

Wir wuschen die Teller mit Wasser, welches wir in Gallonen mitgebracht hatten.

»Du hast dich wirklich gut vorbereitet«, bemerkte ich.

»Es ist nicht so, als ob ich das zum ersten Mal mache.«

»Du gehst mit all deinen Freundinnen campen? Ich wusste es«, scherzte ich.

»Okay, ich ging auch mit Sandra zelten.« Er reichte mir einen nassen Teller, um ihn zu trocknen. »Aber ich mag campen und so war es natürlich, dass wir früher oder später campen gehen. Jedoch fühlt sich das hier anders an.«

»Tut es das? Warum?«, wollte ich wissen.

»Du bemerkst schon, dass dies das erste Mal ist, dass wir tatsächlich eine Nacht miteinander verbringen?« Es schwang eine unterschwellige Doppeldeutigkeit mit diesem Satz mit.

»Dessen bin ich mir bewusst«, sagte ich und dachte, dass es nicht ich war, die das Ereignis verzögert hatte.

»Und ich muss zugeben, dass – wenn ich mich jetzt nicht fest konzentrieren würde – ich dich wahrscheinlich sofort küssen und auszuziehen beginnen würde. Daher kann ich dir nicht versprechen, dass es nachher kein unanständiges Verhalten geben wird.« Er überreichte mir noch mehr Geschirr, ohne mich anzuschauen. Die Luft fühlte sich an, als ob der kleinste Funken eine riesige Explosion auslösen würde. So dicht fühlte sie sich an.

Ich schaute Alex an. »Ich denke nicht, dass ich das als unanständiges Verhalten abstempeln würde.«

Ich sah, dass er ausatmete und nickte, aber er konzentrierte sich einfach weiterhin auf den letzten Becher und entfernte sich dann, um den Grill zusammenzufalten. Ich starrte ihn verwirrt an. Warum war er so zögerlich? Wir wussten beide, dass heute DIE Nacht war und wir nicht mehr nur die glücklichen Teenager spielen würden. Wieso musste er also immer noch dieses Spiel spielen und so tun, als ob es eine Chance gab, dass nichts geschehen würde? Ich seufzte und entschied mich nichtsdestotrotz, meine Frustration für den Moment beiseitezulegen und den schönen Abend in der Natur zu genießen.

»Ich werde ein Feuer machen. Willst du mir helfen, einige Äste zu finden?«, fragte er.

»Okay.« Ich nickte.

Er ging zum Auto und holte zwei Stirnlampen. »Hier, die ist von meiner Schwester.«

Es begann langsam, dunkel zu werden. Wir zogen die Stirnlampen an und machten einen Spaziergang in der Umgebung. Zuerst nahm er meine Hand und wir schlenderten, unsere Finger ineinander verschränkt, bis wir die Äste nicht mehr nur mit unserer freien Hand halten konnten. Bald brannte ein nettes, kleines Feuer und das Flammenlicht tanzte auf den umherstehenden Bäumen.

Er legte eine Wolldecke in einem sicheren Abstand vom Feuer auf den Boden. Dann setzte er sich und schaute mich erwartungsvoll an.

»Muss ich dir eine formelle Einladung schicken?« Er tätschelte die Fläche vor ihm.

Ich setzte mich auch und lehnte mich gegen seinen Oberkörper. Ich zog seine Arme um mich. Die waren besser als jeglicher selbstgestrickte Pullover auf der Welt.
Für eine Weile saßen wir einfach da, ohne zu sprechen und hörten dem Knistern des Feuers zu.

»Mhh, deine Haare riechen immer so gut.« Alex hatte seine Nase und seinen Mund an meinem Hinterkopf.

»Von Zeit zu Zeit dusche und wasche ich meine Haare gerne«, sagte ich. »Wahrscheinlich ein Hobby, dem ich morgen nicht nachgehen kann, da ich kaum glaube, dass du auch noch eine tragbare Dusche mitgebracht hast.«

»Nein, was uns zurück aufs Nackt-Schwimmen bringt.«

Ich fühlte, wie sich sein Körper verkrampfte. Nicht auf eine gute Art. Ich setzte mich gerader hin und drehte mich um, um ihn direkt anzuschauen.

»Was ist dein Problem, Alex?«

»Was meinst du?«, fragte er nervös.

Ich habe mal im Ratgeberteil eines Magazins gelesen, dass, wenn man mit jemandem ein Problem hat, man, anstatt denjenigen zu beschuldigen, immer versuchen sollte, aus der eigenen Perspektive zu sprechen. Was bedeutet, dass man die

Sätze mit 'Ich finde, ich denke, es scheint mir' usw. beginnen sollte.

»Mir kommt es so vor, als ob du jedes Mal auf Distanz gingst, wenn es zu Körperkontakt kommen könnte. Ich will ja auch nicht in etwas hineinstürzen, aber wir haben uns nun fast jeden Tag gesehen während der letzten drei Monate und das Einzige, was wir machen, ist Händchenhalten.« Ich warf meine Hände in die Höhe, weil ich meine Frustration nicht mehr verbergen konnte. »Zweimal hast du heute Abend Nacktheit erwähnt. Das erste Mal hast du mich danach keines Blickes gewürdigt und gerade eben hat es sich angefühlt, als ob du dich in einen Stein verwandeln würdest, so sehr hast du dich verspannt. Du bist in deinen Zwanzigern, solltest du nicht mehr wollen?«

Er blickte zu Boden und sagte nichts. Ich dachte, dass ich vielleicht zu weit gegangen war. Vielleicht hatte er irgendein körperliches Problem, das ihm zu peinlich war, um darüber zu sprechen, und ich hatte ihn gerade bloßgestellt.

»Ich will dich.« Es war praktisch nur ein Flüstern. »Ich will dich sogar mehr, als ich je jemanden haben wollte. Ich glaube, ich habe mich in dich verliebt.« Sein Gesichtsausdruck war so ernst, als ob er mir gerade mitgeteilt hätte, dass ich an einer unheilbaren Krankheit leide.

»Bei dir klingt das, als ob es was Schlechtes sei«, sagte ich.

»Ich kann nichts dafür. Je mehr Zeit wir zusammen verbringen, desto mehr will ich mit dir sein. Ich möchte jede Sekunde mit dir verbringen und ich möchte meinen Alltag mit dir teilen. Es ist lächerlich.« Er legte seinen Kopf in den Nacken und schaute zum Himmel.

»Alex, das ist überhaupt nicht lächerlich. Akzeptiere es einfach endlich und küsse mich!« Ich rückte noch etwas näher. Ich hatte das wärmende Feuer hinter mir und spürte, wie seine Körperwärme in mein Gesicht strahlte. Mein altes Ich wäre in dieser Situation wahrscheinlich unglaublich nervös gewesen. Mein ganzes Selbstbewusstsein wäre schon längst geflüchtet. Jetzt jedoch fühlte es sich einfach so richtig an, dass es einfach der natürlichste Weg war, um weiterzugehen. Nach einer kurzen Ewigkeit schloss er endlich das letzte Stück, das uns noch trennte und küsste mich. Ich meine, er küsste mich WIRKLICH. Er drückte mich sanft nach vorne, ohne meine Lippen je zu verlassen, sodass ich zurückweichen musste, bis ich auf der Wolldecke lag. Sein Mund wanderte meinem Kiefer entlang hoch zu meinem Ohr, wo er zart an meinem Ohrläppchen knabberte. Dann küsste er mich meinen Nacken entlang nach unten und ich fühlte mich, als ob ich wahnsinnig würde.

»Es sind nicht nur deine Haare, es ist alles an dir. Du riechst so gut« flüsterte er an meinen Nacken. Seine freie Hand begann an der Seite meines Körpers hochzuwandern, unterdessen bahnte er sich mit seinen Küssen einen Weg zu meinem Schlüsselbein und dann noch weiter, zu der kleinen Schleife in der Mitte meines BHs.

»Zu viele Schichten«, sagte er und seine Hände wanderten unter mein T-Shirt. Ich versuchte mich ein wenig aufzurichten, um ihm zu helfen, es auszuziehen. Er atmete scharf aus und starrte mich einen Moment einfach nur an.

»Du bist so schön, es ist einfach nicht fair.«

Ich zog ihn nach unten, um ihn wieder zu küssen und zog ihm dabei gleich auch sein Oberteil aus. Er roch auch gut – männlich. Zudem konnte ich mit jeder Bewegung seine Bauch- und Armmuskeln sehen und spüren.

Alex nahm mir den BH ab und widmete dann all seine Aufmerksamkeit meinem nackten Oberkörper und küsste sich dann einen Weg nach unten, zum Rand meiner Hose. Diese öffnete er schließlich und nahm sie mir auch ab.

Er war wieder an der Reihe, einige Kleider zu verlieren, bis er nur noch Boxershorts anhatte. Ich konnte sehen, dass er erregt war, was mich wiederum anmachte. Wir küssten uns leidenschaftlicher denn je und umarmten uns einfach für eine Weile. Das Unvermeidliche folgte und wir verloren auf magische Weise unsere Unterhosen. Alex hatte sogar ein Kondom in seiner Jeanstasche, was mich kurz stutzen ließ. Er zuckte nur mit den Schultern. »Ich war mir nicht sicher, wie lange ich die Distanz wahren könnte. Ich dachte, es wäre besser, wenn ich vorbereitet bin.«

Ich kann die Gefühlsexplosion nicht einmal beschreiben, die ich beim Sex mit ihm fühlte. Ich fühlte mich so lebendig.

»Oh, mein Gott«, stieß Alex zittrig hervor. »Das fühlte sich so gut an.« Er sank erschöpft neben mir zu Boden. »Wir müssen das später unbedingt nochmals machen!«

Ich legte einen Arm auf seine Brust, die sich regelmäßig erhob und senkte und legte meinen Kopf auf den Arm, welchen er über die Decke ausstreckte. Nun roch er sogar noch besser. Dieses Gemisch aus Schweiß und Endorphinen zusammen mit seinem normalen Körper-geruch. Ich küsste ihn auf seine gerötete Wange.

»Ich liebe dich, Alex«, flüsterte ich.
Er drückte mich mehr an sich heran. Es war die perfekte Mischung von Körperhitze und Abendbrise.

»Vielleicht könnte mir Zelten doch noch gefallen«, sagte ich.

»Das wird dir besser gefallen, denn es wird nicht das letzte Mal sein, dass ich dich in die große Natur mitnehme. Es tut gut, sich ab und zu wie ein winziger, fragiler Mensch zu fühlen.«

Wir starrten in den Himmel hinauf. Man konnte sogar einige Sterne durch ein Loch in den Baumkronen sehen.

»Was hast du gesagt, wir sollen das später wiederholen?«, sagte ich nach einer Weile. Ich stützte mich auf und begann ihn zu küssen. Er war dieser Idee nicht abgeneigt.

Irgendwann zogen wir uns zurück ins Zelt. Wir kuschelten uns aneinander und benutzten die Schlafsäcke als große Decke. Seine Brust war ein sehr bequemes Kissen. Als ich seinem regelmäßigen Herzschlag zuhörte, war meine ganze Brust von Glück erfüllt. Das musste wohl wahre Liebe sein. Ich fühlte mich lebendiger, als ich mich je gefühlt hatte, als ich noch menschlich war. Das war es, wie ich den Rest meiner Zeit verbringen wollte. Oder wenigstens seiner Zeit.

Als uns die Sonne am nächsten Morgen weckte, denn ich hatte vorgespielt, dass ich kurz weggedöst war, waren unsere Körper immer noch ineinander verschlungen.

»Alles Gute zum Geburtstag.« Alex küsste mich auf meinen Mund. Ich lächelte ihn überrascht an.

»Was, dachtest du, ich hätte es vergessen?« Er grinste. Sein Gesicht schützte mich vor den wenigen Sonnenstrahlen, die es schon gab. »Tja, Pech gehabt. Schließe deine Augen«, befahl er und ich tat, was er sagte, und zog dabei den Schlafsack bis über meine Brust. Jetzt, bei Tageslicht fühlte ich mich so nackt neben Alex etwas weniger selbstbewusst. Er machte immer noch weiter, als wäre nackt zu sein das Natürlichste auf der Welt. Ich spürte etwas Kühles an meinem Handgelenk und wie er daran herumfummelte.

»Okay, du kannst deine Augen öffnen.«

Ein kleines Silberherz hing neben dem Schokoriegel und dem Fahrrad an meinem Armband.

»Ich weiß, nicht das originellste Geschenk, aber es kommt direkt von hier.« Er berührte seine Brust, wo sein Herz darunterlag.

»Es ist perfekt, danke.« Ich küsste ihn. Das Silberherz hatte sich schon an meine Körpertemperatur angepasst und fühlte sich an, als ob das schon immer sein rechtmäßiger Platz gewesen sei.

»Nun, da du wieder wach bist, muss ich dich etwas fragen«, sagte er dann.

»Okay.« Ich sah ihn fragend an.

»Ist mit deinem Puls alles in Ordnung? Als du geschlafen hast, dachte ich für einen Moment, du seist tot, weil ich dein Herz nicht spüren konnte, und jetzt spürte ich immer noch nichts an deinem Handgelenk.«

Großartig. Diese Unterhaltung musste ja früher oder später stattfinden.

»Ja, ich habe einen sehr tiefen Puls. Darum wird es mir oft schwarz vor Augen, wenn ich aufstehe. Aber keine Angst, alles ist normal. Dein Herz macht dafür meines wett.« Ich stieß ihn wieder auf den Schlafsack und lächelte. »Gestern Abend klopfte es so stark, als wärst du gerade einen Marathon gerannt.« Ich kicherte und hoffte, dass ich ihn genügend von seiner Feststellung abgelenkt hatte.

Wir verbrachten den restlichen Tag und die weitere Nacht mit Schwimmen, Wandern und viel mehr inniger Zweisamkeit. Ich war froh, dass ich zwei Nächte in einem Zelt überlebt hatte und wirklich, Camping war im Grunde doch nicht so schlimm.

KAPITEL 24

DER TAG WAR GEKOMMEN, an welchem ich keine Ausreden mehr finden konnte, um zu vermeiden, dass Alex unser Zuhause auf dem Cape besucht. Ihn von meinem fiktiven College-Schlafzimmer fernzuhalten, war einfach. Ich konnte einfach erzählen, dass keine Fremden und ganz sicher keine Männer erlaubt waren.

Seit ich jedoch aus Versehen erwähnt hatte, dass wir ein Haus am Strand hatten, drängte er, es zu sehen. Ich machte mir nicht zu viele Sorgen darüber, dass Melissa und Luke charakterlich nicht mit Alex auskommen würden. Was mich mehr beängstigte, war, dass Luke einen spontanen Tobsuchtsanfall bekommen könnte, oder dass Alex es nicht glauben würde, dass sie meine Eltern waren. Was konnte ansonsten schon schief gehen?

Zum Beispiel hätten wir einfach bei einem Autounfall sterben können, auf dem Weg zu unserem Haus. Melissa holte uns mit dem Auto einer Arbeitskollegin ab, weil es zu mühsam gewesen wäre, mit öffentlichen Verkehrsmitteln nach Hause zu kommen und weil Melissa und Luke nicht zugeben wollten, dass wir eine amerikanische Familie ohne Auto waren. Jedoch war Melissa schon seit ungefähr zwanzig Jahren nicht mehr gefahren. Falls damit noch nicht genug gesagt war, konnte man es so ausdrücken: Ich wusste nicht, dass es möglich war, ein Auto mit automatischer

Gangschaltung so ruckelig zu fahren, wie sie es tat. Aber sie bestand darauf, zu fahren.

»Und du bist extra nach Boston gekommen, um uns abzuholen? Ich bin mir sicher, dass wir auch einen anderen Weg gefunden hätten«, presste Alex durch seine Zähne hervor. Er versuchte freundlich zu bleiben, während er auf der Rückbank herumgeworfen wurde.

»Äh, nein, das macht mir gar nichts aus«, sagte Melissa und trat darauf viel zu hart auf die Bremse, als wir uns einer roten Ampel näherten. »Wenn unsere einzige Tochter sich endlich entscheidet, ihre Eltern zu besuchen, dann würde dies Grund genug sein, es in einem Brief an den Präsidenten zu erwähnen. Sie denkt, unser Stranddorf biete den jungen Leuten nicht genug und bleibt lieber in der Stadt. Vielleicht gibt es aber auch noch einen anderen Grund, warum sie sich nicht mehr so oft zeigt.« Sie zwinkerte ihm zu über den Rückspiegel und fuhr gefährlich nahe an den Randstein heran, als sie ihre Augen dafür kurz von der Straße abwendete. Sie gab vor, nichts bemerkt zu haben und fuhr einfach weiter. »Zudem musste ich sowieso einige Einkäufe in der Stadt erledigen. Es ist schön, zwischendurch ein wenig herauszukommen.«

Nie war ich froher, unsere Einfahrt zu sehen. Als das Auto mit einem abrupten Halt vor dem Haus ankam, seufzten wir alle vor Erleichterung.

»War gar nicht so schlimm, wie ich es mir vorgestellt hatte«, flüsterte Melissa, sodass es Alex nicht hörte.

»Ach, was du nicht sagst.«

Alex war schon ausgestiegen, streckte seinen Rücken und betrachtete unser Haus.

»Sieht hübsch aus. Und so nahe am Strand, dass man das Meer hören und riechen kann. Warum sind wir im Sommer nie hierhergekommen?«, fragte Alex ungläubig.

»Ich muss doch einige Geheimnisse behalten, die ich eins ums andere als Bonus aufdecken kann, oder?«

Wir gingen ins Haus. Als ich sah, wie Alex alles mit großen Augen betrachtete, wurde mir erneut bewusst, welch kleines

Juwel wir hier hatten.

Ein Tisch mit Kaffee war auf der Terrasse gedeckt, wo Luke vor einem Augenblick noch gesessen hatte. Nun kam er auf uns zu, um Alex auch zu begrüßen. Er trug eine Sonnenbrille und wie er Alex begrüßte, war er sehr formal. Ich weiß nicht, ob es war, weil er sich bei einem Menschen unwohl fühlte, oder ob er sich durch einen weiteren Mann im Hause bedroht fühlte, es war auf alle Fälle eine witzige Beobachtung.

»Ich wäre auch in die Stadt gekommen, aber ich hatte einen Termin beim Augenarzt heute Morgen und konnte nicht Auto fahren. Daher die Sonnenbrille.« Er zuckte mit den Schultern.

»Kein Problem. Es war nett von Melissa, dass sie uns abgeholt hat.« Als Luke sich abwandte, warf mir Alex einen Blick zu, den ich als ‚Ich hoffe, wir können alleine zurückfahren‘ interpretierte.

Ich nahm Alex mit auf eine kleine Hausführung. Es erschien mir wie ein normales Haus. Wir hatten alles, was Menschen brauchen.

»Es ist ein sehr schönes Zuhause. Du lebst sozusagen dort, wo andere ihre Ferienwohnung haben. Ich kann's nicht glauben, dass du das für die Stadt getauscht hast.«

»Erwiesenermaßen gibt es hier draußen nicht so viele Möglichkeiten. Und vielleicht nehme ich mir einfach Ferien von meinem Urlaub. Ich könnte mir vorstellen, noch lange hier zu leben.« Ich lächelte.

Wir verweilten für eine Weile in meinem Zimmer und Alex schaute sich ein wenig um.

»So, wo versteckst du alle deine peinlichen Babyfotos?«, fragte Alex dann.

»Irgendwo, wo du sie nie finden wirst. Zudem gibt es keine peinlichen Fotos von mir, ich war ein niedliches Baby.« Ich stützte eine Hand auf meine Hüfte.

»Ich hätte nichts Anderes erwartet.« Er lehnte sich zu mir und küsste mich auf meine Lippen. Das raubte mir noch immer den Atem.

»Wir sollten wahrscheinlich zurück zu den andern gehen«, sagte ich etwas durch den Wind.

Wir hatten Kaffee und Kuchen und Melissa und Luke löcherten Alex nur so mit Fragen über sein Leben, dass ich schon Mitleid mit dem armen bekam. Schließlich fanden Luke und er ein gemeinsames Interesse an europäischem Fußball und diskutierten eine Weile über ihre Lieblingsteams und Spieler. Ich hörte viele bekannte Namen aus der Zeit, als ich tatsächlich noch in Europa gelebt hatte und jeden Tag von solchen Gesprächen umgeben war, weil Fußball in der Schweiz sehr wichtig ist. Als sie danach mit weiteren Fragen anfingen, dachte ich, dass ich Alex zu Hilfe eilen sollte.

»Gebt diesem Jungen eine Verschnaufpause, er ist ja schon ganz heiser, weil er euch so viel erzählen musste. Zudem habe ich euch das Meiste sowieso schon erzählt.«

»Wir wollen einfach wissen, mit wem du so viel Zeit verbringst und nun haben wir endlich die Chance, uns unser eigenes Bild von ihm zu machen.«

»Welches hoffentlich gut ist.« Alex war ein wenig nervös.

»So weit, so gut, junger Mann.« Luke grinste ihn an.

Und dann bezahlte ich dafür, dass ich Alex helfen wollte, denn die Unterhaltung drehte sich nun in eine andere Richtung und Alex fragte nach unserem Leben.

»Als sie drei war, verlor ich sie einmal im Supermarkt«, sagte Melissa. »Ich suchte verzweifelt nach ihr und andere Leute halfen, deinen Namen zu rufen.« Melissa schaute mich an. »Schließlich fanden wir sie hinter der Fleischtheke. Sie wollte nicht weggehen, bis die Frau ihr eine Scheibe Fleischkäse gegeben hatte«, lachte Melissa. »Das war die größte Angst, die ich je durchstehen musste.«

»Ich erinnere mich noch, wie mitgenommen du am Abend immer noch warst«, sagte Luke zu ihr. Melissa und Luke erfanden diese Geschichten über mich, als ob es das Einfachste auf der Welt wäre.

»Ich erinnere mich noch, dass Nathalie durch eine Phase

ging, in welcher sie einen imaginären Freund hatte, den sie „Käpten“, nannte«, sagte Luke. »Vielleicht würde sie ihn immer noch erwähnen, wenn Melissa sie nicht bei allen möglichen Schulclubs angemeldet hätte, wo sie dann richtige Freunde haben musste.«

»Äh, danke, dass ihr das jetzt erwähnt«, spielte ich mit. »Denkt ihr nicht, dass es reicht?«

»Pff, wir haben gerade erst angefangen«, sagte Luke.

Luke und Melissa schienen es sichtlich zu genießen in diesen nicht-existierenden Erinnerungen zu schwelgen. Ich dachte, dass sie manchmal etwas übertrieben. Das machte mich dann nervös, weil ich nicht sicher war, ob es noch glaubwürdig erschien.

Und dann ging es bergab. Plötzlich umklammerte Luke die Tischkante und unsere Aufmerksamkeit richtete sich automatisch auf ihn. Er stand schnell auf, sodass sein Stuhl umkippte.

»Plötzliche Migräne«, sagte er und drückte seine Hände gegen die Schläfen und entfernte sich von uns. Er verschwand im Haus, als ob es das Schwierigste sei, das er jemals hatte machen müssen.

»Die Anfälle sind sehr selten, aber wenn er einen hat, ist es sehr schlimm«, sagte Melissa entschuldigend. Ich schaute sie alarmiert an.

»Wahrscheinlich gehen wir besser, damit es hier ruhig ist«, sagte ich.

»Ja, das ist wahrscheinlich besser. Schade, ich hätte wirklich gerne mal für mehr als nur für uns zwei gekocht«, antwortete Melissa.

»Ich werde uns in die Stadt zurückfahren und das Auto das nächste Mal zurückbringen, wenn ich Zeit habe.«

»Ja, das ist okay. Wir können in der Zwischenzeit Lukes Arbeitswagen benutzen.«

All diese Formalitäten, nur damit unser Geheimnis auch ein Geheimnis blieb.

Als wir nach Boston fuhren, entspannte ich mich ein

wenig, da wenigstens nichts Schlimmeres passiert ist. Offensichtlich konnte Luke plötzlich nicht mehr mit Alex' Anwesenheit umgehen.

»So, Käpten, hm?«, brach Alex das Schweigen.

»Was kann ich sagen, ich hatte es schon immer auf starke Männer abgesehen.« Ich rollte mit den Augen, schaute dabei aber nicht von der Straße weg, welche in regelmäßigen Abständen von Laternen beleuchtet wurde. Die Straßen waren um diese Zeit ziemlich ruhig. Als ich noch menschlich war, wirkten diese Momente immer beruhigend auf mich, weil ich wusste, dass ich auf ein bequemes Bett zusteuerte. Nun war es einfach gut, etwas zu tun zu haben und neben dem Mann zu sitzen, den ich liebte.

»Ich hoffe, du hast diese Migräne nicht geerbt. Ich will nicht, dass unsere Kinder schlechte Gene haben.«

»Nein, nein, ich hatte noch nie eine.« Ich fühlte mich schuldig, dass wir uns sowieso nie Sorgen wegen Kindern zu machen brauchten.

Er legte seine Hand auf meinen Oberschenkel und ich meine auf seine und so fuhren wir in einer zufriedenen Stille zu seiner Wohnung. Da Brendon nun zurück war, konnte ich nicht bei ihm schlafen.

Als ich Alex also zurückgebracht hatte, brachte ich das Auto zu Melissas Freundin und ging dann zurück zu unserem Haus.

»Wie geht's Luke?«, fragte ich.

»Keine Ahnung, er ist nicht hier«, sagte Melissa besorgt. »Aber er ist wahrscheinlich nur in der Bibliothek, wo es leise ist und er sich beruhigen kann«, sagte sie mehr zu ihrer eigenen Versicherung.

»Wie sind euch all diese Geschichten eingefallen?«, fragte ich, während wir warteten.

»Glaube mir, ich hatte genug Freundinnen, die Babys hatten und ich musste immer deren Geschichten anhören. Nun war ich an der Reihe, diese Geschichten weiterzuerzählen. Wenigstens habe ich nicht stolz gequietscht, dass du deinen ersten Zahn schon mit fünf Monaten bekommen hast.«

»Yeah, yeah, wie auch immer. Was hältst du von ihm?« Ich schaute sie an.

»Ich konnte erkennen, dass er dich liebt. Er schaute dich immer an, wenn er dachte, dass ihn niemand sah und ich bemerkte, wie er immer deine Hand halten wollte.«

»Vielleicht hatte er einfach Angst, weil er die ganze Zeit eure Fragen beantworten musste.«

»Hey, besser ich löchere ihn mit Worten, anstelle meiner Zähne.« Luke erschien im Wohnzimmer und fletschte seine Zähne. Melissa und ich warteten auf eine Erklärung.

»Am Anfang war alles in Ordnung, aber dann konnte ich seinen Herzschlag plötzlich nicht mehr ignorieren. Wenn ich nicht sofort weggegangen wäre, hätte ich das Geräusch irgendwie erstickt, es war so nervig.«

»Gut, dass du weglaufen konntest«, sagte Melissa.
Ich hätte diesen Abend wahrscheinlich noch viel mehr genossen, wenn ich gewusst hätte, dass es für lange Zeit der letzte friedliche Abend sein würde.

Das nächste Mal, als ich Alex sah, war es nur für ein schnelles Mittagessen bei ihm zu Hause, für welches er Sandwichs aus seinem Deli mitbrachte. Er sagte, dass der Abgabetermin für sein Projekt näher rücke, und dass er daher noch viel arbeiten müsse. Wir aßen die Sandwiches auf seinem Bett, aber irgendwie wirkte er abgelenkt. Nach dem Mittagessen fühlte er sich nicht gut und sagte, dass er sich ausruhen müsse. Daher ließ ich ihn alleine, nachdem ich ihm für seinen Bauch einen Fencheltee gemacht hatte.

Wie geht's, mein Liebling?, schrieb ich ihm später an jenem Tag.

Besser. Ich muss gesund sein, da ich arbeiten muss, war seine Antwort.

Soll ich heute zu dir kommen?, schrieb ich am nächsten Tag.

Es tut mir leid, ich habe jetzt wirklich keine Zeit.

Seine kurzen Antworten und die Tatsache, dass es immer ich war, die ihn kontaktierte, waren sehr seltsam, da in all den vergangenen Monaten kein Tag vergangen war, an welchem wir uns nicht gesehen hatten oder er mir keine süße Nachricht gesendet hatte. Am dritten Tag rief ich ihn an.

»Und, wie geht's?«

»Okay.« Er klang genervt.

»Vielleicht würde dir etwas Ablenkung guttun«, schlug ich vor.

»Nein, ich muss mich konzentrieren«, sagte er kurz angebunden.

»Wenn du Probleme hast, wäre es vielleicht gut, wenn du deinen Kopf für einen Moment etwas freimachen könntest und dann mit neuer Energie an die Arbeit gehen kannst. Du scheinst wirklich gestresst zu sein. Ich würde dir gerne helfen.«

»Ich bin gestresst, aber du wärst wirklich nur eine Ablenkung.« Er seufzte. »Ich muss jetzt zurück zur Arbeit. Wir sprechen uns später.«

Er rief mich nicht zurück. Das war das erste Mal, dass er sagte, er würde sich melden und es dann nicht tat. Ging er mir absichtlich aus dem Weg?

Das Schlimmste war, dass ich nicht wusste, was ich falsch gemacht hatte. Es war so schwer, ihn nicht zu sehen und nicht bei ihm zu sein, aber die größte Qual von allem war, dass er es wahrscheinlich so wollte. Ich andererseits wollte jede Minute mit ihm verbringen. Das hatte er mir doch erst auch noch gesagt. Was konnte sich in dieser kurzen Zeit verändert haben? Ich hatte gedacht, dass alles perfekt war.
Ich fragte mich, ob er eine andere hatte.

Als er sich immer noch nicht bei mir gemeldet hatte am Morgen nach seinem Abgabetermin, machte ich mir wirklich Sorgen. Ich entschied, dass ich ihn finden musste und dann direkt damit konfrontieren würde, was hier eigentlich los war.

KAPITEL 25

DAS MENSCHLICHE GEHIRN ist eine weit entwickelte, geniale Maschine. Es geht in Tiefen, die ich mir nicht im Entferntesten vorstellen kann. Es kommt in vielen Schichten, sodass wir mit einer Million kleiner Dinge zur gleichen Zeit umgehen können und dabei andere Gedanken und Erinnerungen nahe der Oberfläche lagern, damit wir sie benutzen können, wenn wir dieses Wissen benötigen. Unser Unterbewusstsein ist eine dieser Schichten. Manchmal bleiben Dinge in unserem Unterbewusstsein verborgen, weil sie zu überwältigend sind, um direkt über sie nachzudenken und wir fangen schon unterschwellig an, ein Problem zu lösen, bevor wir überhaupt bemerken, dass es existiert. Menschen haben den großen Vorteil, dass sie ihre Probleme in den Träumen verarbeiten können. Sie können Ängste bekämpfen und Traumata erneut durcharbeiten und dabei am nächsten Tag immer wieder ungeschoren aufwachen, bis es eventuell eine Lösung gibt. In Träumen die Probleme zu behandeln, nimmt dir während des Tages eine riesige Last von den Schultern, das kann ich dir sagen. Nun begriff ich, was für ein Segen es war, träumen zu können. Denn das einzige Mal, das ich jetzt träume, ist, wenn ich wach bin und in einen Tagtraum falle. Ich schlafe nicht. Ich habe kein Unterbewusstsein, das sich mit meinen Ängsten und Schmerzen beschäftigt, während sich mein Körper ausruht. Ich muss alles in der brutalen Realität durchmachen. Vielleicht ist das der Grund, warum so viele Sirenen Selbstmord begehen.

Als ich das Schweigen zwischen Alex und mir nicht mehr aushielt, ging ich zu seiner Wohnung, aber natürlich war er nicht da. Ich ging zurück an die Uni, aber auch dort fand ich ihn nicht und so kehrte ich zurück zum Appartement, wo ich seine Schwester fand. Sie sagte mir, dass er sich sehr komisch verhalten hatte und gesagt hatte, dass er campen gehen würde. Sie dachte, dass ich davon gewusst hatte und die Tatsache, dass er mir nichts erzählt hatte, bekümmerte sie. Natürlich hatte er ihr nicht genau gesagt, wo er campen gehen würde und daher durchforstete ich alle Wälder in und um Massachusetts. Und wie schon erwähnt gibt es sehr viel Wald hier.

Glücklicherweise benutzte er dasselbe Zelt, in welchem wir geschlafen hatten und es war nicht weit weg vom Haus seines Vaters. Als ich ihn endlich fand, war ich zu aufgebracht, um klar zu denken, daher marschierte ich direkt aufs Zelt zu. Dort fand ich ihn in einem Stuhl, sein Gesicht gegen den Himmel gerichtet, mit geschlossenen Augen.

»Was denkst du, dass du hier machst?«, fragte ich, ohne meine Wut und Verwirrung zu verstecken.

Er öffnete aufgeschreckt seine Augen.

»Ich schätze, ich sollte nicht überrascht sein, dass du mich gefunden hast, oder? Es ist wahrscheinlich unmöglich, sich vor dir zu verstecken.« Er schaute mich mit einem fast leeren Gesichtsausdruck an. Dieser Blick brachte mein Herz zum Gefrieren. Wo war all seine Liebe und das Verlangen, mit welchem er mich vorher angeschaut hatte? Ich könnte nichts mehr davon entdecken.

»Wie meinst du das?«, stotterte ich.

»Genau, was ich sagte.« Er seufzte. »Welchen Grund gibt

es nun noch, mich zu verstecken? Du hättest es früher oder später sowieso herausgefunden.« Er atmete aus. »Ich weiß, wer du bist. Ich weiß alles über dich und diese Familie von dir.«

»Was meinst du?« Ich spielte die Ahnungslose, aber ich dachte gleichzeitig fieberhaft nach, wie er etwas hätte herausfinden können.

Er zögerte einen Moment, um zu überlegen, was oder wie er es sagen sollte, was in ihm vorging.

»Ihr seid Sirenen. Ich weiß nicht, wie Luke in dieses Bild passt, denn von dem, was ich gelesen habe, gibt es nur Weibchen in dieser Gruppe, aber deine Eltern haben beide diese unfassbare Schönheit an sich, welche du auch besitzt und bei dir bin ich mir sicher, dass du eine Sirene bist.«

Ich starrte ihn einfach in Schock und mit weit aufgerissenen Augen an. Also sprach er weiter.

»Du musst es nicht einmal bestätigen, ich habe genügend Beweise gesammelt. Nicht dass es jetzt noch darauf ankommt.« Er atmete scharf aus. »Als ich dich zuerst entdeckte, war ich sehr aufgeregt. Ich konnte meinem Glück nicht glauben. Mehrere Monate hatte ich nach Beweisen gesucht, die meine Theorie unterstützen würden, oder dass ich sogar einen neuen Hinweis für einen medizinischen Durchbruch finden würde. Ich war nicht ganz ehrlich mit dir, worüber mein Projekt eigentlich war.« Er hob entschuldigend die Schultern. »Ich wollte beweisen, dass es möglich ist, gewisse Zellen im Körper einzufrieren. Schlechte Zellen, wie zum Beispiel mit Krebs besetzte, oder solche, die schnell altern. Unterdessen würde der Rest des Körpers normal weiter funktionieren, oder man würde sogar noch länger leben. Der einzige Schwachpunkt in meiner Theorie war laut meinem Professor, dass ich sie auf mystischen Kreaturen basierte, wie Vampire und Sirenen. Wir kennen alle diese Geschichten. Sie sind ewig jung, haben spezielle Kräfte und sind wunderschön. Und ich glaubte, dass mit all diesen ungeklärten Fällen von ganzen Dörfern, die von einer Bestie massakriert wurden, Geschichten über mysteriöse Leute oder ganze Familien, die plötzlich verschwanden, etwas Wahres dabei sein musste. Es kann nicht sein, dass auf der ganzen Welt die gleichen Geschichten erfunden worden sind, bevor es eine Chance gab, diese über das Internet oder Briefe auszutauschen.«

Mir wurde mehr und mehr übel, mit jedem Wort, das er sagte. Ich musste mich auf einen großen Stein setzen, als er weitersprach.

»Es war eine große Nummer. Niemand glaubte mir und zuerst wollten mich meine Professoren auch nicht darüber schreiben lassen, aber ich blieb hartnäckig. Niemand hatte je etwas erfunden oder erreicht, indem er aufgab. Siehst du also, dass ich einen Beweis finden musste? Ansonsten wäre meine Arbeit als fiktive Geschichte durchgegangen und hätte den akademischen Standards nicht genügt. Und in jener Nacht, als ich den Autounfall hatte, war ich so nah wie nie daran, aufzugeben. Ich fühlte mich, als ob es so viele Hinweise um mich herum gab und ich trotzdem nie richtig etwas nachweisen können würde. Es würde Fiktion bleiben und alle würden sich über mich lustig machen. Aber dann fand ich dich. Oder besser, du hast mich gefunden.« Er zögerte einen Moment. »Wo jede normale Person einen Arm hätte verlieren sollen, oder wenigstens einen Arm voller Blut, erschien kein einziger Blutstropfen auf deinem Arm. Ich dachte, meine Wahrnehmung unter Schock spielte mir einen Streich. Trotzdem musste ich dranbleiben. Ich musste dich finden und mehr über dich wissen.« Er machte eine Pause, was mir Zeit gab, die Informationen, die er gerade von sich gegeben hatte, etwas zu verarbeiten.

»Oh mein Gott. Du warst also nie an mir interessiert, sondern hast mich einfach als Projekt benutzt und nun, da du fertig bist, kannst du mich fallen lassen?« Ich fühlte mich gleichzeitig bloßgestellt und war angewidert und verletzt. Eine unfreiwillige Träne rollte aus meinem Auge. Ich sah, wie unsere Beziehung zerbröckelte. Ich war überzeugt gewesen, dass wir etwas Stabiles und Wundervolles hatten, und nun sagte er mir, dass er alles nur geblufft hatte. Eine weitere Träne entwischte meinem Auge.

Ich weiß nicht, ob er es genoss, meinen Schmerz zu sehen, aber er sprach weiter. »Als ich dich gefunden hatte, wollte ich sehen, was wahr war an den Mythen und ob ich etwas finden konnte, das medizinisch interessant sein würde. Darum versuchte ich unsere Beziehung immer auf Distanz zu halten. Glaube mir, es war extrem schwer für mich, dir zu widerstehen.«

Ich schnappte nach Luft.

»Das Einzige, was ich je vergleichen konnte, war jedoch ein Haar, welches in meinem Zimmer liegen geblieben ist. Du hast wohl nie Hautschüppchen oder Fingernägel verloren, oder sonst irgendetwas. Aber es gab andere Anzeichen, die meinen Verdacht verstärkten. Dein Akzent, welcher übrigens sehr süß und verführerisch ist, und insgesamt strahlst du eine starke Anziehung gegenüber allen Männern in deiner Gegenwart aus. Ich sehe, wie sie die Köpfe nach dir umdrehen, wenn du an ihnen vorbeigehst. Des Weiteren gibt es praktisch nichts, das ich über deine Vergangenheit weiß. Du wolltest mich auch nie deinen Eltern vorstellen und so weiter. Ich weiß nicht einmal, ob irgendetwas, das du mir gesagt hast, wahr ist. Jedoch denke ich nicht, dass du hier studierst. Ich habe deinen Namen auf keiner der Webseiten gefunden.«

»Du bist verrückt. Ich sollte den Krankenwagen rufen. Ich habe halt eine sehr zurückhaltende Persönlichkeit. Ich traue keinem so einfach und jetzt weiß ich wieder, warum.«

Er schluckte. »Warum heilt dein Arm dann nicht? Du trägst immer noch diese Schiene. Was mir sehr leidtut. Meine Theorie ist, dass du nicht alterst. Nichts in deinem Körper tut das.

Zudem isst du nichts«, rief er aus. »Ich weiß nicht genau, wie du das gemacht hast, aber du warst immer so desinteressiert an Essen und hast vieles davon weggeworfen und dann die komische Sache im chinesischen Restaurant.«

Ich war geschockt, wie viele Dinge er über mich herausgefunden hatte, aber ich wollte nicht, dass er das bemerkte.

»Und warum zum Teufel kommst du dann zum Ergebnis, dass ich eine – wie hast du es genannt? – Sirene sein soll?«

»Du bist kein Vampir, denn dir ist es egal, ob die Sonne auf dich scheint. Aber da dies etwas weit hergeholt wäre, habe ich auch die mysteriösen Todesfälle in Nordamerika im Auge behalten. Praktisch, dass man als Biostudent in die Laboratorien der Krankenhäuser darf. Es gab keine Leichen mit komischen Bisswunden oder ohne Blut in ihren Körpern. Es gibt einige Todesfälle, deren Ursache nicht klar ist und es gibt eine kleine Gruppe, deren Herz zu einer getrockneten Pflaume geschrumpft ist und alle Adern auch. Mit dem Gedanken an mystische Kreaturen in meinem Hinterkopf, ging mir bald ein Licht auf, dass es eine schöne, weibliche Kreatur gibt, die sich von Herzen ernährt. Ich musste richtig liegen. Die Anziehung, die du aussendest, kann nicht normal sein. Ich wurde auch von ihr in den Bann gezogen.« Ich schüttelte nur meinen Kopf.

»Um wirklich sicher zu sein, ob du isst oder nicht, machte ich einen weiteren Test.«

»Wow, ich war wirklich deine Laborratte.« Ich starrte ihn an. »Und was hast du gemacht? Wenn du schon denkst, dass du genau weißt, wer ich bin.«

»Ach, eigentlich ist es doch egal.«

»Nein, ernsthaft, wenn du etwas über mich herausfinden wolltest, sollte mir wenigstens erlaubt sein, zu wissen, was es war.«

Er errötete beinahe.

»Erinnerst du dich noch, dass ich mich schlecht gefühlt habe, nach dem Sandwich vor ungefähr zwei Wochen?«, fragte er zögerlich.

Ich nickte langsam.

»Dir wird das gar nicht gefallen.« Er seufzte.

»Nichts von dem gefällt mir, falls du es noch nicht bemerkt hast.«

»Ich habe ein starkes Abführmittel in unsere Sandwiches getan. Wenn du nur einen Bissen davon gegessen hättest, hättest du irgendein Rumoren in deinem Bauch spüren müssen. Aber dir ging es super. Also hast du nichts gegessen, wie ich es schon viele Male zuvor vermutet hatte.«

»Du wolltest mich absichtlich vergiften? Und ich habe dir vertraut und gedacht, dass du mich liebst.« Ich schmetterte ihm diese Worte entgegen.

»Nicht vergiftet. Es hätte nur so lange angehalten, bis dein Magen leer gewesen wäre. Und weil ich ein schlechtes Gewissen hatte, tröpfelte ich die gleiche Menge auch auf mein Sandwich und siehst du, nur ich musste leiden.« Er schaute mich mit großen Augen an, fast furchtsam.

Das war mir egal. Als ob es dadurch besser wurde.

»Ich bin einfach nie sehr hungrig. Zudem habe ich so viele Allergien, dass mir Essen keinen Spaß macht. Ich esse nur, wenn mir mein Körper sagt, dass es absolut notwendig ist.« Ich schüttelte meinen Kopf. »Ich kann es nicht fassen, dass du das alles getan hast. Dass alles eine Lüge war.« Ich spürte, wie die Wut in mir emporstieg. »Warum musstest du so viele Gefühle vorspielen, wenn ich nur ein Projekt war?« Dann fügte ich noch hinzu: »Falls ich wirklich sein sollte, wer du meinst. Es klingt extrem lächerlich.«

»Wenn du deine Augen sehen könntest, würdest du nicht denken, dass es so lächerlich ist. Ich habe dich noch nie so gesehen. Du siehst aus, als ob du nur eine Sekunde davon entfernt wärst, mich umzubringen.« Er schluckte. »Und ich bin mir sicher, dass du das könntest, wenn du wolltest.« Er schluckte leer.

Verdammt, ich hatte meine Selbstbeherrschung verloren. Ich versuchte tief zu atmen und mich zu beruhigen, was unmöglich war mit dem emotionalen Tornado in mir drin.

»Wenn ich dich nicht umbringe, bin ich mir sicher, dass es andere tun werden. Das ist kein Witz, Alex; du hast keine

Ahnung, womit du es hier zu tun hast.«

»Ja, vielleicht weiß ich das nicht, aber wenigstens ein bisschen. Zudem habe ich es schon von Anfang an und auch jetzt noch großartig gefunden, dass du existierst.«

Ich hörte nicht zu. »Um mich zum Projekt zu machen, zu einem Versuchskaninchen.« Ich schüttelte den Kopf. »Siehst du nicht, dass nun alle mehr über uns wissen wollen? Sie werden uns einsperren oder in Laboratorien verschiedenste Versuche an uns durchführen, wie an Ratten und wir werden eine öffentliche Angelegenheit und Reporter werden uns jagen. Wir könnten zurückkämpfen und es würde übel werden. Wir werden kein normales Leben mehr führen können. Das steht über meiner Macht. Ich muss es jemandem erzählen und dann weiß ich nicht, was mit dir oder den Leuten, denen du das gesagt hast, passiert.« Ich drückte meine Hände gegen meinen Kopf.

»Bis jetzt habe ich es noch niemandem gesagt.«

»Wie steht's um deine Projektarbeit? Ich bin mir sicher, dass du alles genauestens dokumentiert hast und deine Professoren das nun studieren.«

Schweigen.

»Ich habe es nicht abgegeben. Die einzigen Kopien sind auf meinem Laptop und USB-Stick. Ich wollte es durchziehen und öffentlich machen. Ich habe es beendet und war eine ganze Woche vor Abgabetermin fertig. Aber dann fing ich an, darüber nachzudenken, was das für dich bedeuten würde. Und für uns. Ich wusste, dass ich dich danach nicht mehr sehen konnte, aber trotzdem wusste ich, dass es falsch war, dies einfach über dich zu verraten.« Seine Stimme wurde schwächer. »Nun bin ich der Witz der Professoren. Sie sind enttäuscht, weil ich ihre Zeit verschwendet habe, oder lachen, weil sie nichts Anderes erwartet haben; ich werde kein weiteres Stipendium erhalten und weiß nicht, wie ich mit meinem Studium weitermachen kann. Die Energie dazu habe ich auch nicht. Und dich habe ich noch weniger«, fügte er am Schluss noch beinahe flüsternd hinzu.

»Ich gab alles und habe ziemlich alles verloren.«

»Ich auch«, presste ich durch meine Zähne. Ich war sehr wütend und verletzt. »Ich kann damit jetzt gerade nicht umgehen. Ich weiß nicht, was ich machen soll. Erzähl es einfach niemandem mehr.«

»Was wirst du jetzt tun?«, fragte er.

»Ich weiß es nicht. Ich muss weg von hier.« Ich drehte mich um und sauste davon.

KAPITEL 26

ICH DACHTE EINEN MOMENT, dass ich für Melissa und Luke eine Notiz hätte hinterlassen sollen. Sie wüssten, was zu tun wäre. Aber was hätte ich schreiben sollen? Alex war ein VERRÄTER? Er BENUTZTE mich? Daher schrieb ich nichts und rannte einfach ins Blaue hinaus. Ich überquerte den Atlantik mit seinen Wellen, mit meinem Zuhause als Ziel. Es war mitten in der Nacht, als ich ankam und das Haus wirkte ruhig. Ich sah mein entsetzliches Spiegelbild in den dunklen Fenstern und entschied mich, dass ich in dieser Verfassung keinem menschlichen Wesen begegnen wollte. Ich rannte weiter. Über Felder und durch die Städte von Osteuropa, in die Türkei und dann südlich nach Saudi-Arabien, durch Wüsten, um dann plötzlich wieder am Ozean anzukommen. Das war das Längste, was ich je gerannt war, ohne eine Pause einzulegen. Aber es war, als ob ich nicht anhalten konnte. Ich wollte lieber das Gefühl von totaler Erschöpfung erreichen, statt dieses Schmerzes.

Endlich sah ich die Westküste von Australien am Horizont auftauchen. Hier war es später Morgen. An einem einsamen Strand fiel ich auf meine Knie und begann zu weinen. Ich hatte mein neues Leben gemocht und ich brauchte kaum ein Jahr, um alles kaputtzumachen. Ich weiß nicht, wie viele

Stunden ich dort einfach gesessen habe. Mit der Zeit wurde mir zu heiß, also zog ich meine Kleider aus und sprang ins Meer, nur mit meiner Unterwäsche bekleidet. Es ist unglaublich, wie man auf unserem überfüllten Planeten noch Orte findet, an welchen man komplett alleine ist.

Ich tauchte unter Wasser und schrie einfach, bis das letzte bisschen Luft aus meinen Lungen gepresst war. Dann ließ ich mich einfach treiben, was sich zeitlich wie eine Ewigkeit anfühlte, bis ich merkte, dass ich doch keine Meerjungfrau war und trotz allem immer noch an die Oberfläche gehen musste, um zu atmen. Ich schnappte nach Luft und spritzte Wasser um mich, als ich versuchte, gegen die Wellen anzukämpfen. Das kühle Wasser fühlte sich großartig an, gegen mein aufgedunsenes Gesicht. Nun konnte ich nicht mehr unterscheiden, was Tränen und was Meersalz waren.

Ich schwamm zurück an den Strand und ließ mich von der Sonne trocknen. Dann zog ich meine Kleider wieder an und wie eine Nomadin verspürte ich den Drang, weiterzuziehen. Nach Australien kam eine weitere lange Strecke Wasser. Ich rannte an einigen Walen vorbei, die an der Oberfläche entlangglitten. Dies wäre eine magische Erfahrung gewesen, wenn sie mich nicht an den Wahlbeobachtungsausflug mit Alex erinnert hätte. Jedoch war die ständige Meeresbrise genau das, was mein trauriger und schmerzender Körper brauchte. Schließlich erreichte ich Südamerika. Ich versuchte, den Gebirgsketten auszuweichen und daher folgte ich der Küste von Chile und Ecuador. Ich wusste, dass ich zurück in Amerika war, als es plötzlich wieder sechs oder mehr Spuren auf der Autobahn neben mir gab. Manchmal rannte ich auf dem Pannenstreifen, aber meistens suchte ich mir Wege über Farmland. Je näher ich dem Nordosten kam, desto matter fühlte ich mich. Nichts hatte sich in den letzten einunddreissig Stunden geändert, außer dass Phileas Fogg eifersüchtig gewesen wäre.
Ich wusste immer noch nicht, was ich tun sollte, als ich mich langsam an der Straße entlang zu unserem Haus zwang. Als

ich mich bei Rey vorbeischleppte, kam er nach draußen und winkte mich zu sich.

»Nathalie, was ist denn mit dir passiert?«
Meine Kleider hatten Flecken und meine Haare waren völlig zerzaust.

»Komm herein auf eine Tasse Tee.«
Ich war erschöpft und folgte ihm daher wie ein Zombie.

»Du siehst ein wenig mitgenommen aus.« Bemerkte Rey und setzte eine Teekanne auf. »Möchtest du mir erzählen, was passiert ist?«

»Wurdest du schon einmal von jemandem zutiefst enttäuscht, dem du vertraut hast?«, fragte ich.

»Ja, weißt du, ich traute diesen Ärzten, die sich um meine Frau hätten kümmern sollen.«

»Stimmt, tut mir leid.« Ich starrte die gegenüberliegende Wand an.

»Gibt es etwas, das ich für dich tun könnte?« Er stellte eine dampfende Tasse Tee vor mich hin.

Ich schüttelte meinen Kopf. »Ich denke nicht.« Ich schluckte. Verglichen mit seinem Schmerz, den er wegen seiner Frau fühlte, hatte meiner wenigstens nicht schon Jahrzehnte gedauert. Aber es konnte genauso kommen. Wer weiß, vielleicht war Alex bereits durch die Orbiter getötet worden. Ich würde eventuell auch für meine Fahrlässigkeit geradestehen müssen.

»Ich sollte wahrscheinlich nach Hause gehen.« Ich stand auf, ohne meinen Tee zu berühren. »Danke, das brachte mich etwas zurück auf den Boden.«

»Jederzeit.«

Ich lächelte schwach und trottete die letzten Schritte zum Haus. Cathy war da.

»Endlich, da bist du ja! Warum hast du dein Telefon nicht abgenommen? Alle hier laufen Amok. Du hättest anrufen sollen«, sagte sie, als sie vehement eine Nummer in ihr Telefon tippte.

»Melissa? Sie ist hier. Ja. Okay.« Sie hängte auf, wählte eine

weitere Nummer und schaute mich dabei forschend an. Dann hatte sie eine ähnliche Unterhaltung mit Roisin.
Ich hatte mein Handy nicht mitgenommen. Ich plumpste einfach aufs Sofa. Unterdessen schneiten alle anderen herein. Mit allen anderen meinte ich Melissa, Luke und Roisin.

»Mach das nie wieder! Die ganze Welt ist ein weites Gebiet, um nach jemandem zu suchen und nachdem wir Alex gefunden und mit ihm gesprochen hatten, wussten wir, dass etwas nicht in Ordnung war und du vielleicht etwas Unüberlegtes tun würdest«, schimpfte Melissa, umarmte mich kurz und trat dann wieder einen Schritt zurück. Luke legte einen Arm um ihre Schulter.

»Ihr habt mit Alex geredet?« Ich war entsetzt.

»Ja, wir hatten Angst um dich«, sagte Luke.

»Es tut mir leid.« Ich meinte es im Ernst. »Also, was hat er euch gesagt?«, fragte ich schnell.

»Alles, denke ich. Als wir drei zusammen auftauchten, wirkte er nicht mehr so mutig. Er gab mir alle Informationen, die er gesammelt hatte, samt Laptop und USB-Stick. Nun sollten wir alles besitzen, was er über uns weiß.«

»Ihr wisst also Bescheid«, sagte ich reumütig. »Was werdet ihr jetzt machen?«, fragte ich.

Sie schauten einander an.

»Darüber haben wir noch nicht wirklich gesprochen«, antwortete Roisin, »aber ich denke nicht, dass es nötig ist, jemand anderen zu informieren.«

»Ich stimme zu«, sagte Cathy zu unserer Überraschung. »Da er die Arbeit nicht eingereicht hat, hat er bewiesen, dass er zwischen Schlauem und Unrechtem unterscheiden kann, und das sollten wir ihm zugestehen. Obwohl die ganze Sache, so wie er es durchgezogen hat, nicht gerade der Weg eines Gentlemans ist.«

»Aber wird er es schaffen, dieses Geheimnis sein ganzes Leben lang zu bewahren?«, fragte Luke.

»Wir müssen ihn wohl oder übel überwachen«, sagte Roisin.

»Ich kann es einfach nicht glauben.« Ich schüttelte meinen Kopf.

»Schau nicht so trübselig«, sagte Melissa. »Wir haben auch nichts vermutet, als wir ihn kennengelernt haben. Er war intelligent und vorsichtig genug in dem, was er tat und bis jetzt haben sich die Orbiter auch noch nicht eingemischt.«

»Aber sie könnten.« Ich presste meine Hände gegen meine Stirn. »Mein Gott, was werden sie mit Alex machen? Er ist zwar im Moment nicht meine Lieblingsperson, aber ich liebe ihn.« Meine Schultern sackten nach unten. »Auch, wenn er mich nicht liebt und alles nur ein Projekt für ihn war, muss er beschützt werden. Er wusste nicht, was er tat.«

»Er ist nur ein Mensch. Es wäre das Einfachste, wenn sie ihn umbringen und es wie einen Unfall aussehen lassen würden«, sagte Melissa.

»Darum finde ich ja, dass wir uns abwechseln sollten, ihn im Auge zu behalten«, schlug Roisin vor. »Und jede Minute, die wir hier mit Reden vertrödeln, könnte ihm etwas zustoßen.«

»Ich will ihn jetzt gerade wirklich nicht anschauen müssen«, schüttelte ich meinen Kopf.

»Dann suche ich ihn mal.« Roisin verschwand.

»Ich wünschte, ich könnte meine Gefühle für ihn einfach vergessen. Seit ich mit ihm gesprochen habe, spüre ich den Schmerz in jeder Faser meines Körpers.«

»Ja, wäre Ausradieren nicht praktisch?«, sagte Cathy. »Dennoch, manchmal braucht man den Schmerz, damit wir verstehen, wie viel Wert etwas hatte, oder wie wichtig es für uns war. Wenn deine Gefühle immer noch so stark sind und es etwas gibt, das du tun könntest, um auf deine Gefühle hinzuarbeiten, anstatt sie abzuschotten, solltest du das vielleicht tun«, schlug sie vor.

Das überraschte mich.

»Du sagst, ich solle ihn treffen? Nach allem, was er mir angetan hat?«, fragte ich ungläubig.

»Ich sag dir nicht, was du tun solltest. Ich verurteile klar, was er getan hat. Darüber müssen wir nicht diskutieren. Aber schlussendlich hat er es nicht durchgezogen und war ehrlich darüber. Das sollte auch für etwas zählen, oder? Und deswegen denke ich nicht, dass du ihm egal bist.« Sie schaute zu Boden.

Ich dachte einen Moment darüber nach. Konnte es so einfach sein?

Ich versuchte, erneute Tränen herunterzuschlucken. Ich wünschte, dass sie Recht hatte.

»Manchmal ist auf sein Herz zu hören die richtige Entscheidung, obwohl alles andere dagegenspricht.« Cathy hielt an. »Zudem, Nathalie«, fügte sie hinzu, »Alex ist noch nicht tot. Der Tod nimmt dir jegliche Möglichkeiten oder Chancen, die ihr vielleicht gehabt hättet. Ihr zwei habt sie immer noch. Heutzutage geben Leute viel zu schnell auf. Manchem würde ein Tritt in den Hintern guttun, um an etwas zu arbeiten, wofür es wert ist, sich einzusetzen. Wenn du einmal gedacht hast, dass etwas oder jemand viel von deiner Zeit und Energie verdient hatte, wäre es sicherlich lächerlich, dann einfach davonzulaufen.« Sie nickte zum Abschluss.

Ich versuchte ein Schluchzen mit einem Glucksen zu überspielen. »Klingt so logisch, wenn du es sagst. Aber wenn das stimmt, was ihr mir so über die Orbiter erzählt habt, hätten wir sowieso keine Chance, sie zu stoppen, wenn sie ihn umbringen wollten.«

»Ich kann euch eines sagen«, fing Cathy an. »Die Orbiter werden hier keine Alleinmacht haben, solange Alex kooperiert. Für sie ist das alles nur ein Spielzug in einem größeren Schema. Wir sind ihnen egal und sobald wir unsere Mission erfüllt haben, sind wir auch nicht mehr notwendig. Sie-«

Melissa unterbrach sie: »Nicht so laut, Cathy, sie können uns hören.«

»Ist mir egal.« Die normalerweise so gefasste und kühle Cathy war nicht mehr so kalt. »Sie beteiligen sich nur, solange es gut für ihren Plan ist. Was, wenn wir nicht damit einverstanden sind? Es gibt keine Balance. Seht ihr nicht, dass sie die ganze Macht über uns haben?«

Alle starrten einander an, aber niemand sagte etwas. Ich zog meinen Kopf ein wenig zurück, da ich durch diese plötzlichen Emotionsausbrüche etwas verunsichert war.

Luke war der Erste, der die Sprache wieder fand. »Es mag keinen Sinn ergeben, aber ich bin mir sicher, dass sie einen Plan haben, der für die Mehrheit am besten ist.«

»Ja, aber zwischenzeitlich ist es egal, welche Leben verloren werden«, rief Cathy aus. »Und ich spreche hier nicht von meinen eigenen Erfahrungen, aber du kannst froh sein, dass du irgendwie immer noch gebraucht wirst. Was geschieht, wenn du es nicht mehr wirst?« Sie durchbohrte ihn förmlich mit ihrem Blick. »Ich kann dir schon sagen, was. Dasselbe wie mit Toby. Und was werden sie nun wohl mit Alex tun. Einem einfachen Menschen, der zu viel weiß?«, schloss Cathy ab.

»Jemand muss mir zuerst einmal erklären, was hier eigentlich los ist!« Ich warf meine Hände in die Höhe, aber Melissa ignorierte mich.

»Um die Wahrheit zu sagen, habe ich mich das auch schon gefragt«, sagte sie. »Ich kenne niemand anderen, der so viele Pfützen erhalten hat. Wir wissen einfach zu viel. Was werden sie mit uns machen, wenn wir nicht mehr gebraucht werden? Zudem wissen sie schon von Alex. Ich wusste nicht, was es bedeutete, als mir Roisin von Nathalies Pfützen erzählte, aber nun ist klar, dass die Orbiter sie vor Alex warnten.«

»Sie hat auch Pfützen erhalten?«, fragte Cathy und ich fühlte, wie mich wieder alle anschauten.

Melissa sank auf das Sofa nieder. »Alles Gute hat sein Ende. Ich habe das gerne gemacht, wisst ihr?«

»Ja, es war super, Nathalie hier zu haben. Sie gehört zu uns«, sagte Luke.

»Was ist los? Muss ich sterben?« Ich starrte von der einen zur anderen. »Du erwähnst Toby«, sagte ich und zeigte auf Cathy, »und dann reden alle davon, dass ich weggehe. Ich meine, ich wäre viele Male gerne gegangen, aber ihr habt mir klar gemacht, dass das keine gute Idee sei und nun klingt es, als ob ich gehen muss?«

»Weil Cathy Recht hat«, sagte Melissa. »Am Anfang mussten wir dich lehren, wie du mit deinem Körper umgehst, ohne dich umzubringen. Du hast genug bewiesen, dass du es auch alleine kannst. Und nun zweifle ich sowieso, ob wir überhaupt irgendwo sicher sind.«

Luke drückte ihre Schulter. »Die Sache ist die-«, fing er an und schloss dann aber seinen Mund. Als die Stille im Raum bedrückend wurde, versuchte er es erneut. »Als Erstes musst du wissen, dass wir keine Wahl hatten, und nun, ich denke, ich spreche hier für Melissa, Roisin und mich und vielleicht sogar Cathy, wenn ich sage, dass wir uns das Leben hier nicht mehr ohne dich vorstellen können.«

Melissa nickte und Cathy schielte nach rechts oben. Ich hätte nicht gedacht, dass ich mich noch schlechter als vorher fühlen könnte, aber ich befürchtete, dass eine weitere Enttäuschung folgen würde.

»Die Sache ist die«, sagte Luke. »Wir wussten lange vor deinem Unfall in Malaysia, dass du eines Tages eine Sirene werden würdest.«

Ich spürte, wie ich mich verkrampfte.

»Ungefähr vor vier Jahren« erhielten wir die erste Pfütze von den Orbitern, mit kleinen Episoden aus deinem Leben, um herauszufinden, wer du bist. Wir sahen, wie du dein Leben lebtest und erhielten die Nachricht, dass wir dich im Auge behalten sollten, um dann in der Nähe zu sein, wenn der Moment kommen würde, um dich zu retten. Normalerweise ist es wirklich Glück, wenn man eine Sirene wird, weil aus Zufall gerade eine andere Sirene im Umkreis war, als man einen Unfall hatte. Aber bei dir wurde sichergestellt, dass du eine wirst. Und es wurde uns klar gemacht, dass wir dich wieder ein normales Leben führen lassen mussten.«

Langsam schüttelte ich meinen Kopf. Ich hatte Schwierigkeiten, zu verarbeiten, was er mir gerade sagte. »Ihr habt mich beobachtet«, wiederholte ich. »Das ist ziemlich gruselig.« Mein Gesichtsausdruck verhärtete sich. »Aber das Schlimmste ist«, schnaubte ich, »ihr wusstet, dass wir einen Unfall haben würden, aber anstatt uns am Leben zu erhalten, habt ihr Toby sterben lassen, damit ich umgewandelt werden konnte.«

»Wir hatten keine Wahl«, sagte Melissa.

»Es gibt immer eine Wahl«, widersprach ich ihr.

Cathy strahlte Selbstzufriedenheit aus. »Schau, ich bin wirklich die letzte Person, die den Orbitern irgendwie helfen wollte, da ich von ihnen im Gegenzug auch noch nie etwas erhalten habe, aber ich wusste auch, dass, wenn ich nicht mitmachen würde, sie mich einfach verschwinden ließen und jemand anderen für den Job finden würden. Ich bin überhaupt nicht glücklich über die Situation, in welcher wir uns befinden, aber schlussendlich denke ich, dass wir mehr bewirken können, wenn wir direkt für die Orbiter arbeiten, anstatt einfach normale Sirenen zu sein, die keine Ahnung haben, was alles vor sich geht.«

»Und was wird nun geschehen?«, fragte ich.

»Ja, das wissen wir auch noch nicht so genau, aber mein Gefühl sagt mir, dass wir es bald herausfinden werden, nun, da unser Wunderkind sich in einen Menschen verliebt hat, der alles über uns weiß.«

»Nenn mich nicht Wunderkind«, fauchte ich sie an. Plötzlich hatte ich keine Angst mehr vor ihr. Ich begriff, dass Cathy nicht böse war und mir auch nicht schaden wollte. Sie war einfach wütend auf dieselben Personen, die schuld daran waren, dass ich meine Familie überhaupt erst verlassen musste.

»Ich schätze, ich muss mich bei Cathy bedanken, dass sie das ganze endlich offen auf den Tisch legte. Oder hättet ihr mir dieses kleine Detail je erzählt?« Ich wurde mit jeder Sekunde wütender.

»Genau.« Cathy nickte.

»Bitte nimm uns das nicht übel«, bat Melissa.

»Wie soll ich das nicht?«, rief ich aus.

»Es gab keinen Grund für dich, damit du es wissen musstest. Du solltest dein Leben ohne Vorurteile führen. Dein Weg ist dir vorbestimmt, denn die Orbiter hätten dich sonst nicht gewählt. Alles musste genau so geschehen, wie es passiert ist«, schloss sie ab.

»Sogar Alex' Betrug?«, sagte ich und meine Augen füllten sich wieder mit Tränen.

Melissa seufzte und stand auf. Sie legte einen Arm um mich und nach einiger Zurückhaltung ließ ich mich von ihr umarmen. Es fühlte sich falsch an.

»Danke.« Sie küsste mich auf die Stirn. »Ich schwöre, nun weißt du alles, was wir wissen.«

Einige Tränen rollten aus meinen Augen und tropften auf ihr Shirt. Ich löste mich aus der Umarmung und trat einen Schritt zurück. »Gerade als ich mich endlich an mein Leben hier gewöhnt hatte, zerfällt alles zu Staub.«

»Auf den ersten Blick sieht es vielleicht nicht so rosig aus, aber eigentlich ist alles noch beim Alten«, sagte Luke. »Du verfügst jetzt einfach über mehr Wissen.«

»Informationen, die bewirken, dass ich am liebsten weglaufen würde. Schon wieder.« Ich schnappte nach Luft.

»Die traurige Wahrheit ist, dass – egal wohin du gehst – die Orbiter dich finden werden und dich für das, was auch immer sie vorhaben, einsetzen. Aber wenn du hierbleibst, verspreche ich dir, dass du die Unterstützung von uns allen hast.« Melissa lächelte schwach. »Zudem brauchen wir dich eigentlich auch. Ich stimme Cathy voll zu, dass wir, wenn alles vorbei ist, nur eine Chance haben, wenn wir zusammenhalten.«

»Ich kann das jetzt nicht alles einfach akzeptieren.« Mein Körper fühlte sich schwer an und ich hatte Mühe mit dem Atmen. »Ich brauche etwas Zeit, um über alles in Ruhe nachzudenken. Ich geh in mein Zimmer.« Bevor ich meine Tür schloss, schaute ich nochmals auf die bedrückte Gruppe in unserem Wohnzimmer. In meinem Zimmer blieb ich mit ausgeschaltetem Telefon und schickte alle weg, die klopften.

Meine Gedanken drehten sich im Kreis, wie ich immer noch mit meiner Familie sein könnte, falls sie mich gerettet, anstatt umgewandelt hätten. Ich dachte über alles Gute nach, das mir seit der Umwandlung geschehen war, und dass ich solch nette Freunde gefunden hatte. Dann wiederum, dass es irgendwo eine versteckte Aufgabe für mich gab, welche ich erfüllen musste, aber keine Ahnung hatte, was es war. Je mehr ich darüber nachdachte, desto mehr wollte ich von hier weggehen. Immer und immer wieder fragte ich mich, wie es nun weitergehen sollte.

Die Entscheidung wurde mir leichter gemacht, als am zweiten Tag ein Auto in unsere Einfahrt einbog. Ich hörte Stimmen und verließ schließlich mein Zimmer, als ich hörte, dass eine davon die von Alex war. Ich schritt an Luke vorbei, der mit verschränkten Armen im Türrahmen stand und trat zwischen ihn und einen leicht eingeschüchterten Alex.

»Was machst du hier?«, fragte ich ihn kurz angebunden. Ich wollte es ihm nicht so einfach machen, obwohl er mit einem Blumenstrauß in der Hand da stand und es sehr hübsch aussah, wie einige dunklen Locken in sein Gesicht fielen.

»Ich würde einfach gerne mit dir sprechen. Diese sind für dich.« Er überreichte mir die Blumen mit einem flehenden Blick. Ich nahm sie und nickte.

»Brauchst du mich irgendwie?« Luke baute sich hinter mir auf.

Der arme Alex wich einige Zentimeter zurück mit seinem Oberkörper. Er war sichtlich nervös und offensichtlich hatte er ein wenig Angst vor Luke.

»Nein, alles okay. Wir werden spazieren gehen«, sagte ich.

»Mach das, ich könnte schnell bei euch sein.«

Ich dachte, dass er ein wenig übertrieb. Ich drückte die Blumen in Lukes Hände, trat auf die Veranda heraus und schloss die Tür vor Lukes Gesicht. Dann steuerte ich auf den Strandpfad zu und Alex folgte mir. Ich wurde langsamer, sodass er aufholen konnte. Wir hatten beide unsere Hände in den Pullovertaschen. Es gab ungefähr einen halben Meter

Abstand zwischen uns.

»Also, worüber wolltest du mit mir sprechen?«, fragte ich.

»Ich schätze, ich wollte mich hauptsächlich entschuldigen. Es tut mir leid, dass ich dich wegen des Projekts angelogen habe, aber was hätte ich tun sollen? Am Anfang kannte ich dich noch nicht und dachte, dass du mich umbringen würdest, wenn du wüsstest, dass ich Bescheid weiß.«

»Wieso denkst du, dass ich dich jetzt nicht töten werde?«, sagte ich wütend.

»Zu meiner Verteidigung – du hast mich auch die ganze Zeit belogen, aber natürlich kann ich sehen, warum das so war. Versuche einfach meine Seite auch zu verstehen. In einem Punkt habe ich dich nicht angelogen.« Er machte zwei Fäuste vor seiner Brust. »Ich wünschte, ich könnte, aber es ist unmöglich.« Er schüttelte seinen Kopf. »Ich kann meine Gefühle für dich nicht verleugnen. Ich dachte, wenn ich über die Gefahr, bei dir zu sein, Bescheid wüsste und meine Emotionen symbolisch an einen Felsen binden würde, wie Odysseus seinen Körper an einen Mast gebunden hatte, würde ich dir widerstehen können.« Alex lächelte mich schief an. »Aber ich muss sagen, was auch immer das war, es war das Beste, das ich je gefühlt habe. Ich war glücklich, ich war zufrieden damit, wo ich war, ich wollte einfach jeden Tag mit dir verbringen. Trotz all der Vorsichtsmaßnahmen habe ich mich in dich verliebt. Nun, warum jemand wie du tatsächlich solche Gefühle für jemanden wie mich erwidern sollte, ist mir ein Rätsel. Aber wir beide wissen, dass es viele Rätsel auf der Welt gibt und was wir hatten, fühlte sich so echt an.« Er stellte sich vor mich hin, sodass wir anhalten und ich ihn anschauen musste. »Darum bin ich hier. Weil ein großer Teil in mir drin hofft, dass du das Gleiche für mich empfindest, wie ich es für dich tue. Ich liebe dich, Nathalie. Es tut mir leid, dass ich dir das vorher noch nie gesagt habe. Ich wollte das einfach so stark bekämpfen, ich wollte es mir selbst nicht eingestehen, dass diese Gefühle schon die ganze Zeit da waren. Ich wünsche mir von Herzen, dass wir einfach nochmals von neu anfangen könnten. Diesmal ohne Lügen.«

Ich atmete aus, denn ich hatte unbemerkt die längste Zeit den Atem angehalten. Eine schwere Last löste sich von meinen Schultern. Er liebte mich. Es musste nicht vorbei sein.

»Hast du keine Angst? Nach all dem, was du über mich gelernt hast, hast du keine Angst, bei mir zu sein?« Ich äußerte leise meine restlichen Zweifel.

»Nachdem all die Anrufe nichts genützt hatten, benötigte ich über eine Woche, um den Mut zusammen-zukratzen, zu deinem Haus zu kommen. Ich habe schon Angst, aber nur, weil ich nicht genau weiß, wer du und deine Familie seid. Jedoch habe ich noch mehr Angst davor, ohne dich sein zu müssen. Ich befürchte, dass du mich langweilig oder zu langsam oder zu alt finden wirst, wenn ich älter werde und du nicht, aber das mindert mein Verlangen, mit dir zusammen zu sein, kein bisschen.«

»Du solltest Texte für Fernsehserien schreiben. Mädchen würden schmelzen, wenn sie ihren Lieblings-charakter so etwas sagen hören würden«, sagte ich und kratzte mich am Hals. »Ich vermisse dich, Alex«, fügte ich hinzu. »Ich wünschte auch, dass es anders wäre, aber irgendwie hat das Universum entschieden, dass eine Verbindung zwischen uns entstehen soll. Ich könnte nicht von dir fortgehen, wenn ich wollte.«

»Bedeutet das, du gibst uns noch eine Chance?« Er hielt den Atem an.

Ich musste nichts sagen, die Antwort war offensichtlich.

Er seufzte und hielt mir seine Hände hin. Ich legte die meinen in seine. Die Berührung fühlte sich so vertraut an und sofort sandten die elektrischen Wellen, die er immer noch durch meinen Körper schickte, neues Leben in mich. Er zog mich zu sich heran und küsste mich auf die Stirn. Er hatte den perfekten Größenunterschied zu mir.

»Ich vermisste deinen Geruch«, murmelte er in meine Haare. Ich strich mit den Fingern über die bekannten Stoppeln an seinen Wangen. Die Brise des Ozeans schien mich leicht gegen ihn zu drücken, als ob auch die Naturgewalten uns sagen wollten, dass das die richtige Entscheidung war.

»Aber ich muss dich etwas fragen.« Ich trat einen Schritt zurück.

»Klar, was?« Seine Hände lagen noch auf meinen Hüften.

»Kann ich eine Weile bei dir leben? Hier ist viel geschehen.« Ich blinzelte, um zu verhindern, dass mir Tränen die Wangen herunterkullerten. Als Alex das bemerkte, umarmte er mich nochmals. »Sicher. Ich freue mich sogar darüber.«

Ich entspannte mich ein wenig.

»Warum hast du dich entschieden, die Informationen, die du über uns herausgefunden hast, nicht zu teilen?«, fragte ich nach einer Weile.

»Ich wusste, dass ich hier etwas Unglaubliches entdeckt hatte, aber je mehr ich darüber nachdachte, desto mehr begriff ich, dass meine wahre Aufregung dir galt. Ich dachte mehr an dich als Person und dein Hintergrund war einfach ein unglaublicher Bonus. Ich kann nicht genau beurteilen, welche Wirkung es auf dich gehabt hätte, wenn ich die Sache öffentlich gemacht hätte. Die Menschen sind heute schließlich ziemlich offen und tolerant. Aber ich verstand, dass ich dich verlieren würde, wenn du herausfändest, was ich alles hinter deinem Rücken nachgeforscht hatte. Jedoch fand ich es zu jenem Zeitpunkt ziemlich schwierig mitanzusehen, wie mein Studium den Abfluss runterging. Ich brauchte ein wenig Abstand. Einige Tage im Wald, um frische Luft zu schnappen. Danach hätte ich dir alles in Ruhe erklärt.« Er drückte meine Hand. »Aber dann bist du im Wald aufgetaucht und unsere Unterhaltung lief völlig aus dem Ruder. Als du dann einfach verschwunden bist und ein wenig später deine Verwandten erschienen, wollte ich gerne auf der Stelle aufgeben und mich in ein dunkles Loch verkriechen.« Er schüttelte den Kopf und legte einen Arm um meine Schulter.

»Ja, vielleicht habe ich etwas übertrieben mit meiner

Reaktion. Für einen Moment sah ich nur deinen Betrug und hörte nicht, was du eigentlich mitteilen wolltest.«

»Oh, ein bisschen übertrieben.« Er schnaubte spielerisch. Ich zog Alex an meine Seite. Ich fühlte mich sicher, so einen großen, starken Mann zu umarmen.

»Ich habe auch viel über mich gelernt, seit wir das letzte Mal gesprochen haben.« Ich seufzte. »Du wirst es vielleicht bald nicht mehr so toll finden, dass ich eine Sirene bin.«

»Aber ich muss mich bei den Göttern bedanken, dass du mich, aus einem für mich unverständlichen Grund, so sehr magst. Ernsthaft, was habe ich dir zu bieten? Du hast nicht einmal meine beste Seite gesehen, bis jetzt. Dieses Jahr war ein ziemliches Desaster für mich. Gebrochenes Bein, zerstörtes Auto, Idiot der Universität. Ich möchte mehr sein.«

»Du kannst mehr sein. Nebenbei bemerkt, ich mache mir nicht viel aus alldem. In der ganzen Zeit, die wir zusammen verbracht hatten, warst du immer genau das, was ich wollte.«

»Siehst du, dass jemand wie du so etwas über jemanden wie mich sagen kann, da weiß ich nicht mehr, was ich sagen soll«, er stockte kurz, »du bist so viel mehr, als ich mir hätte erträumen können. Ich kann mich nicht einmal erinnern, wann ich das letzte Mal so gut gelaunt war. Mit dir könnte ich über den Strand oder den Gehsteig hüpfen, wann immer du meine Hand berührst. Ich möchte dir den Mond geben können.«

»Vielleicht ist es das, was so charmant an dir ist. Bei allem was du tust, gibst du immer 110 %. Du strengst dich so an, sogar für die kleinen Dinge, wie zum Beispiel kaltes Wasser über ein Glas laufen zu lassen, das gerade aus der Waschmaschine kam, damit ich nicht lauwarmes Wasser trinken muss. Du hast ein gutes Auge dafür, was wichtig ist und du lässt es nicht gehen, bis du erreicht hast, was du möchtest. Egal wie stark der Rückschlag, du stehst immer wieder auf. Glaube mir, du besitzt so viel mehr von dieser Stärke als ich.«

»Tja, du bist eine Frau, müsstest du nicht natürlicher-weise ein emotionales Häufchen Elend sein?« Er stupste sanft meinen Bauch.

Ich kniff ihn zurück, was dann in einen kurzen Kitzelkampf ausartete. Als sich die Stimmung verbessert hatte, entspannten sich auch meine Nerven.

»Was ist mit deinem Studium passiert?«, fragte ich durch mein Lachen, um die Kitzeleien zu beenden.

»Ich werde bestimmt für immer der Witz dieser Professoren sein. Ich bin einundzwanzig und schon ein Jahr älter als die meisten meiner Klassenkollegen, aber ich habe nicht genug Geld, um mein Studium einfach so weiterzuführen. Ich habe aber darüber nachgedacht, einen Kredit aufzunehmen. Das Geld wird irgendwann zurückkommen, oder? Es ist so eine interessante Richtung, ich möchte nicht einfach alles auf den Haufen werfen. Jedoch könnte ich vielleicht auch für eine Weile ein Praktikum in einem Labor machen, oder einen ähnlichen Studiengang an einer günstigeren Schule suchen.«
Ich nickte.

»Und wem gehört das Auto in unserer Einfahrt?«
Er grinste.

»Meines. Ich kaufte es von einem Freund, der nach Chicago gezogen ist. Er verkaufte es mir zu einem Spottpreis. Ich weiß nicht, wie lange es überleben wird, aber ich dachte, ich bräuchte zumindest irgendein Statussymbol, um dich zu beeindrucken.«

»Ja, ein Gebrauchtwagen ist wirklich das gewisse Etwas, das ein Mann für mich haben muss.« Ich kicherte. Ich dachte darüber nach, was er gesagt hatte. Dass er Angst hatte, ich könnte ihn irgendwann alt oder langweilig finden und ihn dann nicht mehr wollen – ich konnte mir nicht vorstellen, dass dies je geschehen könnte.

Hand in Hand schlenderten wir zurück zum Haus, mit dem Rauschen des Ozeans in unseren Ohren und dem Geruch des Meersalzes in unseren Nasen.

Alles beginnt mit einer Entscheidung…

Was wenn du herausfindest, dass dich alle denen du vertraut hast, angelogen haben? Nathalie verlässt ihre Sirenen-Familie, um auf eigenen Füssen zu stehen. Welche Konsequenzen warten auf sie? Darüber hinaus versinkt ein mysteriöses Virus die Welt im Chaos und anscheinend ist Nathalie die Einzige, die alle retten kann. Werden Loyalität und Liebe sie zwingen, unerwartete Dinge zu tun?

Hol Dir den zweiten Band der Heart of Power Serie jetzt
→ Schicksal der Sirene

Dies ist nicht das erste Buch, das ich geschrieben habe, aber mein erstes Buch, in welches ich unglaublich viel Arbeit steckte, damit es publiziert werden kann. Das wäre ohne die Unterstützung und Ermutigung der folgenden Leute nicht möglich gewesen: Danke Simone, Katja und Mami, dass ihr immer lest, was ich schreibe und mir ein wertvolles Feedback gebt. Ein Dankeschön an meine Freunde auf Facebook, die meistens am nächsten sind, wenn ich am Laptop arbeite und ich daher froh bin, wenn ich einfach Facebook-Freunde anschreiben kann und Antworten erhalte, damit es mit der Geschichte vorwärtsgehen kann. Danke an Nick Stephenson und Joanna Penn, dass sie mir im Pool der Agentensuche den rettenden Strohhalm entgegenstreckten und mir wertvolle Tipps gegeben haben, damit ich das Fertigstellen meines Buches auch alleine angehen konnte. An dieser Stelle auch vielen Dank an Kevin, der mich immer wieder motiviert, hart zu arbeiten und nicht aufzugeben. Danke an meine Coverdesignerin Ada, die genau das Bild erstellte, welches ich mir vorgestellt habe. Ein großes Dankeschön an meinen Editor James, ohne den ihr vielleicht irgendwo zwischen den Zeilen einschlafen würdet. Und danke an meine Lektoren Pat, Dejana und Mark.
Und schließlich: ein großes Dankeschön an dich, dass du dieses Buch ausgewählt hast und einer Indie-Autorin eine Chance gibst.

ÜBER DIE AUTORIN

Seraina Linda Giger ist in Gossau, SG in der Schweiz aufgewachsen und dort bis und mit Lehramtstudium zur Schule gegangen. Mit 16 durfte sie ein tolles Austauschjahr in Rhinebeck, New York erleben. Dort ist ihre Liebe für die englische Sprache endgültig entfacht. Seitdem schreibt sie immer zuerst auf Englisch und übersetzt die Bücher später ins Deutsche.

S. L. Giger liebt Reisen, Salsa tanzen, surfen, tauchen und Schokolade.

Finde sie auf:

(w) www.slgigerbooks.wordpress.com
(i) @swissmissontour
(f) S. L. Giger
(b) www.swissmissontour.com

Falls dir das Buch gefallen hat, hinterlasse bitte eine positive Rezension auf BookTok oder einer anderen Plattform. Dies ist sehr wertvoll für mich als Autorin. Vielen Dank für Deine Unterstützung!

9 798224 574902